Para sempre SEU

JULIA BRAGA

Para sempre SEU

1ª edição — São Paulo

Preparação de texto:
Histórias Bem Contadas
Revisão:
Lorrane Fortunato, João Rodrigues
Ilustração e projeto de capa:
Sávio Nobre Araújo
Diagramação:
Vitor Castrillo

DADOS INTERNACIONAIS DE CATALOGAÇÃO NA PUBLICAÇÃO (CIP) DE ACORDO COM ISBD

B813e Braga, Julia

Para sempre seu/ Julia Braga. - São Paulo, SP: Editora Nacional, 2022.
224 p. ; 16cm x 23cm.

ISBN: 978-65-5881-130-5

1. Literatura brasileira. 2. Romance. I. Título.

2022-1711 CDD 869.89923
CDU 821.134.3(81)-31

Elaborado por Vagner Rodolfo da Silva - CRB-8/9410
Índice para catálogo sistemático:
1. Literatura brasileira : Romance 869.89923
2. Literatura brasileira : Romance 821.134.3(81)-31

NACIONAL

Rua Gomes de Carvalho, 1306 - 11º andar - Vila Olímpia
São Paulo - SP - 04547-005 - Brasil - Tel.: (11) 2799-7799
editoranacional.com.br - atendimento@grupoibep.com.br

O amor é paciente, o amor é bondoso.
Não inveja, não se vangloria, não se orgulha.

Não maltrata, não procura seus interesses,
não se ira facilmente, não guarda rancor.

O amor não se alegra com a injustiça,
mas se alegra com a verdade.

Tudo sofre, tudo crê,
tudo espera, tudo suporta.

1 Coríntios 13:4-7

Prólogo

O amor é estranho aos treze anos.

Ele se parece com uma tarde de verão e tem o cheiro do protetor solar que você prometeu à sua mãe que usaria todos os dias no acampamento.

O amor aos treze anos tem a voz da sua melhor amiga quando ela finalmente te conta o que você esteve esperando ouvir desde o primeiro dia de férias. O frio na barriga está mais intenso que no Polo Norte, e o cérebro é uma mistura de esperança e incredulidade.

Os pés flutuam como se estivessem nas nuvens.

Então, você finalmente o vê, esperando por você no píer, enquanto o sol se põe ao fundo, bem como ele havia prometido no bilhete. Você o vê, e tudo parece real e perfeito, e você para de duvidar de si mesma, para de ouvir os próprios medos e começa a escutar a coragem.

Aos treze anos, você acha que está em um filme da Disney. Você é a princesa que, finalmente, encontrou o par perfeito, e o final feliz está logo ali na esquina. Seus lábios já até parecem saber a letra do dueto romântico e alegre que começará pouco antes dos créditos finais.

— Fiquei com medo de você não vir... — Erick sussurrou para Thalita sem se virar para olhá-la. A ansiedade se transpunha em sua voz, o inevitável medo de rejeição que nos acompanha não só aos treze anos como também pelo resto da vida.

Thalita se sentiu aliviada — não pela apreensão dele, mas por não estar sozinha em seus temores.

Com o coração palpitando, ela se sentou ao lado do garoto no píer, os All Stars balançando acima da água. Não teve coragem de encará-lo logo de cara. Deslizou a mão até que tocasse a pele dele. Uma eletricidade pareceu percorrer seu corpo inteiro.

De forma experimental, Erick ergueu o dedo mindinho, roçando-o contra a mão dela. A intimidade daquele gesto tão simples a assustou. Sem pensar direito, Thalita recolheu a mão.

Arrependeu-se imediatamente, mas não sabia como voltar atrás. Em vez disso, mordeu os lábios e resolveu ir para o plano B. Tirou um bombom cor-de-rosa do bolso de seu macacão jeans.

— Aqui. Pra você. — Entregou a ele sem olhar em seus olhos.

Aos treze anos, o amor é um Sonho de Valsa.

Ela escutou o sorriso de Erick, o leve deslizar dos seus lábios sobre os dentes. Sorriu junto, imaginando as covinhas.

Aos treze anos, o amor tem olhos azuis e covinhas.

— O meu preferido — Erick sussurrou.

— Eu sei — Thalita disse.

— Valeu... Hum... Eu não... Não tenho nada pra você.

— Não tem problema — ela disse rapidamente, antes de cair na armadilha que era olhar para ele.

Erick. O garoto mais bonito de todo o acampamento.

Quando sua melhor amiga, Ingrid, viera com a ideia de passarem as férias em um acampamento em outro estado, Thalita confessou que aquilo não lhe parecia exatamente ideal. Quem em sã consciência gastaria os preciosos dias entre um ano letivo e outro em um lugar sem televisão ou água quente? Sendo atacado por exércitos de mosquitos altamente treinados, no meio do mato?

No entanto, tudo parecia ter valido a pena no instante em que Ingrid transmitira a mensagem de que Erick estava a fim de Thalita. O boato já havia percorrido os diversos grupinhos do acampamento até chegar em seus ouvidos, e ela não tinha tido certeza até poder comprovar com os próprios olhos.

Ainda assim, era inacreditável que ele estivesse ali, na frente dela, sorrindo *só para ela*. Parecia quase impossível que ele a tivesse escolhido em meio a tantas outras.

Erick desviou os olhos por um instante e, então, estendeu o braço para pegar algo que estava do outro lado dela. Thalita não ousou respirar enquanto o corpo dele praticamente contornava o seu. Seus olhos vitrificados só voltaram a piscar quando Erick se recompôs, retornando para seu lugar de origem, e estendeu a ela o que ele tinha acabado de recolher.

Uma pequena margarida.

— Aqui — ele disse.

Thalita olhou a flor com um sorriso. Ela sabia que iria guardá-la para sempre. Colocaria-a entre um livro e outro até que fosse imortalizada e, então, aquela pequena lembrança do verão duraria pelo resto da vida.

Estar perto de Erick parecia ser suficiente. Thalita manteve os olhos nas ondulações do lago pelos vinte e oito minutos em que ficaram lado a lado, até que a buzina do acampamento soasse, convocando-os de volta às cabanas. Ela não precisava olhar para Erick para vê-lo: havia decorado os detalhes de seu rosto e conhecia com perfeição cada curva, cada traço, cada nuance. O reflexo dele, distorcido na água, a fazia sorrir.

Em algum ponto, as mãos dos dois se encontraram, os dedos se entrelaçaram com certa naturalidade e, quando a buzina soou, eles ainda demoraram um tempo para se soltarem.

— Posso te ver outra vez amanhã?

Thalita finalmente virou a cabeça para encarar o menino ao seu lado. Suas bochechas queimavam de excitação e timidez. Ela não foi capaz de segurar o sorriso bobo que tomou conta de suas feições. Assentiu com a cabeça, sem conseguir emitir qualquer som.

Erick se inclinou para frente e plantou um beijo suave na bochecha dela. Mesmo horas depois, ela ainda conseguia sentir a pressão dos lábios dele em sua pele, como se uma marca invisível tivesse sido feita naquela simples troca de afeto.

A garota lançou um último olhar para trás, para o garoto que fazia seu coração bater mais forte e que parecia não se deixar abalar pelo toque de recolher do acampamento, para ele que ainda estava sentado no píer como se tivesse todo o tempo do mundo. Decidiu que queria que a vida fosse assim para sempre. Então, ela correu de volta para sua cabana e passou a noite contando até os mínimos detalhes para Ingrid, que estava quase tão feliz por ela quanto ela própria.

Erick e Thalita se encontraram todos os dias ao pôr do sol. Nas primeiras vezes, o toque das mãos bastava, mas a intimidade não demorou para escalar. Entre conversas e risadas, olhares se cruzavam, o coração cresceu e o brilho da empolgação ofuscou todo o resto.

Eles só se beijaram no último dia, na despedida.

Foi um beijo suave, o mero sussurro de um toque de lábios, mas cheio de emoção. Ela chorou quando eles se separaram. Ele enxugou o rosto dela com a ponta dos dedos, jurando que aquele não era o fim.

Tudo parece mais doce aos treze anos: as lágrimas, os sorrisos, as promessas.

Um abraço não parecia suficiente para dizer tudo o que queriam, mas em sua juventude também não sabiam como expressar direito os próprios sentimentos.

Quando entrou no carro de seu pai para ir embora, Thalita se virou e observou pela janela até que o acampamento fosse apenas um ponto à distância; e Erick, um pontinho ainda menor dentro de tudo. Seu coração se apertou de saudades antes que fosse racionalmente natural se sentir assim.

De alguma forma, ela não tinha mais medo. Sabia que aquele não era o fim, porque Erick havia dito que não seria.

O amor aos treze anos é eterno.

1

O cheiro do café era forte o suficiente para bloquear os pensamentos ruins, e por isso eu estava muito grata. Era quase fácil deixar meus sentidos mergulharem naquele aroma inebriante e esquecer o mundo lá fora. Era quase fácil forçar o sorriso e ser simpática com os clientes como se eu não fosse uma grande bomba de ansiedade por dentro.

Apertei meus punhos com força ao lado do corpo para refrear a vontade de conferir o celular.

O Davi não mandou mensagem, sua idiota. Seja forte. Tenha um pouco de orgulho.

Engoli um suspiro e alarguei meu sorriso.

— Bom dia. Meu nome é Thalita. É a primeira vez de vocês aqui no Café Canela?

Os clientes, um casal de hipsters, começaram a fazer um pedido complicado, e eu anotei tudo no meu bloquinho sem perder o sorriso. Minha colega, Ana, que estava atendendo a mesa ao lado, trocou um olhar comigo e fez uma expressão interrogativa. "Tudo bem?", ela mexeu a boca, sem deixar as palavras escaparem com som. Assenti discretamente e sorri mais uma vez para os clientes, prometendo que voltaria em breve com o *latte* orgânico, sem creme, sem açúcar e com leite de soja, o frozen cappuccino descafeinado, com canela e chantili, e os pães de queijo veganos.

— Eu conheço essa cara — Ana acusou assim que passei para o outro lado do balcão. — O que o Davi fez dessa vez?

Suspirei e deixei meus ombros tensos caírem. Girei o pescoço algumas vezes, fazendo-o estalar. Ana assobiou, impressionada com o barulho das minhas juntas protestando contra o estresse. Eu ri, revirando os olhos. Eu sempre me tocava do quanto estava sendo dramática quando tinha Ana por perto para me dar a perspectiva.

— Cara... — Suspirei outra vez e comecei a preparar os cafés. — Eu nem sei mais, sabe? A gente briga toda hora e eu nem sei por quê. Dessa vez nem foi nada de mais, ele só... — Bufei. — Só tava sendo o babaca infantil de sempre. Acho que ele gosta de me provocar. Ele gosta de como isso me dá nos nervos e... — Eu estendi a mão, pedindo a canela. — A briga nem foi tão feia assim. Só que eu conheço o Davi, ele não fala primeiro comigo, porque ele sabe que eu *sempre* acabo falando primeiro. Ele sabe que eu não aguento o silêncio. E isso me irrita TANTO!

Na frustração, sem querer bati o copo com gelos, fazendo alguns cubos voarem pelo balcão. Ana arregalou os olhos em repreensão e olhou rapidamente para onde Monique, nossa chefe, estava, para ter certeza de que não levaríamos uma bronca. Suspirei de alívio quando Ana me mostrou o polegar para cima e me apressei para jogar os gelos sujos de volta na pia.

— Isso é tão injusto — murmurei. — Parece que eu sou a única que dá a mínima pra esse relacionamento!

Ana segurou minha mão, me impedindo de causar mais algum desastre.

— Já conversou com ele sobre isso? — ela perguntou com uma calma que me irritou.

— Se eu já *conversei?!* — Precisei me segurar para não berrar. — Não adianta conversar com o Davi, você sabe como ele é!

— Shhhh.... — Ana me puxou para um canto escondido dos clientes. — Amiga. Calma. Respira fundo.

Fechei os olhos e tentei obedecer. Inspirei até encher completamente meus pulmões. O cheiro do café me acalmou um pouco e eu comecei a me sentir idiota por ter aquele tipo de reação. *Tempestade em copo d'água.* Como eu mesma havia dito, a briga com Davi não tinha sido terrível, não tinha por que eu me desgastar tanto.

Especialmente em horário de trabalho.

— O que houve? — uma voz familiar perguntou atrás de nós.

Dei um pulo, abrindo os olhos imediatamente. Minha primeira visão foi o rosto apavorado de Ana, seus olhos amendoados e castanho-escuros arregalados em espanto, como se para tentar me comunicar algo urgente. Então, me virei e dei de cara com Monique.

— E-eu... N-não é nada, Monique, e-eu só...

— É aquele seu garoto? — Monique interrompeu minha sessão de gagueira e espanou uma mão no ar, fazendo descaso do meu nervosismo. — O que ele fez agora?

Troquei um olhar confuso com Ana e endireitei minha postura. Monique riu e colocou as mãos sobre meus ombros.

— Fala pra ele se cuidar, ou você vai acabar largando ele por alguém que realmente te aprecie — ela disse em tom maternal. Eu estava tão surpresa com a repentina benevolência de Monique que me limitei a fazer que sim com a cabeça. — Por que você não faz uma pausa de quinze minutinhos? Eu e a Ana damos conta de tudo aqui enquanto você se recompõe. — Ela sorriu. Eu abri a boca para protestar, mas ela fez um gesto em direção aos meus olhos. — Sua maquiagem tá borrada.

Assenti e me retirei para a sala dos fundos. Me encostei na parede ao lado dos armários e respirei fundo, tentando me situar.

Monique não era exatamente uma chefe cruel, mas ela nunca havia agido daquela forma comigo antes. Nos meus primeiros dias no Canela, ela parecia faminta pelo meu fígado, gritando comigo a cada oportunidade pelos mínimos erros, e agora... agora ela estava me dando conselhos amorosos.

Suspirei uma risada e abri meu armário.

Eu praticamente conseguia escutar a música angelical vinda dos céus e ver o halo divino que iluminava meu celular. Peguei o aparelho na mão e a mágica desapareceu, cedendo lugar à ansiedade.

Foda-se.

Eu não deixaria esse nervosismo me fazer de escrava. Não mesmo. Respirei fundo, tentando fazer isso rápido, como tirar um bandeide. Destravei o aparelho. Eu tinha uma porção de mensagens novas.

Mas nenhuma era dele.

Um bolo de lágrimas se formou na minha garganta, e eu precisei engolir com força para expulsá-lo de volta para baixo.

Que se dane. Que se dane. Que se dane.

Quem liga?

Bufei e abri a conversa dele. Meus dedos flutuaram acima das teclas por um instante enquanto eu decidia qual era o melhor plano de curso.

Não pensa muito, Thalita, só faz. Davi com certeza não tá lá quebrando a cabeça dele pensando em como fazer as pazes. Ele não merece isso de você.

Oi.

Precisei esperar só alguns segundos até que as setinhas de confirmação de leitura ficassem azuis. Meu estômago se contorceu, e eu realmente achei que fosse vomitar enquanto ele digitava a resposta.

Ainda tá brava?

Eu sufoquei um grito de raiva.
Porra, Davi...

Cara, mor, odeio quando você faz isso... Vc sabe muito bem :/

Reli a mensagem três vezes antes de enviar. Não queria parecer a namorada chata e implicante, mas também não queria que ele pensasse que aquilo não era importante para mim, que não estava me afetando. Eu precisava expressar a medida certa de frustração, porque, se eu fosse um pouquinho além (para qualquer um dos lados), ele se fecharia e se recusaria a entrar na discussão. E eu *precisava* entrar naquela discussão, porque sem discussão não tem como resolver a porcaria das coisas!
Davi demorou mais para responder daquela vez.

Isso o q?

Não sei por que senti vontade de jogar o celular na parede quando eu, praticamente, já sabia que ele iria dizer aquilo. Em momentos como aquele, eu realmente me perguntava o que estava fazendo naquele relacionamento fadado ao fracasso. Por que eu ainda lutava quando ele, claramente, não estava nem aí para nós dois?
Puxei o ar e soltei devagar.
Paciência, Thalita. Paciência.

Vc sempre espera eu falar com vc primeiro.

Pq vc tava brava, ué

Essa foi a resposta quase imediata do meu namorado.

Olhei para o céu, porque Deus era a única testemunha do autocontrole que eu estava tendo naquele momento.

E você espera que a pessoa magicamente pare de ficar brava?

É o q funciona normalmente.

Eu bloqueei a tela do celular e o joguei com força de volta no armário, fechando a portinha com um baque bruto. Abri a porta e fechei de novo algumas vezes mais para extravasar minha raiva. Às vezes, eu tinha vontade de estraçalhar aquela carinha babaca do Davi com minhas próprias unhas.

Mordi os lábios e esfreguei meu rosto com força. Alguns fios de cabelo saíram do meu coque comportado, mas eu nem me importei. Aquele era o menor dos meus problemas.

Eu devia deixá-lo se remoendo, pensando no que tinha feito de errado, pelo resto da droga da semana, para ver se ele aprendia. Mas eu não me aguentava.

Eu nunca me aguentava.

Abri o armário, pegando o celular e sentindo o coração aliviar um pouco quando vi que Davi havia mandado uma mensagem quase fofa.

Desculpa. Eu fui um idiota. Sabe que não gosto de te chatear, faço sem querer.

Eu ri sem humor para a tela e, enquanto observava, ele enviou outra mensagem.

Vou me esforçar para ser melhor. Prometo.

E um zoológico inteiro de emojis.

Isso era um tipo de piada interna nossa, porque a avó dele sempre fazia isso quando inventava de usar o WhatsApp — parecia que estava na Olimpíada dos emojis, em que ganha quem conseguir usar mais emojis sem repetir. Era um hábito fofo e engraçado que Davi e eu havíamos roubado para nós.

Um sorriso pequeno ganhou espaço na minha boca. Mordi-o, recusando-me a ceder com tanta facilidade. Era por isso que Davi me fazia tanto de boba: eu o perdoava num piscar de olhos. Eu precisava parar de ser assim, ou deveria me acostumar às suas atitudes.

> Para de ficar mexendo no celular, ô
> doida, a Monique vai ter um troço!!!!
> A gente se fala qd vc voltar. Bj.
> Te amo, Tita.

Não resisti e mandei um coração para ele, porque, QUAL É, não sou tão fria assim.

Tranquei o celular dentro do armário antes que eu fizesse algo estúpido como me desculpar sem ter tido culpa alguma.

Ana me encontrou no banheiro algum tempo depois e me ajudou a retocar a maquiagem e a refazer meu cabelo. Ela me deu um beijo na bochecha e me mandou parar de ficar remoendo cada detalhe do meu namoro, porque a vida se acertaria de um jeito ou de outro. Aquela afirmação fez minha barriga doer. Eu tinha medo de qualquer um dos resultados.

— Vamos parar de falar no Davi. Em casa o que é de casa, tá? — ela me disse de forma animada. — Acabou de chegar um carinha aqui que NOSSA SENHORA. Ele se sentou na sua área, mas se você ficar aí dando sopa eu roubo ele pra mim.

Ri, revirando os olhos.

— Até onde eu sei, eu e Davi ainda estamos juntos, Ana. — A frase saiu mais deprimente do que eu pretendi, então forcei um sorriso. — O cliente é todo seu.

— Na-nãoooo! Ele tá na sua área! Você quem tem que atender, são as regras, não fui eu que fiz! — Ela ergueu as mãos em falsa inocência, me empurrando para fora do banheiro. — Além do mais, olhar não é crime. Nem flertar, ou pelo menos não quando isso pode te render umas boas gorjetas. — Ela piscou, jogando para trás os cabelos negros e lisos que acabavam na altura dos ombros. — É tudo brincadeirinha inocente. Não arranca pedaço. Davi sabe muito bem onde ele estava se metendo quando resolveu namorar uma garçonete. Agora vai lá, aproveita seu momento de glória!

Eu resmunguei o tempo todo enquanto ela me arrastava em direção à parte pública do restaurante, porém assim que ficamos visíveis para os clientes, precisei voltar ao modo sorriso-automático. Era irritante algumas vezes, mas é o preço de se trabalhar diretamente com o público. Minhas bochechas viviam doloridas pelo esforço de colocar aquela máscara no rosto diariamente.

— Ali, é aquele! — Ana apontou nada discretamente.

Olhei na direção indicada. O rapaz estava de costas, conferindo o cardápio como alguém que lê um livro interessante. Sorri sozinha, achando peculiar. Tudo o que eu podia ver era o cabelo dele, escuro e estiloso, e o tom de pele rosado de suas mãos enquanto ele segurava o menu.

Parei ao lado dele, o bloquinho e o lápis em mãos.

— Bom dia — ofereci. Ele ergueu a cabeça imediatamente, me atingindo com grandes olhos azuis. Perdi o ar por um segundo. Limpei a garganta e reforcei o sorriso. — Já escolheu?

Ele não me respondeu. Suas sobrancelhas grossas estavam contorcidas em uma feição de curiosidade, uma ruga interrogativa afundada entre elas. A boca macia estava entreaberta, como se ele tentasse se lembrar de algo que estava na ponta da língua. Então, todo o seu rosto se iluminou, como se houvesse me reconhecido de algum lugar.

— Thalita?

Engoli em seco e demorei alguns segundos para remontar aquele quebra-cabeças. Os olhos azuis, as covinhas, o Sonho de Valsa, a margarida que eu ainda tinha guardada no meio de algum livro esquecido, as tardes de verão, o primeiro beijo... *Erick.* Minha primeira paixão. Meu romance de verão.

Caramba, já tinha quase dez anos...

2

De início, a surpresa foi grande demais para que minhas emoções fizessem sentido, então fiquei apenas ali, parada, piscando, a boca levemente aberta.

Lentamente, fui pondo cada sentimento em sua devida caixinha: a ansiedade por confrontar o inesperado, a nostalgia que acompanhava as doces memórias do passado, um leve ressentimento por eu não estar solteira e, portanto, não poder aproveitar por completo aquela cena digna de filme.

Dei um passo para trás, retomando a postura mais profissional possível.

— Erick. — Respirei fundo e sorri, forçando naturalidade. — Oi. Quanto tempo!

Ele piscou, ainda parecendo não acreditar que eu estava diante dos seus olhos depois de todos aqueles anos sem contato algum.

— Uau... Você não... Não mudou *nada* — ele disse, meio rindo. — Ainda continua linda.

Não era verdade. Eu tinha mudado bastante. Tinha crescido pelo menos cinco centímetros, ganhado corpo de mulher, deixado meu cabelo castanho e ondulado crescer até a metade das costas. Mas eu sabia que não era aquilo que ele estava querendo dizer.

Minhas bochechas arderam violentamente, e eu tive que desviar os olhos para o chão, mordendo um sorriso. A minha voz interior precisou me dar uma bronca. *MEU DEUS, GAROTA. VOCÊ TEM NAMORADO. E PODE IR BAIXANDO ESSA BOLINHA TAMBÉM, ERICK ESTÁ SÓ SENDO SIMPÁTICO.*

— Obrigada — consegui murmurar. — Você também.

Um silêncio esquisito começou a tomar conta de nós dois, se enroscando no espaço que nos separava e tornando o ar mais denso, difícil de respirar. Eu lancei um olhar rápido para o balcão, de onde Ana me observava como se eu fosse um grande espetáculo. Ela sacudiu a cabeça tentando me encorajar. Fiz uma careta discreta para ela, implorando mentalmente que ela se comportasse.

Erick e eu começamos a falar ao mesmo tempo.

— Então, você tá moran...?

— Já escolheu o qu...?

Nós paramos de falar ao mesmo tempo.

Sorrimos um para o outro, sem graças. *Meu Deus, que clichê.* Mordi os lábios e fiz um sinal para que ele falasse primeiro.

— Você tá morando aqui? — ele disse, então franziu o nariz. — Desculpa. Pergunta idiota. Sempre me perguntei o que você estaria fazendo da vida, mas nunca imaginei que iria acabar esbarrando em você em um café, quase dez anos depois, aqui... hum... na capital. Você não morava em uma cidadezinha mais pro interior? Riacho alguma coisa...? Não...

— Retiro Novo — eu corrigi.

— Isso! — Ele bateu na mesa, animado por ter se lembrado.

Mordi meu lábio inferior e ergui as sobrancelhas.

— Eu vim pra cá fazer faculdade. Moro aqui perto com o meu... — O sorriso sumiu do meu rosto. — Com o meu namorado. — A palavra começou a se assentar sobre nós, trazendo de volta o constrangimento, mas eu me recusei a deixar o silêncio reinar outra vez. — E você? Você não... Não era do Rio? Tá aqui a passeio?

Erick apoiou o cotovelo na mesa e deixou a bochecha cair sobre o punho fechado.

— Desculpa. — Ele soltou uma risada. — É só que é tão... tão estranho ver você depois de todo esse tempo. Eu... — Ele se sentou reto e lambeu os lábios antes de continuar. — Eu morava no Rio, sim. Tô aqui agora. Meu pai... hum... A empresa dele tem sede aqui, eu vim... hum... meio que...

— Trabalhar com ele? — sugeri.

— Tipo isso — Erick sorriu.

— Que legal. E o que você faz?

Ele jogou o cabelo para trás distraidamente e olhou para cima, pensando em como poderia dizer as próximas palavras.

— Eu sou... hum... Analista. Bem, mais ou menos. Eu ainda estou começando, eles só me confiam projetos pequenos, e é tudo muito novo pra mim. Ainda estou tentando aprender as... — Os olhos azuis dele encontraram os meus. — As manhas.

Eu perdi o fôlego por um instante e, na tentativa de desviar o olhar, acabei aprisionada pela carranca da Monique, que me encarava do outro lado do balcão, parecendo ter se esquecido de toda sua bondade de apenas alguns minutos antes.

— Eu adoraria ficar pra conversar mais, mas meio que tenho que...

— Ah, é claro. — Erick parecia desconfortável. Olhou ao redor e provavelmente deve ter visto Monique também. — Desculpa.

— Posso trazer alguma coisa pra você?

— O que você recomenda?

As pessoas me faziam aquela pergunta milhares de vezes por dia, e eu era treinada a variar as opções e dar dicas realmente valiosas — pelo menos financeiramente, para o Café. Mas aquilo era diferente. Erick não era um cliente qualquer.

Meus lábios se contorceram em um sorriso fora do meu controle.

— Eu faço um expresso decente — declarei. — Pra começo de conversa. As pessoas adoram uns cafés cheios de firula por aqui, mas minha dica é... A simplicidade nunca desaponta. Com um café simples, você pode combinar acompanhamentos extravagantes, e eu... Eu tenho a coisa ideal pra você.

Erick ergueu as sobrancelhas com um ar curioso.

— O que é?

Mordi a bochecha de um jeito quase sapeca.

— Você confia em mim?

— Claro — ele falou, embora seu tom fosse meio incerto.

— Então espera aqui.

Pelo resto do dia, eu não consegui apagar da minha cabeça a expressão de Erick quando ele viu que eu tinha trazido a torta de Sonho de Valsa. O sorriso surpreso, saudoso, cúmplice dominou cada centímetro de seu rosto, e Erick ficou sem palavras, voltando a ser o garoto pré-adolescente que havia roubado meu coração tanto tempo antes.

Eu só caí de volta na realidade quando, ao final do dia, Davi me recebeu em casa com um beijo e um pedido monumental de desculpas. Ele havia pedido uma pizza, a minha preferida, de pepperoni com azeitonas e a massa amanteigada, que custava mais caro e só ousávamos comprar em ocasiões especiais.

Engoli duas fatias tentando fazer a culpa também descer pela minha garganta.

Eu não tinha feito nada de errado.

Uma torta de Sonho de Valsa dificilmente configura traição.

Ainda assim, o remorso pesou um pouco sobre meus ombros. Talvez porque... parte de mim... quisesse que alguma coisa tivesse acontecido.

Passei a noite toda olhando para o teto, incapaz de adormecer, enquanto Davi, ao meu lado, ressonava tranquilo, sem nem desconfiar de nada.

3

No dia seguinte, Ana me pegou encarando a porta. Ela pareceu perceber algo de que eu nem tinha me tocado:

— Você acha que o bonitão volta hoje?

— O quê? — Olhei para ela como se ela estivesse doida. — Quem?

Ana me lançou um sorriso esperto e não abriu mais a boca. Seu olhar era suficiente para dizer tudo o que tinha ficado sem ser dito. Ela me deu as costas e foi entregar um café com leite na mesa quatro.

— Ele é um velho amigo meu — expliquei quando ela voltou. O que me fez parecer mais suspeita, claro. Por que eu precisaria explicar qualquer coisa se Erick não representava absolutamente *nada* para mim?

— Amigo? — Ana ergueu as sobrancelhas. — Hum...

Eu parei de passar o pano no balcão e coloquei as mãos na cintura.

— Nós fomos pro mesmo acampamento de férias. Quando tínhamos *treze* anos! — eu disse. — Nós éramos praticamente *crianças*, pelo amor de Deus, Ana!

Ela se limitou a sorrir daquele jeito enigmático que me dava nos nervos.

— Eu tenho namorado! — Dei a cartada final.

— Se você diz... — minha colega murmurou em um tom falso de leveza.

De uma forma ou de outra, não fez diferença alguma.

Erick não apareceu naquele dia.

Nem no próximo.

Na verdade, ele só foi dar as caras de volta no café umas duas semanas depois, quando eu já tinha praticamente me esquecido daquele encontro ao acaso.

Ele se sentou na seção de mesas da Ana.

Inicialmente, tomei aquilo como uma mensagem pessoal, ou seja, na minha cabeça ele tinha deliberadamente se sentado fora da minha área porque se encontrar comigo daquela vez tinha sido uma experiência desagradável que ele preferiria evitar repetir, mas já havia passado tempo demais sem seu sagrado líquido cafeinado e precisou retornar ao Canela, mesmo correndo o risco de esbarrar em alguém como eu.

Essa teoria caiu por terra quando Ana voltou saltitando para trás do balcão e sacudiu as sobrancelhas de modo sugestivo.

— Ele pediu para ser atendido por você — ela falou.

Só aí eu me toquei que ele, provavelmente, tinha se sentado na seção de Ana sem querer. Afinal, a divisão das seções é desenhada no imaginário das garçonetes. Não existe nenhuma linha física para explicar aos clientes VIPs onde se sentarem ou não caso queiram ser atendidos por uma ou outra garota, o que, geralmente, trabalha ao nosso favor para espantar pervertidos aleatórios.

— Você voltou! — exclamei pateticamente, me colocando ao lado da mesa de Erick.

Ele me atingiu em cheio com aqueles faróis azuis, me desestabilizando por um momento. Felizmente, agora era a vez *dele* de dizer alguma coisa.

— Thalita! Oi! — Ele sorriu, fechando o cardápio. — Eu queria ter vindo antes, mas fiquei com medo de você me achar muito afobado.

Senti todo o meu sangue descer de uma vez para os meus pés. Minha cabeça ficou leve, e eu dei um passo para trás, abrindo e fechando a boca sem saber exatamente qual era a coisa certa a dizer.

Eu sabia que podia ter minha parcela de culpa em talvez ter causado uma ilusão de que eu estava, ainda que minimamente, interessada em um romance, mas eu não... Quer dizer, não tinha nem como... Eu tinha um namorado. Um namoro sério de anos de companheirismo. Não era como se eu fosse... Quer dizer. Eu não sou tão louca assim. Não dá pra jogar no lixo um namoro perfeitamente bom só para entreter uma paixãozinha de verão de quase dez anos antes.

Enquanto meus pensamentos gaguejavam entre si, Erick soltou uma risada.

— Brincadeira — ele disse. Eu finalmente soltei o ar e, por reflexo, ri com ele. — É que as coisas ficaram meio loucas no escritório, e é claro que o analista novato não teve uma folguinha para vir aqui apreciar o novo café preferido.

Claro.

Não sei nem onde eu estava com a cabeça quando pensei que...

Caramba, Thalita, você é uma imbecil que acha que o mundo gira em torno de você. Se enxerga, garota.

Forcei um sorriso.

— Bem, que bom que eles finalmente te libertaram — eu consegui dizer. — Tem várias tortas que você ainda precisa provar por aqui.

— Todas tão boas quanto a de Sonho de Valsa, imagino? — Ele franziu a testa. — Porque eu sou uma pessoa de hábitos. É difícil arriscar trocar uma coisa perfeitamente boa por outra que talvez não seja tudo o que promete ser.

Nem me fale.

— A de limão é um pedaço do Céu aqui na Terra — disse sinceramente.

Erick pareceu cético.

— Você jura? — Ele ergueu uma sobrancelha.

Não foi difícil forçar uma risada.

— É minha preferida — admiti.

Ele sorriu.

— Então acho que vou confiar em você outra vez. — Ele batucou os dedos sobre o cardápio. — Uma fatia da torta de limão e um expresso, por favor.

— É pra já! — Eu bati continência, entrando no papel da garçonete eficiente.

Antes que eu pudesse me afastar, Erick tocou no meu braço. Seus dedos escorregaram pela minha pele e envolveram meu pulso, me mantendo ali. Um arrepio passou pelo meu corpo inteiro, me deixando inteiramente gelada. Erick me soltou quando eu virei para ele.

— Ei... Eu não queria te assustar com aquela coisa de eu... de eu estar afobado. Foi só uma... uma piada. Tá?

Fiz uma careta divertida e assenti.

— Não, relaxa.

— Eu realmente queria ter vindo te ver, mas... Não é nada assim. Eu sei que você tem namorado.

A culpa me deu um soco na barriga. Eu quase me inclinei para frente, reagindo à ardência do impacto.

— É verdade. Eu tenho, sim.

Sua mão, ainda estendida no ar, encostou de leve no meu braço outra vez.

— Se você não tivesse, talvez as coisas pudessem ser diferentes — ele disse. — Mas você tem.

Eu dei um sorriso amarelo e recuei alguns passos.

— Vou trazer sua torta e seu café — disse apressadamente.

Enquanto eu me retirava para o balcão, ouvi Erick dizer:

— Desculpa, Thalita, eu não quis...

— Não tem problema! — gritei por sobre o ombro e continuei andando.

Ana notou meus olhos esbugalhados quando retornei para o balcão e tocou meus ombros, me fazendo focar seu rosto.

— Que foi? — ela perguntou. Esticou o pescoço de leve, lançando um olhar para Erick. — Aconteceu alguma coisa?

Forcei uma risada e sacudi a cabeça, desmerecendo a preocupação dela.

— Nada. — Suspirei e apertei o porta-filtro no botão do moinho para recolher o café. Ana cruzou os braços e, apoiando-se na parede ao meu lado, me observou com olhos céticos. — O quê?

Ela tirou uma das mãos dos braços cruzados e apontou para mim de forma acusatória.

— Eu te conheço, garotinha...

Respirei fundo e virei a cabeça para olhar rapidamente para a mesa em que Erick estava sentado. Ele estava mexendo no celular, mas, parecendo saber que eu estava olhando, ergueu os olhos e sorriu para mim. Voltei a encarar a máquina de café, meus olhos arregalados outra vez.

— É só que... — Encaixei o café moído no aparelho e me concentrei por alguns segundos para colocar a xícara antes que o líquido vazasse a esmo. — Não sei, Ana. Parece meio... meio errado de alguma forma.

— Errado?

— Sei lá. — Soltei o botão para parar a água. — A Thalita de treze anos tá em algum lugar aqui dentro de mim sem acreditar que o Erick... — Limpei a garganta e sacudi a cabeça. — Sei lá, Ana, ele não fez nada específico, mas dá pra saber que ele tá interessado, e talvez parte de mim também esteja e... Só sinto como se estivesse fazendo coisa errada. Faz sentido?

Ana assentiu lentamente.

— Por causa do Davi?

Ela tocou no centro da ferida. Só ouvir o nome do meu namorado fez algo doer em mim.

— Exatamente. — Eu torci os lábios. — É idiota. Eu não devia me sentir assim, eu nem sei se o Erick tá realmente...

— Amiga. Ele *definitivamente* tá dando em cima, vai por mim. — Ela desviou os olhos na direção dele como se para provar um ponto. — Olha... — Suspirou, colocando as mãos sobre meus ombros novamente enquanto eu ajeitava a bandeja para levar de volta para a mesa dele. — Se você quer ficar com o Davi (e não tem nada de errado em não querer, mas pensa bem...), você precisa ser bem clara com o Erick. Precisa avisar que não está disponível pra esse tipo de coisa e que se sente desconfortável com as investidas.

— Mas, Ana, não são exatamente investidas. Ele nem...

— Psiu. Confia em mim, amiga. Vai ser melhor pra todo mundo se esclarecer tudo logo de cara. — Ela inclinou a cabeça. — Vocês ainda podem ser amigos.

Fiz uma careta involuntária.

— É. Talvez.

— Boa sorte — ela falou, me virando na direção das mesas.

Eu senti meu corpo inteiro ficar tenso enquanto caminhava até a mesa de Erick. Nem mesmo o sorriso brilhante dele foi suficiente para me tranquilizar. Coloquei a xícara e o pratinho com a fatia da torta sobre a mesa e segurei a bandeja vazia contra meu corpo como uma proteção extra. Como se a barreira de plástico pudesse me poupar dos sentimentos bombardeados.

Abri a boca para dizer o que Ana tinha me instruído, mas no instante em que inspirei para falar, tudo me pareceu imensamente idiota e presunçoso. Mordi os lábios e engoli com força, estampando um sorriso simpático.

— Bom apetite — murmurei.

— Obrigado — Erick falou. — Tá com uma cara ótima.

Alarguei o sorriso e abaixei a cabeça como cumprimento, já me virando para escapar antes que aquela interação ficasse muito constrangedora.

— Thalita, espera! — A voz de Erick me fez parar. Olhei para ele. — Aconteceu alguma coisa?

Apertei os olhos por um instante e suspirei.

Na minha cabeça, eu ainda podia escutar as palavras de Ana ecoando como um alerta. *Vai ser melhor pra todo mundo esclarecer tudo logo de cara.*

— Você vai achar idiota... — comecei.

Pisquei os olhos e vi que Erick me encarava com receio.

— Claro que não — ele disse.

— Não me leve a mal, é só que eu... — Limpei a garganta. — Eu adorei me reencontrar com você depois de tanto tempo. Mas eu...

Ele sorriu de forma meio triste.

— Você tem namorado — completou por mim.

Assenti, sem saber o que mais dizer. Erick tocou no meu braço para me tranquilizar.

— Me desculpe se pareci muito atirado. Não quis dar em cima. Eu sei que muitos anos se passaram, e não quero interferir no seu namoro de forma alguma. É só difícil evitar ficar encantado por você. — A voz dele parecia tocar meu ouvido diretamente. Estremeci e pisquei várias vezes para me concentrar no que ele estava dizendo. — Não quis te deixar desconfortável.

— N-não...

— Eu sei ler sinais — ele me cortou. — Fica tranquila, Thalita. Você não me deve explicação nenhuma. Talvez agora não seja nosso tempo, mas algo me diz que essa não é a última vez que eu vou te ver...

Meu coração bateu descompassado. Eu abri a boca e não consegui dizer nada por um bom tempo.

— Aproveite o café — disse que nem uma boba antes de praticamente correr de volta para a proteção do balcão.

Me concentrei em atender outros clientes só para ter algo em que pensar que não fosse Erick e suas últimas palavras misteriosas. Quando voltei até a mesa dele, ele já tinha ido embora. A fatia de torta ainda estava pela metade, e uma nota de cinquenta descansava no pires embaixo da xícara. Bem mais do que aquela pequena refeição valia. Um bilhete escrito num guardanapo em letra arrumada dizia: "Fique com o troco. Adorei te reencontrar. Bj, Erick". Olhei ao redor, esperando ainda vê-lo escapando pela porta, mas meus olhos se desapontaram.

Amassei o guardanapo e o joguei no lixo para que não pudesse mais atormentar meus pensamentos.

Erick estava no passado — e era lá que ele deveria permanecer.

4

Ocasionalmente, eu me perguntava se tinha apressado muito as coisas com o Davi.

Casais normais podem demorar anos antes de resolverem morar juntos. É uma decisão importante, tomada muitas vezes com base no amor e no respeito, após séria consideração das duas partes envolvidas.

Conosco, foi mera questão de conveniência.

Não havíamos completado seis meses de namoro ainda quando o ensino médio acabou. Nós dois havíamos passado para faculdades na capital, e a família do Davi tinha um pequeno apartamento no centro.

Pareceu prático irmos morar juntos, ainda mais considerando que naquela época estávamos *tão* apaixonados: ele tinha um apartamento no centro; eu estava precisando de um lugar para morar na capital, de preferência no centro. Não foi mistério nenhum.

Nem mesmo meus pais implicaram com isso. Eles conheciam os pais de Davi e confiavam plenamente no garoto. Sem contar que, como meus provedores oficiais, eles não podiam ignorar a grande vantagem que era não precisarem pagar meu aluguel.

Os primeiros meses foram ótimos. Gosto de me referir a eles como "o tempo em que a gente estava brincando de casinha". Davi era amoroso e dedicado e ainda não costumava passar horas deitado no sofá jogando videogame com seus amigos da internet. Ele me fazia rir o tempo todo. Eu não me sentia sozinha. Tudo parecia uma grande aventura. "Somos gente grande", ele dizia. "É oficial."

Não sei dizer exatamente quanto tempo esse encanto durou.

O fato é que, inevitavelmente, o relacionamento diário se tornou desgastante e, por muitas vezes, exaustivo.

Tudo o que antes me encantava em Davi passou a ser quase irritante. A sua antiga espontaneidade se transformou em imaturidade e falta de comprometimento. Seu jeito de me tirar o fôlego com um beijo no meio de uma briga parou de ser charmoso e virou simplesmente frustrante. O estilo *bad boy* sem sentimentos não era mais desafiador e sexy, era a chave do nosso isolamento.

E várias outras coisas que eu nunca tinha percebido sobre ele começaram a surgir.

Davi era mimado e preguiçoso. Ele nunca tinha precisado trabalhar um dia sequer na vida, e pelo jeito não pretendia começar agora. Enquanto eu dividia meu tempo entre o trabalho no Café Canela e o curso noturno na faculdade, ele ficava em casa jogando videogame, às vezes por horas seguidas sem ao menos se levantar para ir ao banheiro. Ele tinha trancado o curso de administração no terceiro semestre e dizia ainda não estar preparado para voltar, o que, no começo, eu apoiei, porque eu vi como o curso o havia estressado. Mas agora... Agora já tinha passado da hora de encontrar um novo rumo para a vida. Passar o resto dos dias preso em casa, jogando videogame, dificilmente era uma opção. Quer dizer. Não deveria ser. Mas o pai dele continuava mandando dinheiro, então é claro que Davi continuava fingindo que dava para continuar daquele jeito.

E, tudo bem, não estou dizendo que era ruim *sempre*.

Eu realmente amava Davi. Com todo o meu coração.

Nosso companheirismo era admirável e empolgante. Depois de mais de três anos juntos, era difícil ser diferente. Éramos um time — uma *família*.

Por piores que fossem nossas brigas, sempre fazíamos as pazes. Quando eu estava mal, ele me mimava. Ele me fazia rir nos dias tristes, sabia realmente como me alegrar. Ele gostava muito de ficar de conchinha fazendo nada, só sentindo meu peito subir e descer com a respiração, e meu coração palpitar sob sua palma, enquanto seu nariz roçava contra minha orelha. Maratonas de seriado eram nossa religião, era o que nos reconectava quando nos sentíamos distantes, já que nunca perdíamos um episódio — e era praticamente um crime assistir ao seriado sem a companhia um do outro.

E também tinha os dias em que ele estava *bem*.

Especialmente *bem*.

Como quando ele saía para jogar futebol com os amigos e voltava todo confiante, sorridente, amoroso.

Naquele dia, eu tinha acabado de voltar da aula e estava exausta. Prendi meu cabelo em um rabo de cavalo e abri a geladeira, e, de repente, Davi chegou em casa.

— Oi, mor — murmurei automaticamente, sem me virar. A geladeira prendia toda a minha atenção enquanto eu procurava por algo para comer. Eu sabia que tinha um *tupperware* em algum lugar, com as sobras do macarrão à bolonhesa que o Davi tinha feito no domingo, talvez atrás das latinhas de cerveja.

Davi não me respondeu. Eu pausei, a cabeça ainda enfiada na geladeira. Meus olhos foram automaticamente para o lado enquanto eu atentava meus ouvidos para os barulhos da casa. Talvez ele não tivesse chegado. Talvez tivesse sido só impressão... Apesar de eu claramente ter ouvido o alarme do carro dele na rua da frente e a porta de casa se abrindo...

— Davi? — chamei em voz alta.

As batidas da música me responderam. Davi tinha conectado o telefone dele na caixa de som, e agora "Happy", do Pharrell, tinha começado a tocar.

De seu lugar na sala, a alguns metros de mim, Davi estava mordendo o lábio inferior e sorrindo do jeito que tinha me conquistado mais de três anos antes. Com as sobrancelhas erguidas, ele encolheu os ombros e tirou os tênis no ritmo da música. Eu rolei os olhos, bufando uma risada, e fechei a geladeira, apoiando o braço na alça da porta.

O cabelo dele, normalmente castanho-claro, estava em um tom mais escuro que sua pele, e penteado para trás. Provavelmente tinha tomado banho depois do jogo. Ele adorava a pressão dos chuveiros do clube. Eu conseguia sentir o cheiro de sabonete mesmo de longe. Ele sabia que eu adorava aquilo.

Dançando na batida da música, ele deslizou as meias pelo chão de madeira até chegar frente a frente comigo. Então ele começou a mexer a boca, dublando o refrão, mexendo os braços ao redor do meu corpo. Eu abri um sorriso enorme, me esquecendo completamente da razão de eu estar brava com ele. Na verdade, eu nem sabia se eu estava mesmo brava com ele. É só que, naqueles dias, parecia que eu sempre estava brava com ele.

Mas não naquele momento. Naquele momento, ele tinha voltado a ser o meu Davi, o garoto bobo com cara de menino que tinha me conquistado no terceiro ano da escola. Naquele momento, eu era sortuda de tê-lo.

Só quando ele colocou uma das mãos na minha cintura que eu percebi que a outra mão dele estava ocupada com sacolas de supermercado. Ele colocou as sacolas sobre o balcão para não atrapalhar nossa dança — sim, *nossa*, porque era claro que Davi não iria me deixar escapar daquilo. Ele me puxou para perto do corpo, conseguindo me convencer sem muita resistência, e então começamos a rodopiar que nem uns bestas pela sala.

No final, estávamos cantando a plenos pulmões e batendo palmas, como a letra da música indicava. Era um dueto improvável. Eu fazia a parte do Pharrell, "*Clap along if you feel like a room without a roof*", e ele emendava com os "*Because I'm happyyyyyyy*".

Eu estava tão envolvida na brincadeira que só percebi que estava rindo incontrolavelmente quando a música acabou e, de forma anticlimática, uma outra começou a tocar, uma esquisita de uma banda esquisita de que o Davi gostava.

Davi flagrou minha careta para a nova música e espanou os cabelos molhados, fazendo algumas gotinhas voarem no meu rosto. Eu o empurrei para trás, ainda rindo. Ele segurou meus pulsos e, me puxando de volta para perto, me beijou.

Em momentos como aquele, eu me perguntava por que, às vezes, eu ainda duvidava do meu amor ou do quanto valia a pena lutar por aquele relacionamento.

5

Quando Davi chegava em casa feliz, o clima todo mudava automaticamente. As nuvens negras de tempestade se transformavam em raios de sol e os passarinhos começavam a cantar satisfeitos. Eu me permitia sorrir dentro daquela pequena bolha de felicidade, deixando todas as coisas ruins congeladas num passado que só voltaria mais tarde para nos morder.

— Então vocês ganharam... — constatei, me referindo ao time dele com os amigos. Era a única explicação para, aparentemente, ter surgido tanta empolgação de uma hora para outra.

Davi afastou o rosto do meu e fez uma caretinha.

— Na verdade, foi empate — ele informou antes de me beijar de novo. Então, ainda com os lábios próximos aos meus, sussurrou: — Mas obrigado pela fé. Nossos torcedores são tudo pra gente.

Eu ri, colocando as mãos no peito dele e o empurrando para trás em um gesto brincalhão.

— Idiota...

Ele segurou uma das minhas mãos e levou à boca, plantando um beijo nas costas dela.

— Senti saudade.

Eu tinha chegado tarde da aula no dia anterior e ele já estava dormindo, e quando saí para o trabalho ele ainda estava adormecido. Não tínhamos nos visto propriamente havia quase dois dias. Nossa última conversa real tinha sido durante o café da manhã (para ele, prematuro) que tínhamos tomado juntos na manhã anterior.

— Eu também — confessei.

— Você trabalha demais... — ele começou.

E... *pronto.*

Aqui vamos nós.

Momento perfeito arruinado.

Puxei minha mão e cruzei os braços.

— Davi. — Minha voz saiu tão cansada que até mesmo eu me assustei. — Por favor.

Ele mordeu uma das bochechas e ficou encarando meus pés por algum tempo antes de suspirar.

— Ok. Desculpa. Eu trouxe... hum... — Ele caminhou até o balcão e recuperou as sacolas de supermercado. — Jantar?

Meu sorriso voltou ao rosto com muita facilidade.

— É o que eu tô pensando?

O sorriso dele voltou logo em seguida.

— Não sei... Por acaso você tá pensando que tem o melhor namorado do mundo? — Ele riu e tirou as sacolas do meu alcance quando eu tentei pegar para espiar. — Na-não. Senta ali, senhorita. Eu preparo tudo. Comprei esses palitinhos de queijo que você gosta, pra ir beliscando enquanto espera. Só não enche a barriga, Dona Thalita. Tem que guardar espaço para o prato principal.

Eu não conseguia parar de sorrir enquanto abria a sacola em que os palitinhos estavam. Coloquei um deles na boca e fui roendo como um hamster enquanto observava Davi preparar nosso jantar.

Qualquer pessoa normal torceria o nariz antes de chamar aquilo de "jantar", mas Davi e eu tínhamos nossa própria linguagem e nossos próprios hábitos. De modo que, sim, miojo era considerado jantar.

Só que não era um miojo simples e sem graça. Era um "miojo invocado", como Davi gostava de dizer.

Um miojo digno de MasterChef.

MasterChef preguiçoso, claro. Porque ele já comprava todos os ingredientes cortados e prontos para uso. Requeijão, brócolis e cogumelo. Se você misturasse tudo com o temperinho do miojo e o próprio macarrão, o resultado seria a minha refeição preferida do mundo. Talvez uma outra pessoa não apreciasse tanto quanto eu, mas para mim tinha gosto de lar, amor e conforto.

Meus olhos rolaram de prazer quando comi a primeira garfada, o que fez Davi rir.

E então ele disse:

— Consegui um emprego.

E eu quase engasguei.

— Quê?! — Minha voz saiu aguda e incrédula, o que pareceu intimidar um pouco o meu namorado.

— Não é nada de mais... — ele começou. — É só que o Marco tá com um projeto novo e ele perguntou se eu...

— Eu não sabia que você tava procurando — interrompi, ainda sem conseguir processar aquela informação.

Davi franziu a testa e abriu a boca, mas não disse nada por alguns segundos.

— Eu não tava... — ele murmurou finalmente. — Isso é um problema?

Eu me levantei do meu banco e contornei o balcão para abraçá-lo.

— Claro que não, mor! Eu tô muito feliz por você!

Davi hesitou um pouco antes de soltar seu garfo e me abraçar de volta. Eu o segurei pelos ombros e afastei meu rosto, olhando-o nos olhos. Ele estava apertando os lábios, tentando não sorrir, mas eu conseguia ver que ele estava orgulhoso de si. Aquilo me fez sentir *tão* orgulhosa dele. Eu me encaixei entre as pernas dele e, puxando-o pelo cabelo, o beijei. O sorriso dele finalmente se abriu no meio do beijo, seus lábios relaxando e envolvendo os meus com ternura.

— Você não vai mais poder me chamar de vagabundo agora — ele murmurou, afastando o rosto um pouco.

Eu sabia que aquele era um momento de virada.

Eu poderia comprar a briga e tirar do meu peito todas aquelas reclamações que eu tinha para fazer sobre tudo o que me irritava em Davi.

Ou eu poderia contornar o problema e lidar com aquilo uma outra hora, de um outro jeito.

Não sei ao certo se foi uma escolha um tanto covarde, mas preferi aproveitar o momento.

— Você tá virando gente grande — eu falei, acariciando as bochechas dele com o polegar. — Que gracinha.

Ele franziu o nariz, sorrindo.

— Já tava na hora, né? — Ele brincou de volta.

Eu o beijei outra vez.

Depois, quando estávamos na cama, olhando para o teto, ele comentou:

— Acho que não vou mais conseguir ir no aniversário da sua irmã.

Minha irmã, Laís, faria dezesseis anos em duas semanas. Aniversários e feriados eram as únicas épocas certas de viagens que a gente fazia de volta para Retiro. Eram datas mais ou menos sagradas.

— Por causa do trabalho?

— É — ele respondeu. — Meio sem graça eu já pedir folga na minha primeira semana, né?

Eu ri e me aninhei no corpo dele.

— A Lalá vai ficar muito decepcionada — comentei. — Ela ainda não superou a quedinha que tinha por você, acho.

— Fala pra ela que, quando ela fizer dezoito, a gente conversa — foi a resposta de Davi.

Eu fiquei irritada por meio segundo. Então eu ri.

— Imbecil — reclamei, empurrando-o para longe.

Ele se arrastou pela cama, me puxando de volta.

— É, porque, realmente, Tita... Eu tô *doido* pra te trocar pela sua irmã que era praticamente um bebê quando eu conheci — ele ironizou no meu ouvido, roçando o nariz nos meus cabelos e me fazendo gargalhar.

Ele só sossegou quando eu o beijei de novo, mostrando que eu não tinha ficado ressentida com a piadinha de mau gosto.

— Ai. — Suspirei. — Por que é que eu te amo mesmo, hein? Sempre esqueço...

— Hummmmm... — Davi murmurou, olhando para cima como se estivesse realmente considerando aquilo. Então seu olhar desceu de repente, se encontrando com o meu. — Deixa eu refrescar sua memória.

E então, com seus toques, ele me levou ao Paraíso.

6

— Diz pra ela que eu estou desejando o melhor aniversário do mundo.

Ergui as sobrancelhas e olhei bem para Davi.

— Quem vê pensa que você é fofo — eu disse.

— Eu sou fofíssimo! — Davi protestou.

Eu sorri e me inclinei para beijá-lo em despedida.

— Se comporta.

Ele rolou os olhos e sorriu de lado.

— Droga. Você me pegou. Vou fazer uma festona lá em casa enquanto você estiver fora.

Ri sozinha, porque sabia que não precisava me preocupar. Davi podia ser muitas coisas, mas ele não era do tipo galinha. Ele era do tipo que se acomoda, e eu sabia que ele estava muito confortável comigo. Eu sabia que ele não iria a lugar nenhum. Ele não quebraria minha confiança dessa maneira. Davi era preguiçoso demais para me trair.

Além do mais, seriam só quatro dias. Quanto estrago dá para ser feito em quatro dias?

— Boa viagem, Tita! — ele gritou, tendo aberto a janela apenas para dizer tchau.

Entrei no ônibus para Retiro sem ele pela primeira vez em muito tempo. Sozinha.

Não achei que aquilo fosse me afetar tanto, mas um frio persistente na minha barriga me provou o contrário. Era como se alguma parte importante estivesse faltando. Era estranho demais voltar para casa sem Davi, tão estranho que parecia quase criminoso.

Sentei no meu lugar perto da janela, colocando a mochila entre as pernas porque odiava enfiá-la no bagageiro, tão longe de mim, para o caso de eu precisar pegar alguma coisa. Encostei minha cabeça no vidro e dormi praticamente o percurso inteiro.

Ester, a irmã mais velha de Davi, foi quem me buscou na rodoviária, porque minha família estava toda ocupada com os preparativos da festa da Laís. O filhinho dela me recebeu com um abraço e um beijo babado e me perguntou onde estava o "tio Vavi". A mãe explicou pacientemente que o "tio Vavi" estava ocupado trabalhando, o que fez o Pedrinho ficar choroso. Ele adorava o tio.

Davi era ótimo com crianças. Eu não pensava em ter filhos tão cedo, mas sempre que via ele com o sobrinho meus ovários começavam a se exaltar. Eu quase podia escutá-los gritando: "EI. QUERO." Davi seria um ótimo pai.

Ester me deixou na frente da casa dos meus pais, minha antiga casa, e precisou controlar o Pedro, que começou a chorar assim que eu desci do carro. Tentei ficar mais um pouco e prometer que nos veríamos em breve, mas a irmã de Davi disse que era melhor eu ir logo, porque assim que eu estivesse fora de vista o garotinho de dois anos e meio se esqueceria da minha presença e superaria a mágoa. Então eu agradeci e apertei a campainha, esperando que alguém lá dentro se lembrasse de que eu estava chegando em Retiro Novo.

Laís foi quem abriu a porta. Ela estava com o cabelo cheio de rolinhos e o rosto verde de uma máscara facial.

— Tita! — ela gritou, me abraçando antes que eu pudesse processar o que estava acontecendo. — Graças a Deus!

— O que foi? — perguntei, receosa.

— Mamãe e papai estão loucos! Vem aqui me apoiar! — ela disse. Pausou um momento e seus olhos se desviaram para o ponto atrás de mim. Não encontrando o que queria, espichou o pescoço. Então, fez uma careta. — Cadê o Davi?

Mordi o lábio e fiz uma cara de quem pede desculpa.

— Ele te desejou o melhor aniversário do mundo — ofereci, encolhendo os ombros.

— Não acredito que você não trouxe o Davi! — Laís deu as costas e saiu marchando para dentro de casa.

Eu suspirei, fechei a porta atrás de mim e a segui até o quarto.

— Ei, coisinha. — Revirei os olhos e ri. — O Davi é meu namorado, não *seu*.

— Davi não vem? — minha mãe perguntou. Ela estava parcialmente dentro do guarda-roupa de Laís, deslizando os cabides como se procurasse por algo específico.

Eu me aproximei e recebi o abraço de boas-vindas.

— Não, ele... ele teve que trabalhar.

— Desde quando o Davi trabalha? — Laís quase riu.

Eu me senti pessoalmente ofendida pelo Davi e abri a boca para retrucar, quando, de repente, meu pai entrou no quarto segurando um pedaço de veludo amarrotado.

— Terminei! Modéstia à parte, ficou parecendo novinho em folha! — ele exclamou. Então, me vendo, se aproximou para me cumprimentar. — Tita! Chegou mais cedo?

— A Ester me buscou — informei, dando um beijo na bochecha dele.

— Cadê o meliante? — Meu pai olhou atrás de mim como se Davi fosse se materializar ali a qualquer momento.

Eu revirei os olhos, e foi Laís quem respondeu por mim.

— Ele não vem. Aparentemente, agora ele trabalha.

— Trabalha? — Meu pai riu, incrédulo. — O *Davi*?

— Aff, vocês são um saco! — exclamei, batendo o pé.

Meu pai riu e me abraçou de lado, não me deixando ir embora.

— Eu estou orgulhoso dele, juro que estou — ele murmurou. — Finalmente tomando um rumo na vida...

Fiquei estranhamente na defensiva. Uma coisa era *eu* pensar aquilo, outra coisa completamente diferente era outras pessoas serem tão injustas com Davi. Ele podia ser meio perdido de vez em quando, mas tinha um bom coração. E eu não duvidava que um dia ele fosse se encontrar. Era injusto apressar as coisas, distorcer os fatos, julgar...

— Tita, olha só o que eles estão fazendo?! — minha irmã mudou o assunto de repente com a voz aguda e revoltada. Ela puxou o veludo das mãos do meu pai. — Olha a monstruosidade que eles querem me fazer usar NA MINHA PRÓPRIA FESTA!!!!

Ela estendeu o que, agora, eu via ser um vestido antiquado e com mais pano do que espaço para mostrar a pele. Não era particularmente feio, mas não era o estilo de Laís em nenhum universo possível. Pisquei algumas vezes, espantando os pensamentos sobre Davi, e analisei a peça.

Virei meu olhar para a minha mãe, que sempre foi a mais sensata do par.

— Por que vocês querem que ela use isso?

— Foi meu vestido de formatura! — minha mãe protestou, ofendida. — Não é tão feio assim... — Ela fez biquinho.

— Não, mas não é... — Eu limpei a garganta. — Não é a *Laís* — concluí no meu melhor tom de juíza imparcial.

— Obrigada! — Laís jogou as mãos para o alto em frustração. — Eu sabia que alguém nessa família teria bom senso!

— Pode ir tirando esse cavalinho da chuva, Dona Laís, porque a Thalita ainda não viu o que você tá querendo usar. — Minha mãe fez careta para minha irmã. — Mostra pra ela, vai.

Minha irmã mordeu os lábios e evitou meus olhos da maneira que ela sempre costumava fazer quando era menor e inventava alguma arte.

— O que você aprontou dessa vez, Lalá? — Ergui as sobrancelhas, colocando a mão na cintura.

— A mamãe tá sendo dramática — Laís disse. — Não é tão ruim assim. É um vestido perfeitamente aceitável.

Meu pai riu alto.

— Uma *blusa* perfeitamente aceitável, você quer dizer — ele ironizou.

— Nossa, como você é hilário, pai! — ela rebateu.

Eu levantei as mãos em sinal de paz.

— Calma, gente. Sem briga. Me mostra — pedi para minha irmã.

Laís foi até a cama e pegou um vestido vermelho cintilante estilo *Old Broadway*, erguendo-o para que eu o analisasse. Ele realmente era muito bonito e clássico, mas eu conseguia entender a preocupação dos meus pais. Laís também, aparentemente, porque continuava sem me olhar nos olhos. Aquele era o jeito dela de dizer que sabia não estar completamente com a razão. Minha irmã sempre achou muito difícil dar o braço a torcer.

— Hummm... Lalá? — comecei suavemente. — Tá meio curto mesmo...

— Até tu, Brutus?! — Ela esmagou o vestido nas mãos e o jogou, irritada, de volta na cama. — E daí que é curto? Uma garota não pode usar o que ela *quer* usar no próprio aniversário de dezesseis anos nesse mundo dominado por homens opressores?

Meus pais olharam para mim como quem diz OLHA SÓ O QUE SUA INFLUÊNCIA FEMINISTA ESTÁ FAZENDO NA SUA IRMÃ. Eu respirei fundo.

— Que tal colocar uma meia-calça preta por baixo? — sugeri.

Laís arregalou os olhos, profundamente ofendida.

— E estragar toda a harmonia do meu look? Quem você acha que eu sou, Thalita?

Meus pais saíram de fininho do quarto, deixando aquele problema para eu resolver. *Típico.* Eu ri, não sabendo por que ainda ficava surpresa. Minha irmã era a Rainha do Drama, e meus pais nunca tinham aprendido a lidar muito bem com aquilo. Sempre sobrava para a boa e velha irmã.

Eu me aproximei do vestido cintilante e o recolhi nas mãos. Observei seu comprimento outra vez, imaginando se haveria alguma outra solução para aquele dilema — alguma que deixasse todos eles igualmente felizes.

— Não é tão curto assim no corpo — Laís murmurou, quase tímida.

— Ok... Coloca pra eu ver.

Ela obedeceu em silêncio e então, ainda parecendo meio ressabiada, rodopiou para que eu apreciasse o modelito. O brilho da luz refletia em cada pequena purpurina do vestido, fazendo a peça parecer tecida com arco-íris e glamour. Eu sorri sozinha, porque aquele vestido era tão a cara da minha irmã que poderia ter sido feito sob encomenda.

— É lindo — admiti.

— Né? — Laís ergueu as mãos, frustrada. — Eu *preciso* usar esse vestido, Tita! Eu vou morrer se eu não usar esse vestido! Você precisa convencer a mamãe e o papai!!!

Eu revirei os olhos, rindo.

— Meu Deus, Lalá. Sim, o vestido é lindo, mas... Vem aqui. — Eu a puxei até o espelho de corpo inteiro e apontei para o reflexo. — Tá vendo? Tá faltando um pouco de... pano — concluí, indicando as pernas dela.

— Por que é que eu não posso mostrar minhas belas pernas torneadas? — ela cruzou os braços.

— Você pode! — exclamei. — Longe de mim dizer que não pode. Porque é claro que você pode. Mas a questão é... Por que, exatamente, você quer mostrar suas "belas pernas torneadas"?

Ela abaixou a guarda. Ficou um tempo em silêncio, observando o próprio reflexo cintilante, e então suspirou.

— Se fosse você, mamãe e papai nem reclamariam. Eles deixam você fazer tudo. Já eu... Eles me tratam que nem criança!

Eu precisei rir. Quis gritar. Meu Deus! Como podemos ser tão tapados quando somos mais novos? A ilusão da adolescência é algo realmente fascinante.

— Você tá louca? Quando eu tinha a sua idade, eles nem me deixavam sair de casa direito. Você não lembra porque você era uma pirralhinha. Quer dizer, era não. É — provoquei. Ela me mostrou a língua, o que para mim era apenas a prova concreta de que eu estava certa. — Mas eu precisei desbravar *todo o universo* antes de você sequer começar a pensar em coisas como... como usar uma saia tão curta. Irmã mais velha sofre, minha filha. — Eu arregalei os olhos, desafiando-a a me contrariar, mas ela não disse nada, então eu sorri. — Então, *ok*, se eu resolvesse usar um vestido curto assim *agora*, talvez eles não reclamassem... Mas você ainda é só um bebezinho, Lalá.

— Cala a boca. — Ela bufou, fazendo bico.

— Um bebezinho fofinho! — Eu a apertei e balancei de um lado para o outro. Então, recolhi o rosto dela na ponta dos meus dedos e murmurei: — Tudo bem você usar o vestido curto se você se sente bem nele. Mas se for só pra desafiar o papai e a mamãe, ou só pra impressionar algum carinha bobo, daí... Daí talvez não seja uma ideia tão boa assim. — Suspirei e voltei a olhar para nosso reflexo no espelho. — Infelizmente o mundo é um lugar podre, e usar roupa curta é perigoso, e eles só estão preocupados com você.

Ela não argumentou contra isso, apesar de ainda parecer um pouco magoada. Encontramos uma solução parcial combinando o vestido cintilante com uma saia de tutu vermelho. Ficou uma gracinha — bem mais princesinha da Disney do que Jessica Rabbit, o que, conhecendo minha irmã, não era exatamente ideal. Mas era um meio-termo aceitável.

Terceira Guerra Mundial evitada, eu deixei minha irmã sozinha no quarto para terminar de combinar com as amigas as músicas que elas queriam que tocassem e fui para a sala ficar com os meus pais, obviamente acreditando que agora eu teria minha merecida folga.

Só que nossa família sente *absoluto prazer* em nos fazer de escravos quando vamos visitar.

— Tita! — minha mãe exclamou ao me ver. — Você tem como ir buscar um pouco mais de corante neon? Sua irmã inventou que quer que as comidas tenham cor de coisa radioativa. Eu iria, mas preciso terminar de fazer a massa das minipizzas e dos pães de queijo. — Então ela sorriu como se eu já tivesse aceitado a tarefa.

Lar doce lar.

7

Eu estava entrando na loja de festas quando meu telefone tocou. Tenho essa mania irritante de deixar meu celular constantemente no silencioso, mas minha mãe tinha me dito explicitamente para "colocar esse telefone pra tocar direito, porque vai que eu preciso te ligar de emergência pra pedir alguma outra coisa da loja?", então ele estava no modo normal. O som inesperado me assustou, e eu, toda atrapalhada, na minha tentativa de tirar o aparelho da bolsa, quase o derrubei em uma fonte de chocolate derretido. Dei um sorriso amarelo para um vendedor que tinha vindo me receber e pedi licença para atender a ligação.

O visor dizia que era Davi.

Na hora, imaginei a pior das tragédias. Por que Davi estaria me ligando assim, tão do nada, no meio da tarde? Em que confusão ele poderia ter se metido em menos de um dia da minha ausência?

Aceitei a ligação meio que no automático e coloquei o celular perto da orelha.

— Alô? — atendi, incerta.

— Oi — a voz do meu namorado respondeu.

— Davi?

— Eu.

— O que foi? — Meu coração, aos solavancos, tentava se manter batendo. — Aconteceu alguma coisa?

— Não, eu... — Davi fez uma pausa e riu, o ar saindo de sua garganta de forma gentil, mas rouca. — Foi mal, Tita. Você vai me achar a pessoa mais idiota do mundo.

Pânico. Desespero. Apocalipse.

— O que você fez?

Sirenes soando ao fundo.

— Eu? — De repente, ele parecia na defensiva. Quase ofendido. — Eu não fiz nada, por que você perguntaria uma coisa assim? Por que é que você sempre acha que eu fiz alguma coisa, hein?

— Davi... — Eu tentei ser paciente. — Você não tá me tranquilizando.

Ele bufou e então pareceu respirar fundo. Quando voltou a falar, parecia bem mais calmo.

— Vamos começar de novo? — sugeriu. — Oi, Tita. Tudo bem?

— Davi, sério, por favor me diz o que tá acontecendo?

— Ai, Thalita, que saco, eu só tava com saudade da sua voz, tá bom? Pronto. Esse é o grande mistério. Acostumei a ter você sempre perto, é estranho você não estar aqui, ou eu não estar aí.

Eu nem me toquei de estar prendendo a respiração até que finalmente soltei o ar, aliviada.

Ah, Davi.

Davi, o bobinho.

Ele só estava com saudades.

— Você me assustou, seu idiota! — ralhei, sorrindo.

— Te amo também — ele retrucou em tom brincalhão.

— Eu também senti falta... — comentei, baixinho, olhando ao redor para garantir que ninguém estava me observando ser uma panaca. — ... da sua voz e tudo o mais.

Davi gargalhou do outro lado, o que me deu mais vontade ainda de rir, e então começamos a rir juntos por um tempo. Ele suspirou.

— Meu Deus, como somos ridículos.

— Agora só falta a gente começar com o "Não, desliga você...".

— Não, desliga *você*... — ele repetiu em voz dengosa.

Revirei os olhos e ri. Peguei uma cesta e comecei a caminhar distraidamente pela loja enquanto falava com ele.

— Não, mas sério. Entendo o que você quer dizer. Acho que a gente nunca ficou tanto tempo separado antes...

— Tita, não foram nem vinte e quatro horas!

— Ei, foi você quem me ligou primeiro! — argumentei.

— Tô brincando — ele riu. — Tô com saudade, pronto, admito. Pode me coroar o rei da babaquice.

— Bobo...

— Como foi a viagem?

Ajeitei a cesta na dobra do cotovelo e passei os dedos por algumas forminhas de brigadeiro.

— Normal. — Estalei a língua, dando de ombros. — Chata. Mas passou rápido. A Ester me buscou. O Pedrinho perguntou de você. A Laís ficou mortalmente ofendida por você não ter vindo. Aliás. Você não devia estar trabalhando, hein, senhor Davi?

Ele riu baixinho.

— Eu... ham... tô no meu horário de almoço. — Mesmo a quilômetros de distância, eu podia vê-lo coçando a cabeça, sem graça. — Eles nos dão quase duas horas pra almoçar. Quem precisa de duas horas pra almoçar?

— Ué — ri. — Quem é que reclama de hora a mais pra almoçar, doido?

— Sei lá... — A voz dele saiu meio mole, e eu sabia que ele estava com a bochecha esmagada, o cotovelo apoiado preguiçosamente na mesa. Escutei dois estalos distintos do que imaginei ser o grampeador. — É só... sei lá... entediante.

Segui andando na direção das forminhas de chocolate.

— Eu, hein. Você é obrigado a ficar em horário de almoço, por acaso? Não dá pra, tipo, adiantar alguma tarefa pra, sei lá, poder sair mais cedo depois?

— Sou mais ou menos obrigado — ele disse em tom debochado, apreciando meu humor. — A pessoa que me manda fazer coisas tá em horário de almoço, e eu já acabei de fazer todas as coisas que ela tinha mandado fazer antes do almoço.

— Hum... — murmurei, observando com a testa franzida uma forma de chocolate que poderia ser ou da Peppa Pig, ou de um órgão sexual. — Então você só vai ficar aí, gastando grampo?

Ele apertou o grampeador mais algumas vezes. *Click click click click.*

— É, acho que sim.

— E cadê o Marco? — perguntei. — Ele também tá aí grampeando folhas invisíveis?

— Não, ele... — Davi parou de falar de repente. — Não vou dizer. Você vai me achar imbecil.

— Hã? — Achei graça. — Por quê? Cadê o Marco?

— Você vai me achar imbecil.

— Não vou, não.

— Vai, sim.

— Não vou!

— Ele saiu pra comer com a galera — Davi bufou.

— Que galera?

— Praticamente todo mundo... — Click click. — Os que trabalham na mesma sala que a gente... — Click click click. — Alguns de outras salas também...

— E daí?

— E daí que eu não fui, ué.

— E daí? — repeti. — Você era obrigado a ir?

— Não, ué. Mas mesmo assim.

— Tá — suspirei. Continuei andando até finalmente encontrar a prateleira com os corantes alimentícios. — E por que você não foi, então?

— Porque... — Ele riu, soltando o ar com o nariz. — Porque eu sou um imbecil.

— Daviiiii... — Revirei os olhos. — Davizinho. Quer confete? Eu tô na loja de festa. Aposto que eles têm confete.

— Não quero confete. Eu sou imbecil mesmo. Guarda o confete pra outra ocasião. Que que você tá fazendo na loja de festa?

— Pegando corante. Pra festa da Lalá.

— Corante?

— Ela quer que a comida dela pareça radioativa — expliquei, bufando uma risada. — Sei lá. Coisa de Lalá, você sabe como é.

— Eu queria estar aí pra comer a comida radioativa.

— Eu queria que você estivesse aqui pra comer a comida radioativa — concordei, sorrindo de lado. — Mas, ei. Para de ser bobo, tá bom? Vai almoçar com a galera da próxima vez.

— Eu odeio ser o cara novo — ele protestou como uma criancinha.

Ri sozinha, abaixando a cabeça.

— Eu sei, mor. Eu sei que você odeia. Mas, se você não sair com a galera, você vai ser o cara novo pra sempre. Isso seria bem pior, não seria?

Ele ficou em silêncio por um momento.

E então apertou o grampeador algumas vezes.

— Odeio quando você tá certa.

— Ou seja, *sempre* — rebati imediatamente.

— Hum... Vou exercer meu direito de permanecer calado.

— Ok, verde é radioativo, né? Mas rosa também pode ser bem radioativo. Um rosa meio... meio rosa-choque.

— Rosa definitivamente pode ser radioativo. — Davi prontamente pegou a mudança brusca da conversa, parecendo contente em finalmente ter algo produtivo para fazer em sua hora de almoço.

— Será que eu posso abrir pra ver como é o líquido por dentro? Vai que não é igual na tampinha? Pera aí, eu vou... — Troquei a mão do celular e coloquei a cesta no chão, então apoiei o aparelho entre a orelha e o pescoço para me concentrar em abrir o frasco de corante. — Opa, acho que eu não...

— Senhora, você não pode abrir isso... — a voz da vendedora me assustou, e acho que logo em seguida *eu* a assustei, porque ela parou de falar de repente. — Oi! Thalita!

8

Eu congelei, pega no flagra, e lentamente coloquei o frasco de volta na prateleira. Então me voltei para a vendedora e reconheci minha amiga de infância. A pele acobreada, o nariz reto e comprido, os olhos de um preto brilhante inconfundível. Apenas seu cabelo castanho-escuro estava diferente, bem mais curto, cortado quase rente à cabeça.

— Levou bronca? — Davi perguntou do outro lado da linha. — Tita, Tita... Quantas vezes vou ter que falar que você não pode sair abrindo embalagem dentro da loja?

— Ingrid! — exclamei, ignorando meu namorado. — Quanto tempo! — Tirei o telefone da orelha para abraçá-la amigavelmente. Então ergui o dedo pedindo um instante para ela. — Mor, depois falo com você, tá? Beijo.

— Não, desliga *você*... — ele brincou. Daí eu desliguei sem remorso.

Ok. Talvez com um pouquinho de remorso. Fiz uma anotação mental de realmente ligar para ele mais tarde e perguntar sobre as coisas no trabalho e tudo o mais.

Mas, naquele momento, me concentrei no que tinha à minha frente. Ingrid sorria de orelha a orelha.

— Quanto tempo! Você tá ótima!

— Obrigada! Você também! — Fiz um movimento com o dedo indicando os cabelos curtos dela. — Adorei seu cabelo novo.

Ela passou a mão pelos fios, de repente consciente da própria aparência.

— Ah, obrigada. Eu ainda tô tentando me acostumar. Mas adoro.

— Ficou incrível.

Nós sorrimos uma para a outra, e foi como se, de repente, eu tivesse me esquecido de como conversar. Era tão estranho me sentir assim com uma pessoa que costumava ser minha maior confidente. Agora ela era praticamente uma desconhecida.

— Então... Você tá trabalhando aqui? — perguntei, que nem uma pateta. *Meu Deus, Thalita. Meu Deus.*

— Tô, eu... — ela limpou a garganta. — Eu faço cursinho à noite.

— Você ainda quer medicina? — perguntei. As lembranças de nós duas brincando de Barbie pediatra quando tínhamos uns sete anos de repente invadiram minha cabeça.

— É, por enquanto sim...

— É bem concorrido, né? — Encolhi os ombros. — Mas você vai conseguir.

— Deus te ouça. — Ingrid sorriu. — Mas e você, tá fazendo o que, hum... da vida?

Ri, porque aparentemente eu não era a única que tinha desaprendido a conversar.

— Eu... Tô... Hum. Tô na capital.

— Uau, sério? Que legal.

— Sério.

Ficamos um tempo sem dizer nada.

— Quer saber? — Ingrid sugeriu de repente. — O que você vai fazer agora?

— Hã... Nada. — Franzi a testa. — Eu só vim pegar o corante pra festa da Lalá.

— Ah, claro! O aniversário dela tá chegando. Quantos anos ela tá fazendo mesmo?

— Dezesseis — eu disse, fazendo uma careta cúmplice.

— Dezesseis?! Caramba! Ela era só um bebezinho outro dia desses!!!

— Eu sei! Meu Deus, como o tempo voa.

— Nem me fale! — Ela suspirou. — Mas, então, quer ir num café pra gente colocar o papo em dia? Meu turno acaba em, tipo, dez minutos.

— Claro! Boa ideia — eu sorri.

Por dentro, eu não tinha tanta certeza de que aquilo seria mesmo uma boa ideia, mas não sabia como recusar. Ingrid era minha amiga mais antiga, mas há anos não éramos tão próximas. E eu me lembrava exatamente do momento em que nosso relacionamento havia mudado para sempre.

Foi uns dois anos depois do acampamento de verão em que conheci Erick.

Hoje em dia, eu reconheço que a maior parte da tragédia tenha sido minha culpa, mas na época Ingrid era quem tinha sido, para mim, a vilã da coisa toda.

Vamos começar dizendo que Ingrid é lésbica.

E que, bem, naquela época, eu não entendia muito bem como o mundo funcionava. Por conta disso, talvez eu tenha agido de forma péssima. Me arrependo amargamente. Se eu pudesse pegar a Thalita de quinze anos e sacudir a cabeça dela até ela parar de ser uma idiota, juro que faria isso.

Mas infelizmente ainda não inventaram a máquina de voltar no tempo para ensinar nossos eus do passado a serem menos babacas. A única forma de seguir em frente é tentando ser o menos babaca possível para que nossos eus do futuro não se magoem com a falta de existência de uma máquina do tempo.

A coisa com a Ingrid é que ela era minha melhor amiga, minha amiga mais próxima, e me conhecia mais do que qualquer outra pessoa no mundo — e estou incluindo até mesmo minha mãe aqui. Ela sabia meus pontos fracos, meus medos e meus desejos secretos que eu não tinha coragem de confessar para mais ninguém. Ela podia me destruir, se quisesse.

E, de certa forma, ela fez isso.

Ou foi o que pareceu na minha cabeça adolescente perturbada.

Tudo começou com um bilhete:

Querida Thalita,
Você está linda hoje.
Com amor,
Seu admirador secreto.

Ingênuo, à primeira vista. Romântico, até.

Como a boba que eu era, não nego ter ficado intrigada e até mesmo (pasmem!) suspirando pelos cantos, imaginando quem poderia ser a pessoa que me achava linda e desejando secretamente que fosse o Toni, que era minha paixonite da vez.

Nem preciso dizer que, no final das contas, não era o Toni. Mas essa nem foi a pior parte.

A pior parte foi *como* eu descobri que o tal admirador secreto era, na verdade, Ingrid, minha suposta melhor amiga.

Por mais inocente que aquele primeiro bilhete tenha sido, isso não impediu as coisas de escalonarem rapidamente. Eu comecei a receber várias mensagens; primeiro, uma ou duas vezes na semana, e então a frequência aumentou para todos os dias, às vezes várias vezes no mesmo dia. Os elogios sutis se transformaram em coisas cada vez mais pessoais e específicas e... presentes.

Muitos presentes.

Meus pais começaram a ficar preocupados com a quantidade absurda de presentes que estava chegando na porta da nossa casa praticamente todo dia, sem remetente. Eu precisei explicar que "calma, gente, não é nada, é só um admirador secreto", mas foi difícil acalmá-los. Eles quase acabaram chamando a polícia para investigar o caso.

Àquele ponto, eu já havia abandonado a esperança de o admirador ser o Toni, porque Antônio Carvalho Gomes não se submeteria a nada tão espalhafatoso quanto o verdadeiro jardim que passou a enfeitar meu quarto, as dezenas de buquês de flores com um aroma tão forte que era difícil até mesmo de respirar.

Parte de mim se sentia intimidada pela intensidade do meu admirador secreto.

Mas, como qualquer garotinha que cresceu ouvindo histórias de princesas, outra parte de mim realmente esperava que aquele fosse o começo do meu próprio conto de fadas.

Só que tudo mudou quando, um dia, eu recebi um bilhete um tanto preocupante.

Minha doce e adorada Thalita,

Eu daria o sol, a lua, o universo pelo simples prazer de tocar sua face enquanto você dorme. Com seus olhos fechados, o rosto tranquilo, a respiração constante, não há nada mais perfeito em toda a humanidade. Quantas vezes eu te observei sem que você se desse conta. Quantas vezes, em todos esses anos, eu desejei mais do que poderia ter. Quando está adormecida, eu prendo minha respiração, temendo que qualquer movimento meu quebre o encanto. Num mundo perfeito, eu te acordaria com um beijo. Mas, infelizmente, ainda não é hora do nosso final feliz.

Mesmo tola como eu era, senti um arrepio ao ler aquelas palavras. Só de imaginar que alguém estivesse me vendo em meu estado mais vulnerável fazia meu corpo inteiro estremecer.

Eu me lembro de segurar o bilhete em minhas mãos trêmulas e lê-lo e relê-lo um bilhão de vezes até que as palavras parassem de fazer completo sentido.

Não queria dar o braço a torcer, mas algo dentro de mim sabia que aquela escrita floreada significava algo macabro: alguém estava invadindo meu quarto no meio da noite. Era a única explicação.

Ou será que era mesmo?

Não mostrei o bilhete aos meus pais, porque tinha medo de que fizessem uma tempestade em copo d'água. Se eles lessem aquilo, certamente não pensariam duas vezes antes de chamar a polícia.

Não mostrei o bilhete à Ingrid, porque ela estava agindo de forma muito esquisita com relação ao admirador secreto. Estava furiosa com o fato de eu pensar que aquilo tinha qualquer coisa a ver com o Toni. Ela detestava o Toni. Detestava minha devoção sem sentido a ele. Naturalmente, com a teimosia que eu tinha, parei de falar com ela sobre o admirador secreto assim que me dei conta de que não poderia ser o Toni.

E aí, talvez, tenha sido meu erro.

Eu fiquei paranoica depois daquele bilhete. Não conseguia dormir direito. Imaginava alguém entrando pela janela, respirando perto do meu rosto. Comecei a trancar minha porta. Me encolhia embaixo do edredom desejando que a noite passasse num *flash*.

Eu estava considerando seriamente pedir ajuda a algum adulto quando, voltando para a sala depois do intervalo, encontrei Ingrid perto da minha mochila.

Ao me ouvir aproximar, ela se virou com uma expressão culpada.

— O que você tá fazendo? — perguntei, devagar.

— Nada — ela respondeu, rápido demais. — Só queria ver se... se seu livro de biologia estava aqui.

Olhei para os meus braços e me toquei de que estava segurando meu livro de biologia. Era muito conveniente que ela estivesse procurando justamente aquele livro. Mas a parte racional do meu cérebro me assegurou de que Ingrid era minha melhor amiga e de que ela não tinha motivo algum para mentir para mim. Eu só estava sendo paranoica.

— Aqui — disse, estendendo o livro para ela. — Eu estava indo colocar no armário. Você vai estudar biologia hoje?

— Aham — ela disse, aliviada. — Não tô sabendo nada pra prova de segunda.

— E cadê o *seu* livro? — perguntei, tentando não parecer que eu estava acusando.

— Perdi em algum lugar — ela explicou.

Eu sorri para ela e desejei boa sorte, enquanto me despedia. Parte de mim queria abrir a mochila apenas para conferir se tinha algo errado, mas me pareceu falta de educação fazer aquilo com Ingrid ali, me observando.

Em seguida, a professora de educação física chegou para nos levar à quadra de esportes, e a próxima chance que eu tive de conferir minha mochila foi só quando eu já tinha até me esquecido do incidente.

Mas, então, finalmente abri o zíper e lá dentro eu encontrei um imenso buquê de acácias amarelas.

Tudo clicou rapidamente no meu cérebro, fazendo sentido: os bilhetes, as flores, os presentes, Ingrid mexendo na minha mochila. Tudo estava conectado. Por um lado, eu estava imensamente aliviada de ser Ingrid a pessoa que me observava dormindo, e não um fulano aleatório que tinha invadido meu quarto sem permissão. Por outro lado, eu me senti estranhamente violada, como se não pudesse mais confiar na minha própria melhor amiga.

Me peguei pensando em todas as vezes que nós havíamos dormido uma na casa da outra. Em todas as vezes que ela havia me visto trocar de roupa. Em todas as vezes que havíamos tomado banho juntas. Em todas as vezes que eu havia me exposto de corpo e alma sem saber que ela estava tomando proveito de todas as situações.

E hoje em dia eu sei o quanto é injusto culpá-la pelos seus sentimentos e suas atitudes juvenis, mas naquele momento eu só conseguia me sentir extremamente traída.

Uma outra colega minha, Bárbara, foi quem me pegou chorando no banheiro. Ela me perguntou o que tinha acontecido, e eu expliquei, aos soluços, que Ingrid era meu admirador secreto, que ela estava apaixonada por mim, que ela me observava dormir e trocar de roupa e tomar banho, e eu não sabia o que fazer.

Esse foi meu erro número dois.

Bárbara Fonseca, mais conhecida como Babi Fofoca, espalhou a notícia aos quatro ventos, e bem assim eu publicamente, forçadamente, tirei minha melhor amiga do armário.

Ingrid e eu tivemos uma briga colossal. Ela me culpou de ser mimada e egocêntrica, e eu a acusei de todo o tipo de coisa horrível. Ingrid decidiu não negar sua homossexualidade, o que agora entendo como algo corajoso e empoderado, mas na época pareceu apenas uma confirmação de culpa.

A maioria da escola ficou do meu lado na briga, condenando as ações da minha melhor amiga. Um ou outro gato pingado ficou do lado dela — e dessas pessoas ela ficou verdadeiramente amiga, andando com eles até o final do terceiro ano.

Fizemos as pazes algumas semanas depois do aniversário dela de dezesseis anos. Eu não havia comparecido à festa, mas, como já havia comprado o presente antes da briga, resolvi entregá-lo à legítima dona. Ingrid pediu desculpas. Eu pedi desculpas. Nós nos abraçamos e choramos e prometemos nunca mais nos machucarmos daquela maneira.

Mas nossa amizade nunca mais foi a mesma.

9

Mesmo anos mais tarde, a pior coisa de ficar cara a cara com Ingrid era a culpa esmagadora que consumia cada célula do meu corpo por eu ter feito com ela uma das coisas mais podres que uma pessoa pode fazer com outra.

Talvez ela nem estivesse tão ressentida comigo, não depois de tantos anos, pelo menos; mas olhar para ela era como enxergar através de um túnel do tempo. Olhar para ela era ver a mim mesma, anos atrás: covarde, mimada, egocêntrica.

Desculpa, eu queria dizer. *Desculpa por ter tirado de você uma coisa que era só sua.*

Desculpa por ter te exposto para a escola inteira antes que você estivesse pronta.

Eu estava assustada e magoada e perdida... embora nada disso torne certo o que eu fiz com você.

Mas, ainda assim... me desculpa.

Ingrid abaixou o menu de repente, com um sorriso empolgado.

— Ah! Você não vai acreditar! Eles têm panqueca americana agora!

Arregalei os olhos.

Quando tínhamos uns doze anos, Ingrid e eu encasquetamos que queríamos comer "panqueca de filme". Sabe? Aquelas que vêm em uma pilha gigante, com um cubinho de manteiga por cima e a calda escorrendo pelas bordas? Bem. Nós passamos o dia inteiro na cozinha seguindo várias receitas da internet e não conseguimos recriar aquela obra de arte, nem mesmo uma mísera vez. Pensando bem, talvez o resultado desastroso tenha tido mais a ver com nossa falta de habilidade culinária do que com qualquer outra coisa...

— Mentira?! — exclamei. — E é boa?

— Ahhh! — Ela suspirou. — Tem gosto de Hollywood, Tita. Não tô nem brincando. Você coloca na boca e, de repente, o mundo todo vira um filme.

Sorri, porque Ingrid era dramática como eu, e eu sentia muita falta daquilo às vezes. Mesmo depois de todos aqueles anos, eu nunca tinha encontrado alguém com quem eu tivesse tanta sintonia.

Nós pedimos as panquecas e algumas bebidas (era estranho estar sendo servida em um café, em vez de servir!) e, então, o silêncio constrangedor resolveu estacionar bem em cima da nossa cabeça. Ingrid sorriu, sem graça, para mim. Eu sorri, sem graça, de volta. Ela batucou a ponta dos dedos sobre a mesa. Eu olhei para trás, para conferir se a comida que tínhamos pedido — literalmente havia um minuto e meio — já estava quase chegando. Ela olhou pela janela e suspirou.

Eu limpei a garganta.

— Como estão seus irmãos?

Ela se virou para mim, parecendo agradecida pela minha tentativa de conversa antes que aquilo começasse a ficar constrangedor de maneira sufocante.

— Bem menos irritantes do que você provavelmente se lembra. — Ingrid assentiu sabiamente. — O Túlio tá noivo.

— Mentira! — exclamei. — O Túlio?

O Túlio era o irmão gato do meio, mas muito galinha. Eu nunca imaginaria, nem mesmo em mil anos, que ele seria o primeiro dos quatro filhos a pensar em juntar os trapos com alguém.

— Te juro! — ela exclamou de volta.

Nós duas rimos e ficamos um tempo exclamando expressões de incredulidade e debatendo como aquilo se parecia absurdamente com um sinal do fim dos tempos.

Mas daí a empolgação foi aos poucos se esvaindo, o silêncio voltou ainda mais agoniante do que antes.

Mordi os lábios e vasculhei minha cabeça procurando qualquer coisa para dizer.

— Ah! — Eu fiquei tão animada por me lembrar daquilo que dei um tapa forte na mesa, fazendo os talheres tilintarem e todo mundo no café olhar para a gente. — Adivinha quem eu encontrei esses dias?

— Quem?! — ela perguntou, igualmente animada.

Eu limpei a garganta e tentei parecer o mais casual possível.

— Você lembra quando a gente foi naquele acampamento no verão, acho que a gente tinha uns treze anos, e tinha um garoto que...

— O Erick! — Ingrid exclamou.

Esbugalhei os olhos, sorrindo confusa.

— Como você sabe? — Ri. — Sim, ele mesmo. Ele apareceu no café onde eu trabalho, lá na capital. E foi tão... estranho rever ele depois de todo esse tempo.

Ingrid tirou o celular da bolsa.

— Ele me adicionou no Facebook esses dias! — ela disse, abrindo o aplicativo para me mostrar o perfil dele. — Eu sou amiga de alguns dos garotos do acampamento, e um deles, adivinha, é primo dele! Daí eu comentei numa foto do primo, o Erick viu meu perfil e me adicionou.

Naquele momento, eu fui atingida por uma espécie de choque de... ciúme?

Não, não exatamente ciúme.

Mas uma sensação ruim de não exclusividade.

Aquela sensação que você tem quando se dá conta de que não é tão especial quanto achava que era.

O que, é claro, foi uma coisa bem ridícula de se sentir, considerando que Erick não devia nada a mim, nem vice-versa.

Além disso, eu tinha um namorado. Um namorado que não era Erick, no caso.

— Ele te adicionou no Facebook? — Tentei adicionar animação ao meu tom, mas só acabou saindo ainda mais patético.

— Aham, olha aqui — Ingrid prosseguiu, abrindo a conversa deles. — Olha o que ele disse.

Eu passei os olhos rapidamente pela tela. Não era uma conversa gigante, mas também não era uma pequena só de "oi, tudo bem". Era uma conversa. Uma conversa entre minha paixão de infância e minha melhor amiga.

E tudo bem.

Né?

Então, por que eu estava me sentindo como se aquilo todo fosse injusto?

Por que eu tinha a impressão de estar sendo traída pelos dois lados?

— "Oi, Ingrid. Aqui é o Erick Nunes, do acampamento em 2007. Lembra de mim? Que engraçado te encontrar por aqui depois de tanto tempo...", blá blá blá... — Ingrid leu, rolando a conversa para passar à parte interessante. — Aqui! Olha. Eu mencionei que me lembrava dele com você, os dois grudados o verão todo, e ele perguntou se eu ainda era sua amiga, e eu... — A animação dela se esvaiu e ela olhou para mim, incerta, parecendo se lembrar da nossa briga de anos antes. Pigarreou. — Eu disse que a gente se afastou um pouco nos últimos anos, mas que tinha você no Facebook e que ele totalmente deveria te adicionar.

Ela me entregou o aparelho para que eu lesse o resto da conversa.

Por alguma razão, parecia uma coisa íntima demais para ser dita em voz alta.

"Sim," Erick havia dito. *"Eu acabei me deparando com o perfil dela no meio dos seus amigos, mas achei melhor não forçar a barra."*

"Por que não?", Ingrid perguntara.

"...", Erick respondera de forma enigmática.

"???" era o que Ingrid tinha retrucado.

"Eu a encontrei recentemente. Em pessoa. Ela está comprometida."

Aí, antes que eu tivesse tempo de deixar aquelas palavras assentarem na minha mente, Ingrid começou a rir e puxou o celular de volta.

— Homens — ela disse, revirando os olhos. — Me revolto com essa mania de acharem que mulher não serve pra ser amiga. Só tem utilidade pra eles se eles puderem aproveitar do suposto "pacote completo".

Eu pisquei os olhos várias vezes, como se estivesse entrando em um lugar luminoso de repente.

— Ele... ele não me adicionou... porque eu tô namorando? — Ergui os olhos, e Ingrid confirmou com a cabeça. — Isso não faz sentido.

Ela levantou as mãos em inocência.

— Nem olha pra mim. Eu também não faço ideia do que se passa na cabeça desse tipo de gente. — Ela pegou o celular de volta e guardou na bolsa.

Nossas panquecas chegaram, o que nos distraiu um pouco. O assunto mudou, o ar ficou mais leve.

Ficamos um bom tempo apenas apreciando a realização do nosso sonho de infância: as maravilhosas "panquecas de filme" cumpriam o que tinham prometido. Naquele momento, com minha boca cheia da textura fofa da panqueca amanteigada banhada em maple syrup, não existia Erick, Davi, Facebook ou qualquer outra preocupação nesse mundo.

Então Ingrid perguntou:

— Como foi seu encontro com ele?

— Ele quem? — perguntei com a boca meio cheia.

— O Erick! — Ela riu. — Ele apareceu no seu café, e aí?

Engoli meu pedaço de panqueca e suspirei. Então, meio que sem nem perceber, comecei a contar tudo a ela sobre meus encontros ao acaso com meu amorzinho de verão. As palavras foram saindo de mim de forma tão natural que eu nem precisava pensar sobre o assunto. Meu corpo formigava por conta dos sentimentos contraditórios de culpa e alívio. Culpa, porque em algum nível eu entendi que minha empolgação com Erick era errada, mesmo que inocente até então. E alívio porque eu estivera morrendo de vontade de compartilhá-la com outra pessoa. Ingrid era a pessoa perfeita para entender o que estava acontecendo comigo. Afinal, era ela quem tinha me dado corda da primeira vez, dez anos antes, quando eu descobri que estava apaixonada pelo carinha mais gato do acampamento.

Nada grandioso havia acontecido nas vezes em que Erick aparecera no Café — era mais o retorno inesperado de uma figura querida do meu passado, e tudo o que aquilo causou em mim. Mas dizer tudo aquilo em voz alta fazia a adrenalina correr pelo meu sistema. Frio na barriga. Um sorriso do tamanho da galáxia que simplesmente não ia embora do meu rosto.

Quase dez anos depois, lá estava Erick de novo, e ele ainda me achava linda, e ele ainda gostava de Sonho de Valsa, e ele ainda era a visão do Paraíso e, mesmo que eu não fosse ter nada físico nem romântico com ele, era legal fantasiar. Era legal imaginar como minha vida poderia ter sido se aquele verão nunca tivesse acabado.

Foi mais ou menos nessa *vibe* que eu enviei o convite de amizade para Erick pelo Facebook.

Ingrid e eu demos um gritinho conjunto de empolgação quando ele aceitou o pedido quase que imediatamente.

Nós rimos mais um pouco, conversamos sobre mais algumas trivialidades das nossas novas vidas, prometemos que iríamos nos encontrar mais vezes no futuro e, então, eu me despedi porque precisava mesmo terminar de ajudar meus pais com a festa da Laís. Ingrid precisou recusar meu convite para a festa porque ela ia passar o final de semana inteiro na casa da namorada, na cidade vizinha.

Foi só quando eu cheguei em casa que eu meio que me toquei:

Ops.

Eu ainda tenho um namorado.

10

Depois de tomar banho, eu me deitei na cama e mastiguei meu lábio enquanto esperava que Davi atendesse à ligação.

— Alô? — ele disse finalmente. Escutei os cliques do controle do videogame ao fundo.

— Oi, amorzinho da minha vida! — eu cumprimentei em voz de bebê.

Davi percebeu o código imediatamente. Eu só falava em voz de bebê e o chamava de coisas como "amorzinho da minha vida" quando eu estava querendo me desculpar por alguma cagada.

— Ô-ou — ele fez, completando com mais alguns movimentos no controle do videogame. — O que foi que a senhorita fez, Dona Thalita?

Respirei fundo e prensei os lábios por um instante.

— Eu... hum... Eu meio que adicionei meu namoradinho de infância no Facebook? — disse rápido, e em um tom que parecia uma pergunta mais do que uma afirmação.

Escutei mais alguns cliques do controle.

— Hum. — Davi murmurou vagamente. — E eu devo ficar preocupado?

Fiz uma pausa.

— Não? — De novo, saiu como uma dúvida.

Davi riu.

— Como ele é? — quis saber. — Ele é bonito?

— Ele não é bem seu tipo... — sorri, esticando as pernas para cima e brincando de fazer pé de palhaço, pé de bailarina com minhas meias listradas fofas.

— Você vai me trair com ele?

— Não! — exclamei imediatamente, sem espaço para dúvidas.

— Você *já* me traiu com ele? — Davi perguntou.

— Davi! — eu soltei, abismada. — Claro que não, né?! Eu tinha uns treze anos quando ele foi meu namoradinho. Foi uma coisa pura e platônica.

Ele riu outra vez, não levando nada daquilo a sério.

— Então relaxa, Tita — disse suavemente. — Eu confio em você.

— Confia?

Eu devia ter contado para ele que não era só a coisa do Facebook. Eu devia ter contado que Erick tinha aparecido no café e tinha flertado comigo e me deixado sem graça. Eu devia ter contado. Mas não contei.

E por quê?

Por não querer preocupá-lo com algo que ainda estava sob meu controle?

Ou por covardia?

Por quê, Thalita?

— Confio — Davi nem hesitou.

Existia uma parte de mim que estava gritando que talvez ele não devesse. Eu queria que ele me repreendesse, que me proibisse de falar com Erick, que me fizesse deletá-lo do meu Facebook, que ficasse irado com a conversa de "Oi, tudo bem? Tudo bem" que eu tinha tido com meu namoradinho de infância. Racionalmente, eu ficaria revoltadíssima se ele fizesse qualquer uma dessas coisas, porque nunca tínhamos sido possessivos um com o outro e teria sido péssimo se ele começasse agora, mas... O fato é que *eu* não confiava em mim mesma.

Não 100%.

— Que que você tá fazendo? — perguntei, sacudindo a cabeça. Achei melhor falar de outra coisa. Plantei os pés na cama e comecei a balançar os joelhos. — Tá jogando Zelda?

— Fifa.

— Hum. Tá ganhando?

— Espero que sim — Davi respondeu por alto. Parecia mais entretido no jogo do que na nossa conversa, mas aquilo era típico dele, e eu já tinha me acostumado o suficiente para não me importar tanto.

Sorri sozinha e fiquei encarando o teto do meu quarto por um instante. Ele era azul-escuro com bolinhas brancas de diversos tamanhos, para lembrar um céu estrelado.

— Desculpa ter desligado na sua cara hoje mais cedo.

Ele bufou uma risada.

— Tita. Eu tava te provocando, né? Eu teria ficado ofendido se você *não* tivesse desligado na minha cara.

— Mas eu nem desliguei por isso. — Dei de ombros, como se ele pudesse me ver através do telefone. — É que eu encontrei uma amiga minha.

— Ah, é?

— Aham. A Ingrid. Não sei se você chegou a conhecer ela. A gente meio que se afastou durante o ensino médio.

— A Ingrid Campos, da turma B? — ele perguntou, para minha surpresa. Bem, talvez eu não devesse ter ficado surpresa. Um nome incomum em uma cidade pequena era quase sinônimo de todo mundo já ter pelo menos ouvido falar sobre você. — Irmã do Túlio?

— Aham! — exclamei.

— Conheço — Davi disse. — Não sabia que vocês eram amigas.

— Pois é. A gente era melhor amiga. Mas daí... aconteceram uns troços. — A conversa começou a entrar em uma rota meio desconfortável para mim, então mudei o assunto rapidamente. — Sabia que ela cortou o cabelo?

— Ah, é?

— Aham! Mas, tipo, só as pontas. Mas mesmo assim, né?! É ousado. Ficou muito legal nela. — Uma pequena pausa. — Você acha que eu ficaria legal de cabelo curto também?

— Aham...

— E se eu pintasse? Tipo, de azul ou... rosa? Roxo, sei lá.

— Aham — Davi murmurou.

— Mas, enfim, eu acabei encontrando a Ingrid na loja de festas, ela tá trabalhando lá! Foi ela quem me pegou abrindo o frasco de corante...

— Aham...

— Daí a gente acabou indo pra um café, e ficamos conversando por um tempão! Mas sabe qual é a parte mais esquisita?

— Aham...

— Eu pensava que ia ser superconstrangedor, porque a gente não se falava tinha décadas, mas não. Tipo, sei lá, pareceu até que eu tinha voltado no tempo de alguma forma. Acho que tem umas pessoas com quem você se conecta pra sempre, né?

— Aham.

Eu suspirei.

— E você não tá prestando atenção, né?

— Aham...

Ri, batendo os pés em protesto contra o meu colchão.

— Daviêêê!!! — choraminguei. Isso fez ele voltar a se concentrar na conversa.

— Oi? Desculpa! — Escutei mais uns ruídos de uns cliques frenéticos no controle do videogame e logo em seguida: — Merda! — O barulho distinto do controle sendo jogado na mesinha de centro ecoou pelo celular. — Desculpa. O que você disse?

— Perdeu? — perguntei.

— É... — ele suspirou.

— Aposto que foi porque você não colocou o Beckham no time.

— Tita. Eu nem tenho o Beckham no jogo. Ele não é mais relevante. Ele tá velho. Os joelhos dele não funcionam mais como antes.

Fiz uma careta, me sentindo pessoalmente ofendida pelo galã da minha adolescência.

-- Cala a boca. Pelo menos ele ainda é lindo. E tá cada vez mais gostoso.

Deixei um sorrisinho escapar pelo meu lábio quando Davi bufou, enciumado.

— A voz dele é ridícula — ele argumentou.

Gargalhei. Davi implicava com cada coisa...

— Ele não precisa falar nada pra me pegar de jeito — provoquei. — A gente encontra outra utilidade pra boca dele...

— Okay... — Eu podia praticamente vê-lo revirando os olhos. — Vou desligar...

Eu ri como uma criancinha. Era simplesmente hilário vê-lo com inveja de uma celebridade que morava do outro lado do mundo, quando alguns minutos mais cedo ele não tinha dado bola para minha história sobre Erick.

— Não, não! — implorei, e só sosseguei quando escutei a risada dele do outro lado. — Me fala sobre o seu dia.

Ele suspirou.

— Chato — resmungou. — Odeio trabalhar. Acho que não nasci para trabalhar.

— Opa! — Ri. — Desculpa aí, nobreza.

Davi pareceu ficar chateado de verdade pelo meu deboche.

— Pra que você pergunta, se não vai levar minhas reclamações a sério?

Eu abri a boca, chocada, sem nem saber o que dizer.

— Davi! — exclamei por fim, meio rindo. — Migo. Ninguém gosta de trabalhar. Infelizmente é uma necessidade. Bem-vindo ao mundo real!

— Mas você não tá entendendo, Thalita — ele insistiu. — Eu não apenas "não gosto". Eu *odeio*. E eu sou péssimo também. Já já me demitem...

Eu olhei para o teto fazendo uma careta de "sério mesmo?".

— Não vão te demitir, Davi! Pelo amor de Deus! Aguenta mais um pouco. Você tá trabalhando lá não tem nem um mês!

Ele bufou e se recusou a me responder.

— Ok? — perguntei.

— Ok — ele disse a contragosto.

Nossa conversa chegou a um ponto de estagnação. Eu fiquei mordendo a unha do meu dedão, escutando a respiração do meu namorado do outro lado.

— Como estão os preparativos para a festa? — Ele enfim quebrou o silêncio.

Sorri e contei para ele que estava tudo saindo como o esperado. Ou seja, Laís dando chilique com cada pequeno detalhe, minha mãe fazendo mais do que aguentava, mas se recusando a deixar outras pessoas ajudarem, meu pai resolvendo a parte da decoração como se ele fosse especializado no assunto. E eles queriam que eu fosse a DJ. Quer dizer. Não esperavam que eu ficasse lá em cima de um balcão no meio da festa fazendo "tchucutchucutchu" no disco de vinil nem nada. Eles só queriam que eu escolhesse as músicas e controlasse a atmosfera sonora.

O que era um pesadelo, na verdade. Minhas músicas eram uma parte muito vulnerável de mim. Eu detestaria que os amigos chatos da Laís julgassem meu gosto musical. Preferia não me submeter àquilo.

— Mas se a Lalá te chamou pra ser DJ, ela obviamente confia no seu gosto musical.

— É, mas sei lá. Não quero decepcionar.

Davi riu de forma cansada.

— Você vai continuar arrumando desculpas pra não se expor, então não vou nem insistir.

— Ok — retruquei, evitando uma briga maior. — E você? Algum plano pro final de semana?

— O Marco me chamou pra ir num evento com o povo do escritório amanhã à noite, mas acho que não vou...

— Por que não? — eu quis saber. — Que tipo de evento?

— Tipo uma festa. E depois eles vão pra uma balada ou sei lá.

— Por que você não vai?

Ele ficou calado. Eu sabia que ele estava encolhendo os ombros e que não tinha nenhuma resposta satisfatória para me dar.

— Davi! É sua chance de se enturmar! Você precisa ir!

— Tita... — ele suspirou.

— Vamos fazer assim. A gente se arrisca juntos, ok? Eu viro DJ da festa da Lalá, e você vai nesse evento. E sai com os garotos pra balada ou sei lá o que depois. E se diverte.

— Não vale, o seu é só uma coisa e o meu são mil coisas.

Era como conversar com uma criança.

— Davi... — eu disse em tom de alerta.

Ele hesitou alguns segundos.

— Tá bom — disse finalmente, em tom amargo e acusatório para deixar claro que era tudo contra sua vontade. Como se eu o estivesse forçando a pular num rio cheio de piranhas, e não a ir se divertir em uma festa com os amigos.

— Tá bom?

— Tá bom — ele repetiu um pouco mais leve.

Houve uma grande pausa de novo. Eu bocejei, e por reflexo ele bocejou do outro lado da linha. Nós rimos.

— Acho que você precisa ir descansar — Davi disse.

— Você também.

— Boa noite — ele disse.

— Boa noite — respondi. — Te amo.

— Te amo — repetiu rapidamente.

Desliguei e fiquei olhando para as estrelinhas no meu teto enquanto o celular descansava sobre meu peito. Eu pensei no quanto estava louca para voltar para casa e beijar Davi. Não conseguia me lembrar da última vez que tínhamos brigado sério nos últimos tempos, mas não soube dizer se era apenas a saudade confundindo minha memória.

Algumas vezes, tudo o que a gente precisava era se afastar por um tempo para fazer o amor crescer mais...

11

Eu tinha tanta purpurina espalhada pelo meu corpo que praticamente podia sentir o brilho emanando de mim. Apesar de ter tomado banho depois da festa e de ter passado vários minutos esfregando meu rosto com lencinhos umedecidos, era impossível me livrar de todos os pontinhos cintilantes.

Esfreguei o canto do olho mais uma última vez antes de guardar o espelhinho na bolsa.

Maldita hora em que minha irmã tinha achado que seria legal explodir bombinhas de glitter durante sua festa de dezesseis anos.

Purpurina não é conhecida como a herpes do mundo do artesanato à toa.

Talvez eu não estivesse com tanto mau humor se não estivesse tão cansada. Eu havia dormido míseras três horas e meia naquela noite, e o ônibus estava quente e com cheiro de chulé. Tudo o que eu queria era chegar logo em casa, tomar um segundo banho e apagar na minha cama até que as responsabilidades de segunda-feira de manhã me forçassem a levantar e encarar o mundo.

— Esse lugar está vago?

Ergui os olhos e meu reflexo de sorrir para estranhos demorou alguns segundos antes de ativar. A senhorinha franzina de cabelos cor de fogo esperou que eu concordasse com a cabeça antes de se acomodar na poltrona ao meu lado. Sua pele pálida era toda enrugada, mas o sorriso simpático fazia o rosto inteiro se iluminar.

Em um dia bom, eu não me importaria de dividir minha viagem com ela, mas eu estava doida para deitar a cabeça no vidro da janela e cochilar, e eu sabia que aquilo não seria possível quando ela decidisse que era hora de começar uma conversa.

O motorista fechou a porta do ônibus e ligou o motor.

Mandei uma mensagem rápida para Davi.

Estamos saindo de Retiro agora. Acorda, dorminhoco!
A noite foi boa assim?

A *última visualização* dele no celular era de 3h12 da manhã, o que era incomum para Davi, e parte de mim se sentiu orgulhosa de ele finalmente ter resolvido aproveitar a juventude. Mas outra parte de mim já estava sentindo vontade de brigar só de pensar que talvez ele não acordasse a tempo para me buscar na rodoviária.

Bem, ele ainda tinha quase três horas para aproveitar seu merecido sono e, por mais que eu estivesse com inveja, não o culpava. Eu estaria fazendo a mesmíssima coisa no lugar dele.

Sorri sozinha e acabei clicando sem querer para ampliar a foto dele. O rosto sorridente de Davi me cumprimentou de forma calorosa. Encostei minha cabeça na janela e suspirei, cansada.

— É seu namorado? — a senhora ao meu lado perguntou, esticando o pescoço para ver melhor.

Meu cérebro ainda lento de sono precisou de um tempo para registrar as palavras. Eu pisquei forte algumas vezes e assenti, voltando a olhar para a tela.

— Uhum — respondi em um tom de voz que eu esperava que fosse educado apesar de, por dentro, eu estar gritando *POR FAVOR, MINHA SENHORA, EU SÓ QUERO DORMIR. NUNCA TE PEDI NADA.* — Ele vai me buscar na rodoviária — completei, tentando sorrir.

— Ah, que cavalheiro — ela respondeu. — Hoje em dia é difícil achar quem se importe com a gente assim, não é mesmo? Parece que você deu sorte.

Eu achei aquilo tão engraçado que precisei compartilhar com Davi. Assenti e sorri para a senhora e movi meus dedos rapidamente, digitando: *"Tem uma velhinha aqui do meu lado dizendo q vc é um cavalheiro. Haha. Sabe de nada, inocente."*

— Qual é o nome dele? — ela perguntou, e eu percebi que aquela conversa não iria acabar tão cedo quanto eu gostaria.

— Davi.

— Nome bonito — ela falou. — Bíblico.

— Pois é... — Voltei a encostar minha cabeça no vidro, mas não soube dizer se tinha sido por querer ou um mero reflexo da minha exaustão. — Ele acha brega, acredita?

— Brega?! — A senhora parecia pessoalmente ofendida, colocando a mão no peito como se alguém tivesse lhe dado um tiro certeiro. — Mas, minha nossa senhora, dê um puxão de orelha nesse seu garoto, faz favor. Brega onde?

Encolhi os ombros, rindo.

— Sei lá. Acho que... bem, a gente tem que concordar que é um nome meio antiquado, mas...

— Antiquado?! — ela me interrompeu. — Acho que você quis dizer *clássico*.

— Ei, eu tô do seu lado! — Ergui a mão em inocência. — Acho um nome lindo. Mas não é exatamente um nome *moderno*, né?

— E desde quando nome precisa ser moderno? — ela retrucou. — Vai dizer que ele preferia se chamar Enzo? Ou Valentina?

Eu gargalhei alto. Não fazia ideia se ela tinha sugerido os nomes mais populares para bebês do ano recente completamente ao acaso ou se estava por dentro dos memes, mas aquilo não deixava de ser hilário de uma maneira ou outra.

— Realmente, acho que ele não pensou por esse lado. — Sorri. — Pode deixar, eu vou usar esse argumento.

— E dar um puxão de orelha nele — ela completou.

Ri, concordando.

— Sim. Um puxão de orelha. Pode deixar.

Ela ficou um tempo em silêncio, o que eu deveria ter usado como uma deixa para fechar os olhos e cochilar antes que ela resolvesse puxar mais papo, mas de repente percebi que não me importava tanto com a conversa. Em vez de me distanciar dela, então, eu apenas peguei meu celular para escrever ao Davi: *"Ela me mandou puxar sua orelha. Acho q estou conseguindo fazê-la ouvir a voz da razão..."*.

— Cadê a foto dele? Me mostra de novo — a velhinha pediu ao perceber que eu tinha novamente aberto a janela da minha conversa com meu namorado. — Deixe-me ver se ele é boa pinta.

A risada me pegou de surpresa outra vez. Abri a foto de Davi outra vez e entreguei meu celular na mão dela. Ela colocou os óculos de leitura e analisou atentamente cada pequeno traço do rosto dele.

— Bonitão... — disse por fim, me devolvendo o aparelho. — Podia estar na TV, esse aí.

— Ah, ele vai adorar saber disso! — garanti enquanto digitava para ele: *"Aparentemente, vc é muito boa pinta"*.

— Não, menina, não pode ficar paparicando homem assim, não... — a senhora me repreendeu, dando uma risada. — Ele vai ficar todo metido, pensando que consegue coisa melhor que você.

Eu fiz uma careta, mas não evitei achar graça.

— Ai, coitado dele se começar a pensar assim...

— Coitado mesmo — ela concordou comigo. — Você é uma garota bonita, inteligente e bem-apessoada. Ele deu sorte de achar você nesse mundo, porque, menina, sendo bonito ou não, homem é um trem difícil de lidar, confie em mim — confidenciou aos sussurros.

— Ah, eu não só confio como posso comprovar. — Ri.

— Quando colocam naquela cabecinha deles que eles são os donos do mundo e se esquecem de quem verdadeiramente está no controle, é aí que eles acabam causando todos os problemas — a senhora continuou. — É bom seu garoto ficar esperto, hein? Não o deixe ficar abusado, não...

— Pode deixar!

Engraçado como aquela conversa tão boba conseguiu alegrar meu humor completamente e até mesmo espantar meu sono. Mandei uma última mensagem para Davi, aconselhando-o a "ficar esperto" e a não "começar a ficar todo metido", e então guardei o celular na mochila para poder dedicar minha completa atenção à minha companheira de viagem.

Ela me contou toda sua vida, desde seus três casamentos e divórcios até o nascimento de seu último neto, a quem ela tinha ido visitar em Retiro Novo durante o final de semana.

— O pobrezinho está com aquela cara de joelho horrenda, Deus o livre — comentou, sacudindo a cabeça. Eu gargalhei. — Espero que puxe à mãe, porque se depender do pai...

— Mas eu achei que o bebê fosse filho do seu filho... — argumentei, confusa.

— Pois bem. O Lúcio é filho do marido número dois, menina. Infelizmente, com aquele ali eu não me casei pela beleza.

Assim, entre fofocas, risadas e guloseimas, as quase três horas até a capital se passaram, e em um piscar de olhos já tínhamos chegado na rodoviária.

Foi só quando o ônibus estacionou que eu me lembrei de conferir o celular para ver se Davi tinha mandado alguma resposta.

A senhora ao meu lado, que, aliás, se chamava Vera, percebeu que eu fiquei muito quieta de repente. Meu sorriso animado foi substituído por lábios pressionados em tensão, e uma ruga preocupada tomou espaço entre minhas sobrancelhas.

— O que houve, querida?

Sacudi a cabeça e afastei a cortina para olhar pela janela.

— Eu acho que o Davi ainda tá dormindo... — murmurei, confusa.

— Dormindo?! — Vera exclamou. — Mas, minha nossa, já era para ele estar aqui te esperando!

— Pois é... — Mordi a bochecha para segurar minha frustração e suspirei.

— Perdeu pontos comigo, esse seu namorado — ela disse em tom de brincadeira para tentar amenizar o clima. — Diga para ele, quando ele chegar.

— Pode deixar, digo, sim — respondi.

Mas eu não estava mais com vontade de rir. Todo o cansaço do começo da manhã voltou pesando sobre meus ombros, e eu fechei os olhos me forçando a não ser precipitada. Talvez ele só tivesse esquecido de olhar o celular ao acordar, ou talvez tivesse uma boa explicação para o atraso.

Vera e eu descemos do ônibus. Nós pegamos nossas malas no bagageiro, e então uma das filhas dela apareceu para buscá-la. Ela insistiu em ficar esperando Davi comigo, mas a filha estava com pressa porque tinha deixado o assado no forno, e então Vera precisou ir embora. Antes de me deixar, ela fez a filha anotar meu telefone num caderninho e prometeu que me ligaria para saber mais novidades.

Tentei sorrir e agradecer pela companhia agradável durante a viagem, mas eu estava tão exausta daquilo tudo que qualquer fingimento ou simpatia forçada parecia tortura.

Vera e a filha finalmente foram embora, e eu me posicionei no ponto estratégico do terminal (acessível a carros, mas também com uma visão privilegiada para quem chegasse a pé) e esperei meu namorado por uns dez minutos.

Então, liguei para ele.

Umas dez vezes.

Não era como se eu não pudesse pegar um Uber para casa. Era só que... eu estava tão profundamente decepcionada com Davi que a parte de mim que sempre lutou pelo nosso relacionamento quis confirmar que ele tinha *mesmo* se esquecido de mim, sozinha e cansada na rodoviária fedorenta da capital.

Todas as vezes o telefone tocava, tocava e tocava e caía na caixa postal o que era frustrante porque eu nem podia deixar um recado longo e irritado como nos filmes, porque eu sabia que o plano de celular do Davi não cobria secretária eletrônica e ele nunca poderia escutar meus desabafos.

Eu queria chorar, mas meus olhos cansados estavam secos demais.

Olhei meu celular uma última vez. Todas as últimas mensagens na conversa com Davi eram minhas.

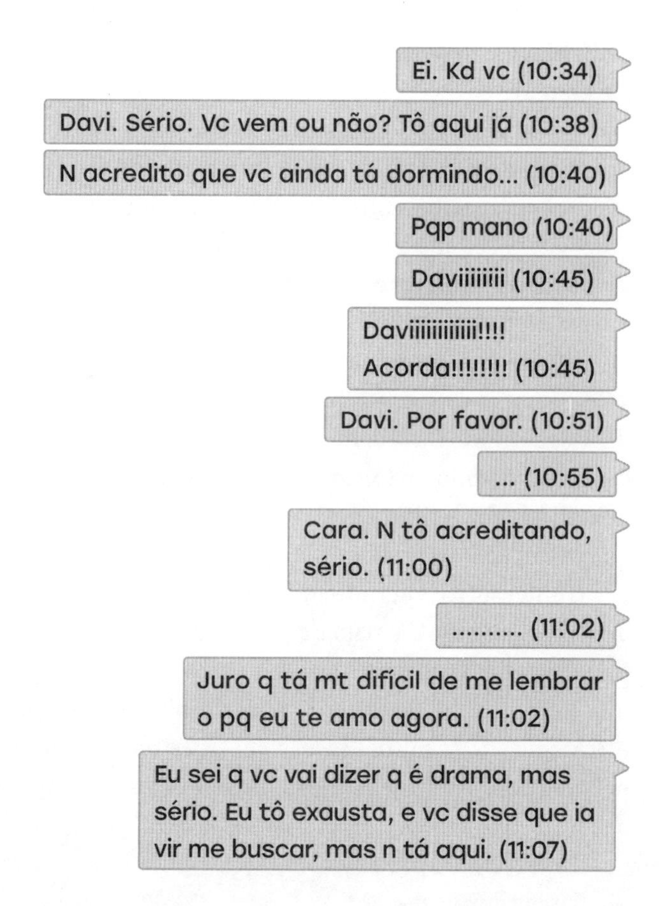

Podia ter pelo menos avisado q n ia dar conta, q ia dormir tarde e n ia colocar o despertador. Podia ter pelo menos deixado a porcaria do celular fora do silencioso. Eu sei q vc n tá sem bateria pq vc tá recebendo as mensagens. Então qual é a sua desculpa, sabe? Eu to mt de saco cheio, e n sei se vai dar pra eu te perdoar. (11:07)

Mas talvez se vc vier correndo e trouxer Mc Donald's e chocolate eu reconsidere... (11:08)

Davi :((11:10)

Dei uma rápida olhadela na direção dos carros, porque a esperança sempre é a última que morre, mas é claro que Davi não apareceu gloriosamente para salvar o dia. Então, como qualquer pessoa normal faria nessa mesma situação, eu desisti.

Arrastei minha pequena mala para um cantinho enquanto pegava meu celular para abrir o aplicativo da Uber.

Foi então que uma reviravolta improvável aconteceu no meu destino: ali, parado ao lado do quiosque de pão de queijo, estava Erick.

12

No primeiro momento, pensei que meus olhos estivessem me pregando uma peça.

Nossa, que incrivelmente conveniente, não é mesmo? Eu estava furiosa com meu namorado e, de repente, meu namoradinho de infância se materializava no meio do meu caminho. As possibilidades de vingança eram infinitas.

Para com isso, Thalita, ralhei comigo mesma.

Que pensamento mesquinho e cruel. Você não é assim. Um crime não justifica o outro, e além do mais são pecados de classes completamente diferentes. Para todos os efeitos, você ainda tem um namorado que te ama, apesar de ser um preguiçoso relapso que se esqueceu de te buscar.

Tudo isso passou na minha cabeça no espaço de microssegundos. Pensamentos absurdos acontecem com todo mundo, suponho, e é claro que eu não estava imune. Não devia me sentir culpada pelas coisas malucas que meu cérebro inventa.

Né?

Dei alguns passos incertos para frente e pisquei algumas vezes para confirmar que aquele era, de fato, o Erick do acampamento.

E era mesmo.

Preciso confessar aqui que, se não fosse pela minha raiva de Davi no momento, eu provavelmente não teria abordado Erick.

E não era nem por respeito a Davi, já que ele não teria problema com aquilo e dizia confiar plenamente em mim.

Era por receio de mim mesma, da parte de mim que vivia mergulhada num universo paralelo de "E se...". Em outras circunstâncias, eu não daria corda nenhuma para essa parte inconsequente e perigosa de mim mesma.

Mas eu estava com raiva.

O fato é que me aproximei de Erick e toquei seu ombro. O rapaz se virou para mim, os olhos se arregalando em surpresa. Ele estava falando no celular, mas congelou com o queixo caído por alguns instantes. Então, a expressão espantada se transformou em um sorriso aquecido.

— Tudo bem, mãe. Me ligue quando a senhora chegar. Faça boa viagem — disse ao telefone. — Te amo também.

Ele tirou o celular do ouvido e riu alto.

— Thalita! Oi! — Abriu os braços, e eu hesitei um segundo antes de abraçá-lo. Apesar de ele ter feito parecer como um cumprimento natural, aquilo ainda parecia meio... errado? Me soltei do abraço desajeitadamente. — Que coincidência! O que você tá fazendo aqui? Tava viajando? — Ele lançou um olhar para minha mala, parada aos meus pés.

Eu olhei para ele, de repente me sentindo idiota. Minhas bochechas estavam vermelhas, e eu não sabia o que fazer com as mãos. Coloquei-as nos bolsos do moletom e forcei um sorriso.

— Eu tava em Retiro Novo; foi aniversário da minha irmã. E você?

— Ah, minha mãe veio visitar — ele explicou quase como se fosse óbvio. — Vim trazê-la até a rodoviária para garantir que ela entrasse no ônibus certinho.

— Ela tá indo de ônibus pro Rio? — perguntei sem pensar. A indagação tinha saído de um jeito mais chocado e grosseiro do que eu pretendia, então tentei consertar a situação. — É um caminho tão longo...

— Ela tem medo de avião. — Erick suspirou, encolhendo os ombros, então olhou ao redor como se estivesse esperando encontrar alguém atrás de mim. — Você tá indo pra casa? Alguém veio te buscar?

Apertei os olhos. Aquela pergunta tinha ardido como uma facada.

Maldito Davi.

Abri os olhos e sorri.

— Não. Tô indo de Uber.

— Uber? — Ele riu. — Não, vem comigo. Eu te dou uma carona. Meu carro tá logo ali...

— Eu... — comecei. Um bolo se formou na minha garganta, me impedindo de continuar. Mordi o lábio e engoli forte. — Não quero incomodar.

— Você não vai incomodar nada. Vai ser uma honra — Erick garantiu.

Então me vi sem ter como negar. Segui Erick, contornando o quiosque de pão de queijo, atravessando o saguão cheio de pessoas esperando seus ônibus, e finalmente chegando ao estacionamento caríssimo da rodoviária. Davi nunca pararia o carro ali — ele dizia ser uma exploração absurda cobrarem tão caro por uma mísera vaga, e se recusava a contribuir com aquele sistema capitalista maligno. Não que eu não concordasse com meu namorado, mas não pude deixar de me sentir um pouco impressionada com a naturalidade com a qual Erick pagou seu ticket e nos guiou até seu carro importado.

Ele era *rico*.

É claro que aquilo não importava nada. Claro que não. O que eu tinha a ver com a riqueza ou pobreza de um cara que tinha segurado minha mãozinha durante alguns dias no verão de quando eu tinha treze anos?

Nada.

Absolutamente nada.

Erick colocou minha malinha no bagageiro, e confesso que não fiquei nem um pouco surpresa quando ele fez questão de abrir a porta do carona para mim. Simplesmente parecia algo que alguém como ele faria. Eu sorri e agradeci e precisei desviar os olhos, envergonhada, quando nossos dedos se tocaram brevemente na maçaneta interna antes de ele fechar a porta atrás de mim.

Eu não estava fazendo nada errado, tecnicamente, mas conseguia sentir a culpa escalar meu corpo, dominando-o pouco a pouco. Quanto mais terreno ela ganhava em meu coração, menos eu sentia raiva de Davi por ter me deixado na mão.

Mais eu sentia raiva *de mim mesma*.

Havia uma energia estranha entre mim e Erick. Mesmo enquanto estávamos calados, esperando a cancela do estacionamento subir vagarosamente, eu conseguia sentir o ar pulsando ao meu redor como uma tempestade que se prepara para acontecer. Eu sabia que ele conseguia sentir a mesma coisa, porque sua respiração estava lenta e consciente; ele estava tentando se controlar.

— Eu moro perto do Café. — Fui eu quem quebrou o silêncio, porque decidi que, agora que eu já estava naquela situação, me recusava a tornar tudo ainda mais ridículo do que deveria ser.

Erick batucou os dedos algumas vezes no volante e sorriu, se virando por um instante para me olhar.

— Minha parte preferida da cidade — ele disse.

Eu senti meu estômago gelar. O que ele queria dizer com aquilo? Aquela parte da cidade não tinha nada de especial. A não ser que ele estivesse se referindo ao... ao Café... por causa *de mim*...

Fiz uma careta, tentando fugir da sensação borbulhante que parecia querer escapar pelos meus poros.

Não, Thalita. Claro que não. Para com isso.

— Sério? — Forcei uma risada. — Eu gostaria de morar perto do lago.

— Naquelas casas enormes e caras? — Erick, por sorte, contornou meu desconforto. — Poderia até ser legal. Mas aí você moraria longe do café. Não seria muito conveniente, né?

Suspirei, rindo, e encolhi os ombros em concordância.

— Verdade.

Dei meu endereço completo, e então ficamos quietos por mais um tempo. Eu virei meu rosto para observar o mundo além do vidro da janela. De alguma forma, o universo inteiro estava acontecendo lá fora, como se fosse completamente imune à tensão do lado de dentro do carro. Quando eu comecei a sentir que não dava mais para respirar, perguntei para Erick se poderia abrir a janela, e ele disse "claro", e eu disse "obrigada".

Não estávamos muito longe do meu bairro quando Erick resolveu que seria legal colocar ainda mais lenha na fogueira.

— Você acha que foi destino ou coincidência? — ele falou.

Pisquei algumas vezes, sem acreditar que ele estava mesmo se enveredando por esse caminho. Querendo ou não, eu ainda tinha um namorado — e Erick sabia muito bem disso.

O que você está fazendo, Erick?

— O quê? — perguntei por fim. Talvez eu estivesse exagerando. Talvez ele nem estivesse querendo falar o que eu estava pensando. Talvez fosse qualquer outra coisa completamente diferente.

— Nós dois — o garoto falou. — Nosso reencontro.

Eu fiquei olhando para frente sem responder nada.

— Não acha engraçado eu estar na rodoviária bem quando você precisava de uma carona? — Erick insistiu.

Ainda que parte de mim estivesse internamente na mesma vibração de pensamentos que Erick, outra parte, a mais responsável, tentou se concentrar no meu compromisso com Davi. Suspirei.

— Erick, desculpa, eu só tô muito cansada.

Ele assentiu e mordeu os lábios.

— Claro. Tudo bem. Desculpa.

O tom dele era neutro, mas de um jeito muito pouco natural, como se ele estivesse tentando mascarar mágoa ou qualquer coisa do tipo. Isso me causou uma pontada no coração. Será que eu tinha sido muito grossa? Eu não queria ser grossa. Erick estava tentando ser legal comigo, me dando uma carona, e eu estava tratando ele mal.

— Desculpa — pedi. — Não... não quis dizer assim... Eu só... Estou *realmente* cansada. — Esfreguei o rosto, respirando fundo. — A festa da minha irmã foi bem desgastante, e eu não pude dormir no ônibus. Desculpa. Eu juro que sou muito grata por você ter estado na rodoviária quando eu precisava de uma carona. Não sei se foi coincidência ou destino, mas obrigada de verdade. Obrigada por estar lá.

Diferente de certas pessoas — quase completei, a raiva que eu estava sentindo de Davi voltando a borbulhar no fundo da minha garganta.

— De nada — Erick disse, as covinhas afundando no sorriso e fazendo um formigamento subir pela minha coluna.

Desviei o olhar.

Erick estacionou na frente do meu prédio. Antes que eu tivesse a chance de fazer isso por conta própria, ele já tinha saído do carro, dado a volta e aberto a porta para mim. Em seguida, pegou minha mala de viagem no bagageiro e subiu os degraus até o portão para depositá-la ali.

— Obrigada — murmurei.

— Disponha — Erick sorriu genuinamente. Ele tateou o bolso da jaqueta e encontrou um cartão de negócios, que entregou para mim. — Se precisar de qualquer coisa, me liga.

— Obrigada, Erick — eu repeti.

Ele me deu um beijo na bochecha e voltou para o carro. Eu fiquei ali parada, sentindo o hálito dele na minha pele mesmo muito depois de ele ter se afastado.

O porteiro destravou o portão para mim, e Erick só deu partida quando teve certeza de que eu já estava sã e salva do lado de dentro. Acenei para ele enquanto o carro ia embora, mesmo que ele não pudesse me ver.

Eu ainda estava meio aérea quando apertei o botão para chamar o elevador. Ainda estava com a cabeça em outro planeta quando entrei no elevador e, sem nem pensar muito, enfiei meu polegar no número quatro. Meus pensamentos ainda estavam flutuando pelas dimensões do cosmo quando o elevador subiu todos os quatro andares até meu apartamento, me depositando bem na frente da minha porta. Coloquei minha chave na fechadura no automático, e girei a maçaneta, empurrando a porta de casa, com a naturalidade de sempre.

No entanto, assim que entrei, percebi que alguma coisa estava errada, e, de uma hora para outra, eu estava completamente desperta.

13

Aqui está uma lista das cinco maiores brigas que eu já tive com Davi, em ordem crescente de apocalipse:

Em quinto lugar: A vez, logo no início do namoro, em que ele esqueceu de me contar que detestava pimentão, e então, quando o levei para conhecer meus pais minha mãe tinha feito pimentão recheado para o jantar, e em vez de dizer: "Puxa vida, obrigado pelo esforço, mas não sou muito fã de pimentão" ou qualquer outra coisa que uma pessoa normal diria, ele se forçou a comer o troço inteiro. O que, é claro, resultou nele vomitando no nosso jardim, e em mim gritando com ele: "Você é louco?! Por que não disse nada antes?", e nele me culpando de não o conhecer bem, "porque todo mundo sabe que eu odeio pimentão com todas as forças, caramba", e em mim retrucando que "como é que eu vou ADIVINHAR?", e nele dizendo a besteira de que "talvez a gente esteja apressando demais esse relacionamento", e em mim chorando, imersa em mágoa profunda, porque tinha certeza de que aquela coisa que mal tinha acabado de começar logo terminaria tragicamente só por causa de um pimentão idiota.

Em quarto lugar: O dia em que eu, sem querer, dei para ele "A MÃE DE TODOS OS SPOILERS" (palavras dele) de *Breaking Bad*, e ele ficou sem falar comigo por três dias. Na época a gente ainda nem morava junto, então eu fiquei lá, perdida, sem saber realmente se ele estava só zoando com a minha cara ou se ele estava mesmo profundamente magoado a ponto de romper nosso relacionamento inteiro por conta da porcaria de um seriado. No fim, ele me perdoou, mas ficou com um bico gigante por um tempão depois disso e guardou o rancor para a eternidade, sempre usando isso contra mim quando discutíamos. Antes, eu acharia o absurdo dos absurdos colocar uma coisa assim na lista de maiores brigas que já tive com alguém, mas... Bem. Aprendi minha lição. "Não darás spoilers" passou a ser o meu décimo primeiro mandamento.

Em terceiro lugar: Não foi exatamente uma briga. Foi um acordo mútuo. Mais ou menos. Veio mais da minha parte do que da dele. O fato é que passamos duas semanas separados durante as férias, porque eu não achava saudável que o nosso relacionamento tivesse ficado tão sério tão rápido e, caramba, eu não tinha nem vinte anos ainda e já estava morando com um cara? Quando é que minha vida tinha seguido aquele rumo, e em que ponto eu teria tempo de experimentar todas as coisas que as pessoas de menos de vinte anos deveriam experimentar? Davi entendeu. Ele me deixou ir de bom grado, e acho que foi isso o que mais me fez sentir saudade e remorso, e também foi o que me fez acabar voltando para ele no final. Eu percebi o quanto ele fazia falta, e entendi que minha vida não precisava ser que nem a das outras pessoas — ela era especial por ser *minha*, não importando o rumo que tomasse ou deixasse de tomar.

Em segundo lugar: A recorrente e constante batalha denominada "Davi, PELO AMOR DE DEUS, faça alguma coisa da sua vida!". Talvez você a conheça por seus outros codinomes mais famosos, como "Você não pode passar o resto da vida deitado nesse sofá jogando videogame" ou "Como você espera que eu me sinta atraída por alguém sem ambição nenhuma?". O exército inimigo tinha jeitos diferentes de se referir àquela briga, claro. "Você odeia passar tempo comigo e faz de tudo pra ficar longe de casa" é só um dos exemplos e, para ser justa, não é como se aquilo não tivesse lá seu fundinho de verdade. Eu gostava de passar tempo com Davi, mas só quando ele estava legal. Quando ele estava chato, eu dava graças a Deus por ter desculpas para passar tanto tempo fora.

Eu juro que não consigo pensar nem em uma única vez que essa nossa discussão eterna não tenha terminado em caos completo. Tudo era sempre muito destrutivo e desastroso. Eram nesses momentos que deixávamos escapar por nossas bocas aquelas palavras que, em um mundo ideal, não merecem nunca ver a luz do dia.

E então, em primeiro lugar, tivemos aquilo que gerou nosso fim.

Digo "aquilo" porque... não foi uma briga. Não foi uma discussão. Não foi uma batalha. Não foi nenhuma grande guerra ou massacre.

Foi... nada.

Um grande e ostensivo nada apertando meu coração até que ele se espatifasse dentro do meu peito e caísse como confete sobre o resto dos meus órgãos.

Eu sabia que havia algo realmente errado quando vi as garrafas de vinho espalhadas pelo apartamento. Umas cinco, talvez. Não consegui contar direito, apenas pisquei várias vezes enquanto tentava juntar as peças daquele quebra-cabeças.

E foi aí que eu vi a calcinha.

E eu não consegui acreditar. Não consegui acreditar de jeito nenhum. Nem em meus pesadelos mais loucos eu imaginava Davi me traindo, não daquela forma, não tão descaradamente. Ele tinha seus defeitos, mas era fiel.

Ele *era* fiel.

Eu sentia como se não soubesse mais nada sobre o mundo. Tudo o que eu tinha aprendido em meus quase vinte e um anos de vida eram pura mentira, uma ilusão fantasiada, cenas sem profundidade ou base.

Caminhei até o sofá, onde uma das almofadas escondia parcialmente aquela peça de baixo preta e de renda. Aquela calcinha definitivamente não era minha. Eu a toquei apenas para ter certeza de que era real — era tudo tão absurdo que meu cérebro se recusava a processar as informações.

Então, tudo veio de uma só vez, me atingindo direto no peito. Eu perdi o ar. Perdi o chão. Me ajoelhei no carpete da sala, apoiei a cabeça nos joelhos e tentei me concentrar em fazer meu corpo parar de formigar.

Não sei dizer quanto tempo passei assim.

O que me fez levantar no final foi aquela partezinha de mim, aquela parte trouxa, sussurrando no meu ouvido: *Ei, você não acha que está julgando tudo muito precipitadamente?* Como se as garrafas vazias de vinho espalhadas pela casa e a calcinha desconhecida escondida entre as almofadas do sofá não fossem evidências o suficiente do que tinha acontecido na noite anterior, na minha casa, com meu namorado.

Cambaleei até o quarto, meio esperando flagrar Davi nu enroscado com uma mulher qualquer. Talvez ver aquela cena com meus próprios olhos me despertasse para a realidade. Talvez, enfim, eu começasse a surtar, atirando coisas nele e xingando-o até a última geração.

Mas Davi estava sozinho.

Nu, mas sozinho.

E isso, mais do que tudo, foi o que manteve meus pés congelados no chão.

Davi estava adormecido. Completamente apagado. Sem nem saber que havia acabado de destruir minha alma.

Como você pôde fazer isso comigo?

Me segurei no batente da porta enquanto observava o peito dele subir e descer conforme ele respirava sem a menor preocupação no mundo. Eu estava me sentindo tão anestesiada que era como se aquela cena estivesse acontecendo com outras duas pessoas, outra namorada trouxa e outro namorado traidor, e eu era só um fantasma observando tudo de fora e pensando: *Poxa vida, que situação!*

As lágrimas chegaram mais ou menos nessa hora, acompanhadas por uma pressão aterradora nas partes ocas da minha bochecha e ao redor dos meus olhos. Elas desceram silenciosas pelas curvas do meu rosto, fora do meu controle, mas não completamente desesperadas. Não solucei. Não funguei. Não fechei minha expressão inteira em um molde de tristeza. Apenas deixei que as gotas caíssem dos meus olhos, porque eu não conseguia mais barrá-las.

Então, respirei fundo e caminhei em passos lentos até o guarda-roupas para fazer minha mala. Eu não sabia exatamente o que tinha acontecido com Davi naquela noite. Não sabia de onde tinha surgido aquela calcinha misteriosa, ou se ele havia bebido todas aquelas garrafas sozinho. Não sabia se o perfume adocicado e feminino que eu começava a sentir ao chegar mais perto era real ou apenas minha imaginação tentando completar as lacunas. Eu só sabia de uma única informação: eu precisava sair dali.

E eu não iria sair dali sem minhas coisas.

Peguei a mala grande de viagem no fundo do guarda-roupa e comecei a preenchê-la com tudo meu que eu conseguia encontrar através do véu de lágrimas que cobria minha visão.

Roupas íntimas. Pijamas. Camisetas. Calças jeans. Meu uniforme de trabalho.

A tarefa foi ficando cada vez mais mecânica e tolerável. Pelo menos naquele momento, eu tinha um objetivo a seguir e não estava completamente perdida no mundo: pegar as coisas no armário e jogá-las na mala, sem me importar com organização ou qualquer outra formalidade.

Tudo parecia estar indo muito bem. Até que a mala foi ficando cheia demais e eu, de repente, percebi o que estava fazendo. A situação me atingiu mais forte do que eu esperava. Eu estava empacotando minha vida inteira para tentar levá-la a algum lugar menos doloroso. Parecia absurdo esperar que meu mundo coubesse todo dentro de uma mala de viagens.

Eu sentia que estava a ponto de entrar em colapso, então decidi que deixaria o resto das minhas coisas para trás. Só precisava fechar a mala e levar embora tudo o que eu já tinha guardado.

Mas é mais fácil falar do que fazer. A mala só fechou depois que eu abri o extensor, me sentei sobre ela e forcei o zíper mais do que meus braços aguentavam. A esse ponto, eu estava completamente afundada na mágoa, meu pranto ecoando pelo quarto.

Foi assim que Davi me encontrou ao abrir os olhos: chorando descontrolada em cima da mala.

— Tita? — A voz sonolenta dele espetou meu coração fazendo-o murchar. — O que você tá fazendo?

Não respondi. Não tinha o que responder, nem mesmo se eu estivesse em condições de falar. Escondi o rosto na palma das mãos e abaixei a cabeça, querendo parar de viver aquele momento nem que fosse por só um segundo.

— Tita... — ele insistiu, rouco.

Ergui os olhos porque a familiaridade de seu tom me atraía sem que eu pudesse evitar.

Davi tentou se levantar, mas logo foi atingido pela dor de cabeça da ressaca, então fez uma careta, colocou a palma da mão na têmpora e deixou o rosto voltar a pender sobre o travesseiro.

Eu bufei uma risada amarga e me ergui da mala, respirando fundo e sentindo meu peito tremer, instável. Enxuguei as lágrimas na manga do moletom e coloquei a mala de pé, subindo o puxador com dificuldade.

Quando arrastei a mala violentamente para fora do quarto, Davi deve ter percebido que algo estava muito errado, porque ele ignorou toda a dor e cambaleou atrás de mim, parando na porta. Sua cara estava péssima, como se ele tivesse acabado de acordar da própria morte.

— Tita? Que que tá acontecendo?

Eu não tive tempo de responder, porque logo em seguida ele se inclinou sobre o próprio corpo e vomitou.

Ah, Davi...

Sacudi a cabeça, espremendo a cara para barrar as lágrimas idiotas que ele não merecia. Eu me voltei na direção da saída e, no caminho, me deparei com a calcinha preta que havia iniciado todo aquele drama.

— Onde você tá indo, Tita? — Davi perguntou.

Eu me abaixei rapidamente, peguei a calcinha, apertei-a no meu punho em uma bolinha e a joguei na direção dele. A peça era tão leve que não o alcançou, caindo no chão na metade do caminho entre nós dois. Davi olhou para a calcinha, ponderando, e por fim ergueu os olhos para mim, as sobrancelhas lá no alto, compreendendo.

Eu revirei os olhos, esfreguei o rosto com a mão e voltei a marchar até a porta.

— Tita... — Davi protestou. — Eu...

Meus pés me pararam e inclinei meu ouvido na direção da voz dele. E foi aí que eu percebi que eu estava esperando uma desculpa. Não — eu estava *desesperada* por uma desculpa. Qualquer desculpa, mesmo que esfarrapada. Qualquer razão para acreditar que eu estava louca, que ele não tinha me traído coisa nenhuma, que a história era completamente diferente.

"A verdade, Tita, é que eu sou crossdresser, e essa calcinha é minha."

"A verdade é que essa calcinha é um presente que eu comprei pra te surpreender quando você voltasse."

"A verdade é que um alienígena entrou aqui em casa, colocou essa calcinha aí, e foi embora pela janela em um disco voador."

Qualquer coisa.

Qualquer coisa!

Mas tudo o que ele me falou foi:

— Eu não me lembro do que aconteceu ontem.

E, por incrível que pareça, nada poderia ter me machucado mais do que aquilo. Nada poderia ter me machucado mais do que ser a única a sofrer com as memórias daquela traição.

Terminei de percorrer o resto do caminho até a porta, girei a chave e saí. Davi tentou vir atrás de mim, mas àquele ponto eu já não ouvia mais nada do que ele estava falando. Minha cabeça apitava com um ruído inexistente, e o resto do mundo estava embaixo d'água, longe do alcance da minha audição.

Nem sei exatamente como consegui cambalear os quatro andares de escada arrastando não só a mala pesada atrás de mim como também a malinha que eu tinha trazido da viagem, mas quando o ar livre me recebeu minhas lágrimas se secaram. Davi não tinha me seguido até ali.

O porteiro me ajudou a entrar em um dos táxis do ponto ao lado do prédio. Eu não sabia exatamente para onde queria ir, então pedi apenas que o taxista me levasse para bem longe daquela bagunça.

14

Ana me acolheu de braços abertos assim que liguei para ela e contei tudo o que havia acontecido.

Depois que eu já estava sã e salva na casa dela, me arrependi de não ter feito um escândalo maior ao confrontar Davi.

Meu silêncio havia aprisionado coisas demais dentro do meu peito, e agora eu sentia como se minha caixa torácica fosse ceder a qualquer momento. Minhas costelas afundariam dentro de si mesmas, esmagando todos os órgãos mais importantes, e eu derreteria numa poça de tristeza e decepção.

Eu não conseguia acreditar que, de todas as coisas ruins possíveis, tinha sido justamente *aquilo* que Davi havia escolhido fazer comigo. Nosso relacionamento não era perfeito, mas por todos aqueles anos nós havíamos sido honestos.

Abertamente honestos. Sempre.

Talvez por isso eu me sentisse tão culpada quando interagia com o Erick. Parecia uma traição mesmo que não fosse, e eu detestava ser infiel a Davi mesmo em meus pensamentos mais íntimos, porque eu sabia — ou *achava* — que ele nunca faria nada do tipo comigo.

Mas ele *tinha feito*.

E o que aquilo significava para mim?

O que aquilo significava para nós?

Eu já não sabia de mais nada.

Era estranho pensar no quanto meu relacionamento com Davi definia todo o resto da minha vida. Eu sempre tinha me achado tão independente, tão desapegada. Apesar de amá-lo de verdade, de alguma forma eu tinha a ideia maluca de que, se não ficássemos juntos para sempre, a vida seguiria sem grandes danos.

Mas agora eu estava aqui.

Sem ele.

Com o coração partido.

Perdida, no meio de uma estrada sombria e chuvosa, sem saber qual era o caminho para casa.

E, à força, eu precisaria descobrir o quanto existia de Thalita sem Davi.

Ana me deixou dormir praticamente o dia inteiro e só me acordou à noitinha, porque achou que eu precisava comer alguma coisa. Ela tinha pedido pizza, e eu lhe jurei amor eterno enquanto devorava três fatias quase sem intervalos para respirar.

Alimentada, eu me enrolei no cobertor fofinho fazendo um casulo sobre o sofá macio de Ana. Então, eu dormi, dormi e dormi... e acordei na segunda-feira decidida de que aquele seria um novo dia.

— Você tem certeza de que quer ir pro trabalho hoje? — Ana me perguntou enquanto eu ajeitava meu rabo de cavalo na frente do espelho de sua sala de estar. — Eu posso falar com a Monique. Certeza que ela vai entender.

— Não, não, eu tô bem — afirmei, assentindo para meu reflexo no espelho. *Você está bem, Thalita. Está na hora de reconstruir o castelo sobre as ruínas.* — Eu vou ficar pior se ficar aqui sozinha me remoendo o dia inteiro.

Ana estreitou os olhos e me analisou friamente por um minuto. Então, assentiu.

— Você quem sabe — ela murmurou. — Mas, se precisar de uma pausa, só me avisar.

— Combinado — respondi.

Eu estava bem.

Quer dizer.

Depende muito da definição de "bem".

Eu não estava arrasada, chorando nos cantos, por exemplo. Não. Eu estava *funcional*. Operante.

E, ok, meus sorrisos e olhares podiam estar um pouco robóticos enquanto eu servia meus clientes no Café Canela, mas até que ponto você pode exigir atenção de uma garota que acabou de ter o coração partido?

O segredo, realmente, é não pensar naquilo.

O segredo é empurrar o pensamento para o fundo da mente, tão fundo, tão fundo, tão fundo que, com sorte, ele acaba saindo do outro lado, fugindo do seu cérebro para sempre, como se nunca nem tivesse acontecido.

Você cria sua própria fantasia, um universo alternativo em que você nunca foi machucada. E, assim, nada dói. Você consegue respirar normalmente. Consegue até mesmo sorrir e ser simpática e fazer seu trabalho e receber gorjetas.

Só precisa tomar cuidado, porque, assim, de repente, um pensamento surge de volta, e seu castelo de ilusões começa a ruir, e você se vê sem ar, segurando na parede, sem saber por quanto tempo mais sua máscara vai resistir.

Mas, então, respira fundo e bane o pensamento outra vez, e tudo está bem, o mundo é maravilhoso, lá fora você pode ver os unicórnios e o arco-íris.

Foi por pouco.

Está na hora de voltar para o show.

Estava quase na hora de fechar — e eu tinha sobrevivido! — quando Davi apareceu.

Ana foi quem me alertou.

— Ô-ou — ela murmurou para si mesma.

Ela estava olhando na direção da entrada, e eu simplesmente soube do que se tratava, como se eu tivesse um sexto sentido ou sei lá. Apertei os olhos, mordi os lábios e tentei lutar contra todos os pensamentos que eu havia expulsado da minha cabeça nas últimas horas. Eles pareciam estar voltando todos de uma vez, um esforço em equipe, para me destruir.

— Tita! — Davi gritou.

Respirei fundo e não me virei.

Ana tentou tomar conta da situação.

— Olha, Davi, melhor você ir embora.

— Não! — ele exclamou, sua voz falhando. — Tita! — insistiu.

Ele estava se aproximando de mim. Eu podia sentir sua presença, seu calor, sua energia. Por um segundo, senti mais saudade dele do que já tinha sentido em toda a minha vida. Mas, logo em seguida, a decepção borbulhou em meu estômago e converteu a saudade em ódio.

— Nem começa com escândalo — disse uma segunda voz masculina. Eu precisei de uns segundos para me situar e entender que se tratava de Marco, amigo e colega de trabalho de Davi. — Você prometeu que ia se comportar, Davi.

— Eu tô me comportando! — Davi protestou. O tom histérico dele meio que diminuía a credibilidade de suas palavras. — Tita! — chamou uma terceira vez.

— O que tá acontecendo aqui? — A voz de Monique, minha chefe, calou todo mundo. Eu ainda estava encolhida no meu canto, tentando ignorar tudo e esperando que a coisa toda se resolvesse por si só.

— Desculpa — consegui murmurar. — Eu não sabia que ele viria aqui.

— Isso não é sua culpa — Monique disse em tom irritado, como se a ideia de eu achar que era minha culpa fosse um pecado ainda maior do que se ela realmente fosse minha. Ela cruzou os braços e, quando encarou Davi, me deu coragem para fazer o mesmo. — O que você quer?

— Eu quero falar com a Thalita — Davi conseguiu proferir. Suas sobrancelhas unidas no topo, em mágoa, me desestabilizaram, então fechei os olhos outra vez.

— Ela está trabalhando — Monique rebateu imediatamente.

Davi gaguejou.

— E-eu sei, é só que... Ela n-não... não tava querendo falar comigo antes, e eu sabia que ela, bem... que ela estaria *aqui*, e e-eu...

— Aí você resolveu encurralá-la em um lugar de onde você sabia que ela não poderia fugir — Monique sugeriu, sorrindo com ironia. — Típico. — Deu uma risada. — Olha só, garoto. Não vou tolerar que você fique aqui assediando minha funcionária. Então é melhor você dar o fora antes que eu chame a polícia.

— *Assediando?* — Davi praticamente ganiu, sua voz se afinando com a tristeza e a desilusão. Não consegui manter meus olhos fechados. — Eu só queria conversar com ela.

— Infelizmente, parece que ela não quer conversar com você — Monique rebateu.

— N-não, eu só... Marco! Diz pra ela, Marco! Diz pra ela. — Ele puxou o braço do amigo, desesperado. Então se voltou para mim. — Eu só preciso que você entenda, Tita!

Nesse momento, uma família entrou pela porta da frente, tornando o Café, antes vazio, o palco de um circo.

— Davi, sério. Só vai embora. — Ana tentou docemente expulsá-lo antes que as coisas piorassem.

— Marco! — Davi implorou ao amigo.

— Ele estava sozinho quando saiu da festa — Marco disse para mim, parecendo meio contrariado de se encontrar no meio daquela confusão. — Sério, Tita. Juro pela minha mãe. Ele tava sozinho, bêbado, mas sozinho. Ele nem bebeu muito, mas você sabe como ele é, não aguenta o tranco. — Marco fez uma tentativa de risada totalmente inapropriada, mas parou, sem graça, ao perceber que nós todas estávamos olhando para ele esperando que finalizasse seu argumento. — Enfim. É isso. Juro. Ele saiu da festa completamente sozinho. A gente colocou ele num Uber. Ele voltou pra casa. Fim.

— Por acaso você tem como garantir que ele chegou em casa sem nenhum desvio? — Monique, para nossa surpresa, foi quem fez a pergunta que estava na cabeça de todo mundo.

Marco trocou um olhar com Davi, que, eu percebi, parecia prestes a chorar.

— Está tudo bem — eu declarei, e todos os olhares se voltaram para mim sem entender. — Podem prosseguir com suas tarefas. Ana, você atende os clientes novos por mim? Eu sei que eles estão na minha área, mas...

— Claro — minha amiga disse. Ela tocou meu ombro como forma de apoio e partiu para atender a família que tinha chegado.

— Eu vou conversar com Davi nos fundos, se não tiver problema. — Olhei para Monique.

Ela parecia confusa, mas concordou com a cabeça.

— Eu espero aqui — Marco falou.

Guiei Davi até os fundos sem dizer nenhuma palavra. Ele já conhecia o caminho, já tinha vindo me visitar algumas vezes antes. O silêncio estava me esmagando, mas já não tínhamos intimidades para palavras sem compromisso, então permaneci calada até que estivéssemos longe do alcance dos ouvidos curiosos.

Então, me virei para meu ex-namorado, e ele caiu em prantos.

Eu acho que nunca tinha visto Davi chorar daquele jeito antes, tão profundamente sincero, tão perdido.

Quando o corpo dele se encaixou no meu, seu rosto molhado apoiado em meus ombros, eu aceitei o contato físico sem questionar, embora, racionalmente, aquilo não fosse uma coisa muito esperta. Davi se agarrou a mim e soluçou e pediu desculpas e repetiu quarenta e sete vezes que ele era um idiota e que não me merecia e que sentia muito muito muito muito muito.

Eu permaneci congelada no lugar, sentindo meu coração partido martelar.

Ah, Davi...

De todas as vezes que eu tinha brigado com ele por nunca se abrir de verdade comigo, era agora que ele resolvia me dar ouvidos? Justo agora, que já era tarde demais?

Esperei que ele se recompusesse, porque não tive força nem coragem para afastá-lo.

— Desculpa — ele pediu mais uma vez, esfregando o rosto com as costas das mãos. — Desculpa. Eu jurei pra mim mesmo que não ia chorar, é só que... Tita...

Mordi minha bochecha e me concentrei em respirar fundo.

Ar entrando. Ar saindo. Ar entrando. Ar saindo.

— Tita — Davi repetiu, a voz rachando. Eu cruzei meus braços para refrear a vontade de confortá-lo. — Eu... Eu sei que não tenho direito nenhum de aparecer aqui e... fazer isso, mas é que... Eu não sei de que outro jeito lidar com isso. — Ele estava soluçando a cada par de sílabas. — Eu não sei o que deu em mim. Não me lembro daquela noite, mas... Mas eu me arrependo tanto, Tita, me arrependo tanto, você não tem ideia. Eu nunca faria isso com você se eu estivesse em sã consciência. Espero que você saiba disso, Tita. Eu nunca, NUNCA, faria isso com você.

Apertei a mordida na bochecha até sentir uma picada afiada dos meus dentes cortando a carne e o gosto de sangue metálico inundando meus sentidos. Eu não consegui dizer nada, mas a pulsação acelerada ecoava pelas minhas veias em apenas três palavras:

Mas você fez.

— Mas eu fiz. — Davi pareceu ter lido minha mente. — Ou talvez não tenha feito. Não sei. O Marco disse que me viu sair sozinho aquela noite, e eu sei que você não tem nenhuma razão para acreditar em mim, e eu não tenho como explicar a calcinha... e o vinho... e eu só... Tita, eu só queria que você me perdoasse. — Ele ousou estender a mão e segurar meu rosto. Senti meu corpo inteiro arrepiar. — Tita. Me dá outra chance. Eu prometo que eu nunca mais, nunca mais vou beber. Eu nem gosto de beber! E eu nunca mais vou fazer nada parecido com você. Eu prometo. Eu vou ser o namorado perfeito, vou sair pra trabalhar todo dia, não vou te dar nenhuma preocupação, até paro de jogar videogame se você quiser, e eu sei que nós dois...

— Davi — finalmente, minha voz encontrou o caminho pela minha garganta até os lábios. Davi congelou, os olhos se arregalando em esperança. — Por favor, para.

Abaixei os olhos, porque aquilo estava sendo demais para mim.

— Tita... — ele murmurou.

— Não. Não é assim — consegui dizer. — Você não pode simplesmente chegar aqui e começar a chorar e esperar que tudo vá voltar ao normal, Davi. Você partiu meu coração, entende isso? Você me decepcionou em um nível que eu não sabia... não sabia que fosse capaz. — Olhei para ele.

Davi apertou os lábios e assentiu, sua testa enrugando em mágoa.

— Eu sinto muito — disse.

— Eu não duvido — ri, amarga. — Eu também sinto muito. E eu acredito em você quando diz que nunca faria isso comigo se estivesse em plena consciência dos seus atos, mas... Mas você traiu minha confiança, Davi. Como nós poderíamos superar isso, algum dia? Você quebrou nosso relacionamento. — Só quando ele estendeu o polegar para enxugar minha lágrima que eu percebi que havia começado a chorar. Me afastei um passo e sacudi a cabeça. — Eu te perdoo. Juro que te perdoo. Mas não posso esquecer isso. Tudo mudou.

— Tita, por favor — ele suplicou.

— Não, Davi. Eu que peço por favor. Por favor, me deixa em paz. Não torne as coisas ainda piores do que elas já estão.

— Eu te amo. — Davi deu sua última cartada. — Eu nunca quis te machucar.

Fechei os olhos. Respirei fundo.

— Acho melhor você ir embora — anunciei, me afastando e passando as mãos no avental para enxugar o suor. — O que a gente tinha acabou.

— Tita... — a voz fraca dele me chamou.

Conferi meu reflexo no espelho da sala dos funcionários e limpei as partes borradas da minha maquiagem. Então, coloquei um sorriso no rosto e me preparei para voltar ao trabalho.

Meu coração ainda estava completamente triturado, mas, de alguma forma, era bom ter agora um ponto-final. Significava que eu poderia seguir em frente.

15

Umas três semanas depois, encontrei o cartão de Erick no bolso do meu casaco. Mordi a bochecha e fiquei encarando o pequeno retângulo de papel por um tempo. Quase ri comigo mesma. Eu nem me lembrava de ter guardado o cartão no bolso, porque logo em seguida Davi havia partido meu coração e virado meu mundo de cabeça para baixo, e acho que isso meio que roubou todos os holofotes.

Ana percebeu que eu estava muito calada, então desviou o olhar do espelho e estreitou os olhos delineados para mim.

— Que isso?

— Nada, é só... — estalei a língua e guardei o cartão de volta no bolso. — Nada.

— Thalita... — ela me alertou, mas seu tom era quase doce. — Se isso for algo do Davi, você sabe que tem que ir pra Caixa...

A Caixa foi invenção de Ana, mas a pedido meu. Era onde eu devia colocar tudo o que me lembrava de Davi, aprisionando ali todas as lembranças que tinham o poder de me assombrar. Era como ela havia superado o término com o noivo, alguns anos antes. *O que os olhos não veem, o coração não sente,* ela me disse. E eu nem podia reclamar, porque estava, de certa forma, funcionando.

Eu havia implorado para que ela me ajudasse depois de uma noite em que eu descobri que havia perdido o controle das minhas emoções.

Ana havia me encontrado encolhida no sofá, os olhos vidrados no meu celular.

É engraçado o quanto você fantasia na sua cabeça para tornar a realidade mais suportável.

Voltar à minha antiga vida parecia mais fácil do que lidar com a perda de um relacionamento de anos, então eu preferia me agarrar às esperanças. Às ilusões. A qualquer coisa que não significasse o fim definitivo.

Na minha cabeça, Davi insistiria mais. Ele não descansaria até que eu o perdoasse. Ele não desistiria de mim assim tão fácil.

Por mais desapontada e incrivelmente machucada que eu estivesse, tudo o que eu mais queria era que ele só... só mostrasse que aquilo estava sendo tão difícil para ele quanto para mim.

Mas, não. Não foi assim que aconteceu na vida real.

Na vida real, ele sumiu do mapa. Respeitou minhas barreiras. Me deu espaço. Ele aceitou que tinha feito algo irreparável para nosso relacionamento e resolveu ter a decência de me deixar partir.

Não era racional, afinal ele tinha feito exatamente o que eu tinha pedido, mas aquilo foi a minha ruína. Como ele conseguia se desprender de anos tão instantaneamente? Não era justo que eu fosse a única com o coração doendo e a saudade sufocando.

— Tá bem — Ana dissera ao me ver naquele estado. — É um tratamento radical, mas é a única coisa que funciona. Você precisa eliminar todos os traços de Davi da sua vida até que você tenha superado ele.

— Todos? — eu protestara, apesar de ter acabado de concordar que continuar naquele estado devastado e doentio não podia mais ser uma opção.

— Desintoxicação requer abstinência total.

Óbvio que eu tinha feito bico e batido meus pés no chão como uma criança contrariada, mas no fim acabara concordando que ela tinha, mesmo, razão. Então entreguei a ela tudo o que me fazia lembrar de Davi (bem, obviamente não tudo-*tudo*, ou eu ficaria sem nada!) e ela colocou na Caixa, e eventualmente eu fui parando de pensar sobre aquelas coisas que envolviam Davi.

Mas, naquele momento, eu estava me preparando para sair de casa a fim de me divertir pela primeira vez depois de Davi e, por coincidência, havia me deparado com o cartão de Erick no meu bolso.

— Não tem nada a ver com Davi — eu disse, na defensiva.

Ana cruzou os braços sem acreditar.

— É sério. — Tirei o cartão do bolso e, relutantemente, mostrei para ela. Ela o pegou da minha mão para inspecionar mais de perto. — Tá vendo? Nada de Davi.

— Quem é Erick? — ela indagou, lendo o nome estilosamente impresso num papel caro.

— Ninguém — respondi, rápido demais.

— Thalita...

Eu revirei os olhos e respirei fundo, sabendo que Ana não deixaria aquilo passar. Era irritante, por mais que no fundo ela estivesse apenas preocupada comigo.

No entanto, nós havíamos ficado bem mais próximas naquelas últimas semanas, desde que eu tinha me hospedado no sofá dela até encontrar outro lugar para morar, então supus que não faria mal compartilhar com ela o meu lado sombrio — aquele lado que, dada a oportunidade certa, teria feito com Davi coisa ainda pior do que o que ele tinha feito comigo.

— Talvez você se lembre... — comecei. — Ele foi me ver no Café algumas vezes.

— O bonitão? — Ana esbugalhou os olhos. — Olhos azuis, covinhas?

Assenti, surpresa com a boa memória dela.

Ou talvez Erick tivesse apenas causado uma senhora impressão. Pensando bem, não era tão absurdo assim. Ele *era* extremamente bonito, afinal. Esse tipo de pessoa fica mesmo na nossa cabeça.

— Espera. Por que você tem o cartão dele? — Ana perguntou. Eu apenas encolhi os ombros. Ela sorriu aquele sorriso cheio de dentes e estendeu o cartão de volta para mim. — Liga pra ele!

— Quê? — Me recusei a pegar o cartão. — Tá doida? Claro que não!

— Por que não?

— Por que não!? — Fiz careta. — Para de ideia boba!

— Não é boba, amiga. Você tá aí, bela e solteira, pronta pra próxima aventura! Tá na hora de ligar pro bonitão!

— Ana, para...

— Liga pra ele! — ela insistiu. Pegou o celular de cima da penteadeira, no meio das maquiagens que estava usando para se arrumar, e o estendeu para mim. — Liga! Você tá precisando disso.

— Tô precisando nada!

— Tudo bem, *eu* ligo — ela bufou e desbloqueou a tela, começando a digitar o número no cartão. — Você me agradece depois.

— Ana, não! — gritei e, com um tapa, derrubei o celular da mão dela.

Foi reflexo. Fiz sem nem pensar. A ideia de ela ligar para Erick me fez entrar em um surto momentâneo de pânico, e minha mão simplesmente agiu sem meu comando.

— Desculpa — murmurei, me abaixando imediatamente para recolher o celular dela. Por sorte, o aparelho estava inteiro, sem nenhuma rachadura. — Desculpa, Ana... Eu não...

— Eu sei — ela suspirou. — Tudo bem. Sem problemas. Não vou ligar pro Erick se você não tá pronta.

— Obrigada. — Abaixei os olhos, frustrada pela minha própria vergonha.

Entreguei o celular para ela, e Ana ficou um tempo apenas segurando o aparelho com as duas mãos, batendo o indicador no topo, sem saber o que fazer comigo. Por fim, ela suspirou outra vez e fez uma tentativa de sorriso.

— Você ainda quer ir pra festa?

Honestamente, eu não queria. Todas as células do meu corpo imploravam por mais alguns dias de descanso, e tudo o que eu mais desejava era me aninhar no sofá e nunca mais encarar o mundo lá fora. Mas meu lado racional sabia que eu precisava pelo menos tentar seguir em frente, ou ficaria presa na dor para sempre.

Então, assenti.

Ana me ajudou com a maquiagem, com o cabelo e com as roupas, e quando finalmente saímos de casa eu estava radiante.

Acho que nunca tinha me sentido tão bonita e desejável antes em toda a minha vida como quando vi minha imagem na câmera frontal do celular logo antes de descer do Uber. Isso me encheu de esperança. Pela primeira vez em muito tempo, eu estava realmente bem comigo mesma e poderia me divertir de verdade.

E aí, entramos na balada onde seria a festa, e eu rapidamente percebi que era óbvio que o destino não iria me deixar escapar tão fácil.

16

Erick estava na área VIP.

A iluminação esquisita da balada parecia apontar todos os raios na direção dele, como se o universo estivesse acendendo um grande chamariz para o caso de eu não notar o garoto por conta própria.

Um flash de luz intermitente refletia de seus olhos azuis e sorridentes enquanto ele conversava com uma garota ruiva. Os dois estavam vestidos em roupas formais — ela com um vestido longo que cintilava, ele com camisa e calça social. Alguns botões da camisa dele estavam abertos, e a gravata ao redor de seu pescoço estava completamente frouxa. Seus cabelos pareciam ter sido arrumados com gel e em seguida bagunçados pelo suor e a agitação da balada. Enquanto conversava, ele casualmente penteava com os dedos o cabelo para trás, achando que estava consertando tudo, mas, na verdade, isso só acabava dando aos fios uma aparência mais selvagem.

A área VIP ficava em uma espécie de mezanino de metal no segundo andar, então Ana logo percebeu que eu estava com o pescoço esticado para cima, os olhos vidrados em algo. Ela seguiu o meu olhar, sorriu consigo mesma e exclamou:

— O bonitão!

Com todo o barulho, Erick não tinha como ter escutado o grito dela, mas ainda assim nessa mesma hora ele virou a cabeça e me enxergou ali. O que ele estava falando com a outra menina morreu em seus lábios e ele se desconcertou todo. Gaguejou alguma coisa para ela, então se voltou para mim e acenou, os olhos surpresos.

Sorri e abanei a mão para ele, me sentindo boba.

— Caramba! — Ana berrou no meu ouvido, animada. — Que coincidência do caramba! Ou devo chamar de destino?

Ela sacudiu as sobrancelhas de modo sugestivo. Eu revirei os olhos e dei um tapa no ombro dela, mas, quando voltei a procurar por Erick na área VIP, a garota ruiva com quem ele conversava um segundo atrás estava agora completamente sozinha.

Meu coração pareceu perceber antes de mim que aquilo significava que Erick estava vindo me encontrar, porque o órgão começou a bater no ritmo da música eletrônica desenfreada que soava no ambiente. Então alguém tocou meu ombro, e eu fechei os olhos antes de me virar, sabendo que só podia ser Erick.

Eu não me sentia cem por cento pronta. Parte de mim ainda estava afundada na depressão pós-término. E havia uma outra parte que estava morta de medo de encarar Erick sem barreira alguma me impedindo de voltar para o amor puro que tínhamos tido anos antes. E se tudo desse errado? E se eu acabasse me machucando de novo?

Talvez fosse diferente se o término com Davi não tivesse doído tanto, ou se talvez eu tivesse tido mais tempo para me recuperar de tudo.

Ou se não fizesse tanto tempo desde que eu tinha me relacionado com outro cara que não fosse Davi.

Mas Erick estava ali, não tinha como eu apertar o botão de pausa e adiar tudo para mais tarde. Eu precisava engolir meu medo, colocar um sorriso no rosto e me abrir para as possibilidades.

Foi assim que me virei para encará-lo: disposta, de todo o meu coração, a dar uma chance para o destino. O sorriso dele, encantado e brilhante, me aqueceu e me fez entender que eu tinha feito uma boa escolha.

Erick me abraçou antes que eu percebesse. Fechei meus braços ao redor dele e inspirei o cheiro do seu pós-barba.

— Que surpresa te ver aqui — ele disse, voltando a olhar nos meus olhos.

— Oi — consegui dizer. Segurei o braço de Ana como um escudo e a puxei para frente. — Essa é minha amiga, Ana.

— Ela trabalha no café com você, não é? Eu me lembro dela. — Ele a abraçou também. — Tudo bom?

— Tudo ótimo! — Ana gritou, exagerada.

Erick sorriu para ela e então fez uma careta, olhando ao redor.

— Aqui tá muito barulho. Vocês querem ir pra área VIP? Tá tendo um evento da empresa lá, mas aposto que vão adorar ter vocês duas por perto — ele ofereceu. Em seguida, atrapalhado, ele acrescentou: — Ou vocês estão esperando mais alguém?

Troquei um olhar ansioso com Ana, mas ela apenas riu.

— Ninguém! — ela disse para Erick por cima da música. — Estamos aqui sozinhas! Só nós duas!

Erick não conseguiu impedir que um sorriso discreto tomasse conta de seus lábios enquanto me observava. Eu sorri também, mas de nervoso. Ele fez um gesto para que a gente fosse na frente, então nos guiou até a tal área VIP.

Quando chegamos lá, ele se ofereceu para buscar bebidas para nós duas, e Ana me puxou de lado.

— Tá tudo bem? — perguntou com cuidado.

Franzi a testa.

— Tá. — Assenti. — Por quê?

— Porque algumas horas atrás você derrubou o celular da minha mão quando eu tentei ligar pra... pra ele... — Ela desviou os olhos na direção de Erick, que fazia o pedido das bebidas no balcão da área VIP. Ele olhou para nós e sorriu sem saber por quê. Aquele sorriso torto e ingênuo fez meu coração dar um solavanco. Malditas covinhas! — Não quero ficar dando corda pra uma situação desconfortável.

— Ah... — Eu engoli em seco e mordi os lábios. — Não. Eu tô bem. Obrigada, Ana.

— Certeza? — Ela ergueu as sobrancelhas, virando o rosto completamente para mim. — Porque, é sério, só me dá um toque que eu invento uma dor de barriga.

Eu ri alto.

— Não precisa — garanti. — Mas obrigada, amiga. De verdade.

— Imagina. Só estou feliz de ver você se divertindo depois de todo esse tempo. — Ela espelhou meu sorriso. — Você merece.

Depois que Erick voltou, Ana não demorou nem uns vinte minutos antes de dizer que tinha avistado uns amigos na pista e que iria descer para encontrá-los. Eu sabia que não tinha amigo nenhum, que ela só tinha dado aquilo como desculpa para me deixar sozinha com Erick, mas eu não comentei nada porque, na verdade, não sabia se me sentia grata ou aterrorizada por seu abandono. Quando ela foi embora, as coisas pareceram ficar trezentas mil vezes mais sérias.

Erick devia pensar o mesmo, porque do nada ficou muito calado, e o silêncio cresceu no espaço entre nós dois como um monstro. Eu quase podia sentir as presas desse monstro a alguns poucos centímetros do meu pescoço, o que fazia meu corpo inteiro arrepiar em expectativa.

— Não me odeie por perguntar — Erick começou de repente, sua voz rouca e destreinada —, cadê seu namorado?

Abaixei os olhos imediatamente. Meu rosto esquentou, ferveu. Minha cabeça pulsou com culpa, mágoa, vergonha, pesar, raiva. Eu odiava Davi por ainda ter tanto poder sobre mim. Depois de tudo, deveria ser fácil simplesmente apagá-lo de dentro da minha cabeça e fazer meu coração entender que era para seguir em frente. Mas não era fácil. Não era nada fácil.

Erick tocou minha mão de leve.

— O que houve? — perguntou, preocupado.

— Não estamos mais juntos — murmurei finalmente. Respirei fundo e ergui meu olhar para Erick. — Terminamos.

Erick parecia surpreso e comovido. Seus olhos arregalados deram espaço para a compaixão e ele subiu a mão para meu ombro, de um jeito amigável.

— Sinto muito — disse. — Sinto muito mesmo. Imagino como isso deve ser difícil pra você. Vocês estavam juntos há bastante tempo, né?

— Mais de três anos — eu quase ri. — Ele foi meu primeiro namorado.

Segundo — meu cérebro corrigiu, como se o namorico com Erick no acampamento sequer contasse.

Bem, Davi foi meu primeiro namorado *de verdade*. O primeiro namoro sério que resistiu ao tempo e ao verão, que evoluiu para o patamar do companheirismo integral e sincero, que tomou posse do meu coração como um todo. O primeiro namoro com o potencial para me destruir completamente.

Erick suspirou, como se ele próprio também estivesse em pedacinhos. Seu polegar começou a fazer círculos reconfortantes no meu ombro.

— Nossa — murmurou tão baixo que não sei como ainda consegui ouvir por cima do barulho da balada. — Esse tipo de coisa é difícil mesmo de superar. Eu também terminei um relacionamento há um tempo, mas... — Ele apertou os lábios, e as covinhas surgiram para mostrar sua simpatia à minha penosa situação. — Mas não era nada nesse nível. Sinto muito, Tita.

Engoli forte.

— Tudo bem — falei, porque é esse tipo de coisa que se diz nessas horas.

— Tudo bem nada — ele disse, franzindo a testa. — Mas sabe de uma coisa? Vai ficar tudo bem. — Erick riu consigo mesmo. — Vai sim, vai sim. Porque você não precisa dele na sua vida, não é mesmo? Você é uma garota bonita, inteligente, engraçada, o pacote completo, e não precisa de ninguém te pesando pra baixo. — Antes que eu tivesse chance de entender o que estava acontecendo, ele fez um sinal para um garçom próximo. — Traz dois shots de tequila pra gente, por favor!

O garçom assentiu e saiu para atender ao pedido. Eu fiz uma careta e olhei para Erick em toda a minha confusão.

— Tequila?

— Faz os problemas saírem da cabeça e anestesia o coração — ele explicou como se fosse um médico treinado prescrevendo um remédio. — E nós dois estamos precisando nos divertir, não é mesmo?

Eu devo ter feito uma cara muito desconfiada, porque Erick riu e sacudiu a cabeça.

— Tenho a mais pura das intenções, eu prometo — garantiu, fazendo um sinal de escoteiro. — Hoje estou aqui como seu amigo de infância. Nada além disso. Não vou dar em cima de você, nem esperar nada em troca. Nós só vamos beber, dançar, desabafar e aproveitar a noite. Combinado?

Ele estendeu a mão como que para selar o acordo. Eu apertei a mão dele, ainda meio incerta, bem na hora em que os shots chegaram.

Viramos em conjunto, e no momento em que a tequila desceu pela minha garganta, queimando o caminho até meu estômago, eu soube que tinha me entregado de corpo e alma. Naquela noite eu esqueceria Davi.

Estava decidido.

Erick riu, bateu palmas, me chamou para dançar.

A pista da área VIP era vazia e assustadora, e eu não estava bêbada o suficiente para me soltar de imediato. Erick me puxou pela mão mesmo assim. Ele começou a pular no ritmo da música e me incentivou a fazer o mesmo.

Quando olhei ao redor, meio desconfortável, ele acrescentou:

— Vai fazer a tequila subir mais rápido.

Isso me fez rir.

— Duvido que essa teoria tenha respaldo científico. — Coloquei as mãos na cintura e ergui as sobrancelhas.

— "Respaldo científico"? — Erick riu, as covinhas afundando. — A ciência não se baseia em experimentos? Então? Experimentemos!

Depois do segundo shot, eu já pulava sem questionar. Uma das garotas da área VIP, a que estava conversando com Erick antes, estava me encarando feio, e no começo eu tentei ignorar, mas por fim aquilo me incomodou o suficiente para me afastar da pista de dança. Erick me seguiu.

— Quem é ela? — perguntei a ele.

Ele olhou na direção que eu estava indicando.

— Ah. Ela. — Sorriu de lado. — O nome dela é Maria Clara. Ela trabalha na empresa comigo.

— Ela é sua namorada? — as palavras me escaparam.

Erick abriu um imenso sorriso e me olhou como quem olha um cachorrinho dar seus primeiros passos. *Você é adorável, Thalita,* sua expressão parecia dizer.

— Não, Tita — ele disse. — Ela não é minha namorada.

— Ela tá com ciúme de mim — falei.

Erick encolheu os ombros.

— Quem não teria ciúme de você?

Ele não me tocou, mas senti minha pele inteira arrepiar. Minha cabeça batucava por causa da tequila, agravando a situação.

— Vamos dançar — falei, puxando-o de volta para pista.

Depois do terceiro shot, eu me apoiei no balcão do terraço e gritei que eu era o rei do mundo. Nem tinha bebido tanto assim, mas acho que o alívio e a liberdade são tão intoxicantes quanto o álcool, nas circunstâncias certas. Minhas bochechas estavam coradas; meus olhos, pequenos, um sorriso estampado de forma permanente nos meus lábios. Davi? Quem era Davi? Nunca nem conheci!

Os olhos azuis de Erick brilhavam na noite fria, seu rosto de modelo de revista tão quente e convidativo. Aos risos, encaixei minhas mãos em suas bochechas e, tentativamente, toquei nossos lábios.

Eu ainda estava de olhos fechados quando ele suspirou, segurando meus pulsos para me afastar.

— Eu quero isso, Tita — disse. — Mais do que tudo. Mas não hoje. Não assim.

Meu rosto esquentou em uma só onda. Que tola, tola, tola eu tinha sido. Que ideia idiota.

— Quero que seja real — Erick continuou. — Quero que seja *eterno*.

Ele me fez tomar outro shot para quebrar o clima estranho que ficou entre nós e, para ser sincera, eu aceitei só porque era aquilo ou sair correndo dali e enfiar minha cabeça na terra como um avestruz. A tequila apenas me pareceu mais conveniente e menos infantil.

Depois do quinto shot, parei de contar. Não devo ter bebido muito mais, não sou lá muito forte com bebida, mas o fato é que números já não me importavam. Eu estava mais preocupada em dançar até esquecer o resto do mundo enquanto olhava nos olhos de Erick e ria de me acabar.

O beijo seguinte veio numa hora bem avançada da madrugada. Nós estávamos sozinhos em um dos sofás da área VIP e simplesmente aconteceu. Ele segurou meu rosto, mas daquela vez não me afastou.

— Ah, Thalita... — ele murmurou com a voz rouca. — Não me tente...

Eu sorri e o beijei de novo. Erick não resistiu.

Por alguns minutos ficamos presos naquela bolha de calor, ânsia e paixão, seus lábios tão firmes nos meus, suas mãos nos meus cabelos, na minha cintura, no meu rosto, na minha perna...

Então, ele sorriu e se separou de mim.

— Espera — ele disse. Quando abri os olhos, fui recebida pelo azul intenso de suas íris, reluzente até mesmo na quase escuridão. — Oi.

— Oi — eu disse.

— Já está ficando tarde. Acho que é hora de dizer tchau.

Senti meu rosto congelar em mágoa e surpresa. Erick acariciou minha bochecha com o polegar.

— Não. — Ele quase riu. — Não é por isso, Tita. Já disse que quero você, quero você inteira. Mas não assim, lembra? Não quando sua cabeça tá em outro lugar, pensando em outro cara, e o álcool tirou todo seu julgamento...

— Quê? — Aquilo era tão absurdo para mim que afastei meu corpo do dele, me erguendo pelos cotovelos. — *Pensando em outro cara?* Davi não tinha entrado na minha cabeça nem mesmo por um segundo... até agora.

Erick ergueu as sobrancelhas. Impressionado, certamente.

— Isso é bom saber — admitiu. — Mas ainda tem a parte da bebida...

— Eu nem tô tão bêbada assim — falei, irritada.

Ele suspirou e sorriu sapeca, as covinhas debochando de mim de um modo tão fofo que não resisti e perdoei todas as suas ofensas.

— Me dá seu número — Erick disse. Então, pegou o celular do bolso da calça e destravou a tela.

Cansada, eu apenas recitei o número do meu celular.

— Espero que isso não seja só um teatro — falei. — Espero que você tenha realmente a intenção de usar esses preciosos dígitos que acabei de te revelar. Espero que você não seja um babaca qualquer que só quer me dispensar logo e nunca mais me ver.

Ele riu.

— Eu juro que te ligo. Amanhã mesmo, se você quiser.

Nossos olhares se travaram. Havia faísca voando pelo ar.

— Vamos fazer isso direito — Erick disse.

Eu sabia que ele não estava brincando.

17

No dia seguinte, Erick fez mais do que apenas me ligar: ele apareceu no Café no final do meu turno, segurando um buquê de camélias rosas e brancas.

O sorriso que se abriu no meu rosto me surpreendeu. Achei que, à luz do dia, sem a influência da bebida, eu não conseguiria sentir felicidade tão facilmente.

Pelo jeito, um peso havia saído de cima de mim naquela festa. E ver Erick ali, esperando por mim, com os olhos azuis cansados brilhando em expectativa, renovou minhas energias.

Mordi os lábios e me aproximei com um cardápio.

— Deseja se sentar, senhor? — perguntei em tom sério.

Ele, que estava distraído, olhando para as flores, se sobressaltou com minha abordagem, mas por fim deu uma risada. E então, ao ver minha seriedade, fechou a cara, preocupado.

— Desculpa — foi a primeira coisa que ele me disse. — Isso é inapropriado? Eu até pensei em mandar mensagem, mas queria muito te ver.

Não me aguentei e soltei o sorriso.

— Não é inapropriado nada, seu bobo. Vem, senta aqui. — Guiei ele para uma das mesas de canto. — Eu estou saindo já, já. Você chegou na hora certinha.

Ele me obedeceu, se sentando, e então estendeu o buquê na minha direção com um sorriso fofo.

— Que sorte.

Troquei as flores pelo cardápio.

— Obrigada. São lindas. Você vai querer alguma coisa enquanto espera? Ainda faltam uns dez minutinhos pro meu turno acabar.

— Bom, já que ofereceu, eu adoraria aquele seu expresso maravilhoso.

Eu ri, revirando os olhos. Expresso era expresso, e o meu não era melhor do que o de ninguém. Mas resolvi não contrariar; um elogio exagerado nunca matou ninguém.

— Não vai querer nenhuma torta dessa vez?

Erick olhou direto nos meus olhos.

— Só se eu puder dividir com você.

A vibração que emanou desse comentário despretensioso me atingiu de forma inesperada. Acho que foi só aí que eu me toquei de que, dependendo da minha reação à sugestão dele, eu poderia estar em um encontro romântico sem ser com o Davi pela primeira vez em muito tempo. E então surgiu um leve pânico.

Disfarcei com uma risada, abraçando as camélias.

— Vou trazer seu café — murmurei enquanto me afastava, atrapalhada.

Em vez de ir direto para a máquina, resolvi fazer um pitstop no banheiro para tentar racionalizar o que estava acontecendo e me livrar daquela sensação esquisita.

Ana me interceptou no corredor dos funcionários assim que passei pela porta, tão distraída que quase trombei nela.

— Ei! — Ela segurou meus ombros. — O que foi? — Então, olhou para as flores sendo amassadas em minhas mãos e suspirou em reprovação dramática. — Não me diga que o Davi...?

Sacudi a cabeça e me apressei em corrigir:

— São do Erick.

Por mais que eu odiasse o Davi no momento, o desprezo de Ana por ele me deixava quase na defensiva. Preferia mudar o assunto.

Como imaginei, a expressão dela mudou por completo. E com um sorriso, provocou:

— Uau! O bonitão não perde tempo mesmo, hein? Cuidado que, nesse ritmo, semana que vem vocês já estão se casando. — Ela finalmente parou de olhar as camélias e voltou a focar em mim, percebendo que eu não tinha esboçado nem mesmo um sorrisinho. — Por que essa cara de bunda?

— Não sei muito bem — disse sinceramente. — Ele tá aí fora.

— Ah. — Ana ergueu as sobrancelhas, parecendo entender tudo. Ela pegou o buquê da minha mão e gentilmente me guiou até a sala de descanso. — Acho que sei qual é o problema — disse depois de me fazer sentar em uma das cadeiras.

— E qual é? Porque eu realmente não sei. Eu estou feliz que ele tenha vindo aqui pessoalmente, estou feliz pelas flores, por ele ter tido esse cuidado e por parecer nervoso e ansioso por me encontrar. Mas assim que ele mencionou que queria dividir uma torta comigo, eu...

— É exatamente isso — ela interrompeu meu falatório afobado. — Você está com medo.

— Medo?

— Isso tudo é novo pra você, eu sei. Já faz anos que você não sai com alguém diferente, que não experimenta essa euforia de início de um relacionamento. Ontem foi diferente, porque era uma festa, os dois tinham a bebida como desculpa para se soltar. Mas agora ele veio aqui, mostrou compromisso e está oferecendo a oportunidade de algo mais sério. É normal você se assustar.

Tudo o que ela disse fez sentido e, aos poucos, a razão foi acalmando o desespero no meu coração.

— Olha. — Ela colocou o buquê sobre a mesa de canto e se ajoelhou ao lado da minha cadeira. — Você não precisa fazer nada que não queira. Mas minha dica pra você é: não se guarde com medo de se perder. O Erick está super na sua, e você gosta dele, não gosta? — Ela sorriu quando eu assenti. — Isso é tudo o que importa.

Revirei os olhos com um sorriso. Já estava me sentindo bem melhor. Me inclinei para frente e envolvi minha amiga em um abraço.

— Você é uma pessoa muito sábia — murmurei.

— Eu sei, eu sei... — ela disse, dando batidinhas nas minhas costas. — Agora levanta daí, troca de roupa e vai lá se sentar com o seu bonitão, que eu sirvo vocês dois. Vou colocar suas flores em um pote com água e voltar lá pra frente, antes que o Giancarlo fofoque pra Monique que a gente fica aqui dentro em vez de trabalhar — falou, se referindo ao nosso outro colega de trabalho, que assumia papel de gerência quando Monique não estava, como era o caso naquele dia.

Erick parecia preocupado quando voltei.

— Está tudo bem? Você demorou.

— Sim — falei, envergonhada. — Me desculpa. Posso me sentar?

Só então ele percebeu que eu tinha trocado de roupa e que, portanto, eu já não estava lá como garçonete. Um sorriso se alargou em seus lindos lábios.

— Mas é claro — disse, os olhos brilhando.

Sentei-me à frente dele, sentindo minhas bochechas queimarem e torcendo para que ele não percebesse o quanto eu estava desconsertada.

Limpei a garganta, desconcertada com aqueles olhos azuis me vigiando.

— A Ana vai trazer o expresso que você pediu. E também uma torta de cookie, que eu escolhi para dividirmos. Espero que esteja tudo bem.

— Tudo ótimo.

Eventualmente, Ana apareceu com a torta e dois expressos. Era estranho estar sendo servida dentro do Café Canela, mas era algo com que eu poderia facilmente me acostumar. Era uma delícia receber as coisas de mão beijada sem a menor obrigação de arrumar a bagunça depois. Minha amiga trocou um olhar sábio comigo e, por sorte, não fez nenhuma palhaçada ou comentário inconveniente.

Ainda assim, Erick estava prendendo um sorriso quando ela saiu de perto.

— Sua amiga é engraçada — ele comentou, levando o garfo devagarzinho a uma das bordas da torta.

— Ela é — concordei, fazendo o mesmo só que na outra borda.

Ficamos um tempo em silêncio, cutucando a torta, nenhum de nós levando à boca.

— Achei que tinha te assustado — Erick falou de repente.

Ergui os olhos, sendo atingida imediatamente pelo seu olhar intenso. Mas agora eu estava mais calma. Engoli em seco e tentei sorrir.

— Não foi você. É que... — Era muito errado falar do meu ex no nosso primeiro encontro de verdade? Mordi os lábios e reorganizei os pensamentos. — Eu me diverti com você ontem e estou feliz por você ter vindo me ver. É só que... faz muito tempo desde a última vez que eu saí em um primeiro encontro com alguém, e seu convite pra dividir a torta despertou minha ansiedade. Mas já passou. — Para demonstrar, peguei um pouco do doce no garfo e levei à boca, sorrindo enquanto mastigava.

Erick me imitou, e por um segundo ficamos apenas assim, olhando um nos olhos do outro enquanto saboreávamos a maravilhosa torta de cookie.

Por fim, Erick colocou o garfo apoiado no pratinho e suspirou, pousando uma mão sobre a minha, as sobrancelhas se unindo em comoção.

— Eu com certeza estou muito contente por você estar aqui dividindo essa torta comigo, mas não quero que você se sinta ansiosa. Então proponho que a gente vá com calma.

Com a mão livre, brinquei com o garfo, girando-o entre meus dedos, enquanto continha um sorriso. Tinha como aquele garoto ser ainda mais perfeito?

— A gente não precisa se apressar. — Olhando nos meus olhos, ele tirou o garfo da minha mão para poder segurar essa também. — Temos todo o tempo do mundo quando é o destino quem controla tudo.

Nós pedimos mais uma fatia de torta e comemos e conversamos sobre amenidades. O tempo todo, Erick deu um jeito de estar em contato com pelo menos uma das minhas mãos — com carinho, mas também com algo a mais. Minha pele estava pegando fogo.

Quando terminamos de comer e esgotamos todas as conversas de mesa, ele insistiu em pagar a conta e me levou até em casa. Quando estacionou na frente do meu prédio, ele desligou o carro e olhou para mim.

— Adorei passar um tempo com você hoje, Thalita.

— Eu também — respondi, sorrindo. — Obrigada por ter ido me ver.

— Eu que agradeço por ter me permitido ficar.

Dei um uma risada, mordendo o lábio inferior. Erick desceu do carro e o contornou pela frente para poder abrir a porta para mim. Em seguida, ofereceu a mão para me ajudar a sair.

Segurei a mão dele, seus dedos pareciam frios ao meu toque. Ele estava nervoso? Não soltei a mão dele, então ele usou a outra para fechar a porta do carro atrás de mim e, em seguida, olhou para nossos dedos.

— Eu sei que você falou para irmos devagar — comecei. Os olhos dele foram das nossas mãos para o meu rosto, brilhando em expectativa. — Mas por acaso ainda posso... fazer isso?

Soltei a mão dele, ficando na ponta dos pés para beijá-lo, meus braços envolvendo seu pescoço. O beijo veio como um susto para ele, que de início nem soube muito bem como reagir. Mas rapidamente ele me puxou para mais perto e abriu os lábios, retribuindo tudo o que eu estava entregando.

Quando finalmente nos soltamos, Erick suspirou, olhando nos meus olhos, afastou para trás da orelha uma mecha do meu cabelo e disse em tom sonhador:

— Pode fazer isso sempre que quiser.

18

Alguns dias depois, saí oficialmente da casa de Ana, indo para um apartamento onde eu podia, pelo menos, ter meu próprio quarto — ainda que dividisse o resto da casa com outras meninas.

Com toda a confusão da mudança e da adaptação e com aquela coisa de "ir devagar", acabei ficando um tempo sem falar direito com Erick.

Naquela noite, ele havia me convidado para ir ao cinema, e eu não conseguia parar de sorrir enquanto me aprontava. Então essa era a sensação de estar apaixonada? O aperto gostoso no peito, o ar fazendo cócegas no pulmão, a vontade de ficar bonita, bonita de verdade, para que a pessoa se impressione com você tanto quanto você sabe que vai se impressionar com ela. Meu relacionamento com Davi tinha ficado estático há tanto tempo que me esqueci dessa sensação.

Erick já estava me esperando do lado de fora quando desci, mesmo eu estando uns cinco minutos adiantada do horário que tínhamos combinado. O vento da noite serena ondulava seu cabelo de artista de cinema, e a luz dos postes perto dele faziam seus olhos brilharem como estrelas. Ele estava com as duas mãos dentro do bolso do casaco, mas assim que me aproximei ele estendeu uma delas para mim, o punho fechado, os dedos voltados para baixo.

Instintivamente, estendi minha mão de volta para pegar o que quer que ele estivesse me oferecendo.

Ele depositou um pequeno cilindro vermelho-prateado na minha mão. Com as sobrancelhas franzidas, mordi um sorriso confuso.

— O que é isso? — perguntei, embora fosse claro que se tratava de um chocolate Baton.

Por sorte, Erick entendeu que minha pergunta ia além do óbvio. Não era apenas um "o que é isso?", mas também um "por quê?" e um "o que isso significa?".

— Quando éramos mais novos, você me presenteou com meu chocolate preferido — ele disse. Então sorriu com simplicidade. — Hoje é o dia em que eu retribuo o favor.

Envolvi o Baton com meus dedos e sorri de lado. Sim, Baton era realmente meu chocolate preferido. Chocolate ao leite puro, maciço, com gosto de infância. Eu gostava de passá-lo nos lábios como maquiagem e esperar secar. Minha boca adquiria um tom marrom e gótico, adulto, importante. Eu me apreciava no espelho, então lambia tudo, me deliciando outra vez. Baton tinha gosto de memórias.

Pisquei para disfarçar que aquilo havia me deixado um tanto emocionada.

— Como você sabia que era meu chocolate preferido? — foi minha primeira dúvida.

Erick pareceu não ter se dado conta de que eu perguntaria aquilo. Ele ficou instantaneamente sem graça, abaixando o olhar para o chão, e mordeu as bochechas por alguns segundos.

— Você postou no Facebook — confessou por fim.

— Postei? — eu franzi as sobrancelhas e ri. Revirei meu cérebro procurando a lembrança de ter compartilhado a informação do meu chocolate preferido na rede social. Não era impossível, não era nem mesmo improvável. Meu amor por Baton era aberto e público. No entanto, não costumo postar muitas coisas no Facebook, e demorei um tempo para entender o que é que tinha me feito realizar tal post. Finalmente, me lembrei de que, na Páscoa do ano anterior, eu tinha feito um post dizendo algo idiota como "Se você me ama, já sabe o que me dar nesse domingo! Não precisa nem ser o ovo, me contento com a versão original do melhor chocolate do mundo!" — Meu Deus! — Eu ri de novo, mais ainda. — Mas faz décadas que eu postei isso, socorro! Você ficou vasculhando meu perfil?

— Eu tava curioso — Erick disse, encolhendo os ombros.

— Nossa, seu *stalker*! — ralhei, eufórica.

Erick fez uma careta de pura mágoa, e eu entendi que, por mais que ele estivesse disposto a apostar naquele relacionamento, nos conhecíamos *de verdade* havia relativamente pouco tempo, o que significava que, não importava o quanto tivesse fuçado meu Facebook, não tinha como ele ter se acostumado completamente ao meu senso de humor. Nessas horas, Davi fazia falta. É uma coisa difícil construir um relacionamento do zero e ter que criar novas piadas internas.

— Eu tô brincando — esclareci, feliz de ver o sorriso e a cor voltando ao seu belo rosto. — Obrigada pelo Baton. Realmente, é meu chocolate preferido.

— De nada — ele disse. — De onde esse veio, tem muito mais.

— Eu só ficaria mais apaixonada agora se você me dissesse que comprou a fábrica do Baton pra mim — dramatizei e apertei o pequeno chocolate perto do meu coração.

— Isso é algo que eu posso providenciar — Erick brincou de volta.

O clima leve entre nós retornou.

A noite foi gostosa. Leve. Simples.

Depois do filme, largamos o carro em um estacionamento 24 horas e caminhamos pela rua a esmo. Comemos um cachorro-quente em uma barraquinha de rua. Enquanto conversávamos sobre milhares de assuntos, Erick escutou tudo o que eu tinha a dizer como se eu fosse a pessoa mais importante do mundo, sem desviar a atenção por um só segundo. *Nessas* horas, Davi não fazia falta alguma.

No fim, ele me deixou de volta em casa. Estacionou na rua do lado e me acompanhou até o portão do meu prédio.

Nós paramos pouco antes da entrada, o silêncio zanzando pelos nossos ouvidos e me deixando quase tonta. Erick tocou meus lábios com a ponta dos dedos. Fechei os olhos, sentindo meu corpo inteiro se arrepiar. Respirei fundo, soltando um ar. Então acabei com o espaço entre nós e o beijei.

Uma coisa que eu apreciava no beijo de Erick era a leve surpresa de início, como se ele sempre se esquecesse de que aquela era uma possibilidade e se maravilhasse ao descobrir o toque concreto dos seus lábios nos meus. Ele, então, derretia, virando gentileza pura, mas completamente entregue e respeitavelmente faminto. Um carro passou por nós, nos inundando com o barulho e a luz dos faróis. Erick se afastou do beijo com uma das mãos ainda aninhando meu rosto. Ele abriu os olhos devagar, as bochechas vermelhas — não sei se por vergonha ou adrenalina. Quando seu olhar finalmente alcançou o meu, caímos na risada.

— Acho melhor eu ir — ele murmurou, tímido.

— Não quer subir? — soltei, sem pensar.

Uma parte de mim adoraria que ele aceitasse, que passasse a noite comigo, e foi dela que surgiu o impulso. Outra parte ainda estava nervosa e tinha um certo receio de me envolver intimamente com alguém novo. E havia uma terceira parte, a maior e mais forte de todas, que parecia prestes a entrar em combustão espontânea, pois qualquer coisa era preferível à ansiedade de esperar pela resposta de uma pergunta feita sem planejamento estratégico.

Erick demorou séculos para dizer qualquer coisa, ou foi o que pareceu enquanto eu sentia meus dedos congelarem, prendendo a respiração. Toda espécie de emoção passou por seu rosto e eu quase morri tentando adivinhar cada uma delas. Espanto, curiosidade, julgamento, vontade de rir, séria consideração, tristeza, pena?

— Eu adoraria — ele falou por fim, me libertando da minha própria prisão de expectativa. Só que não tive tempo de comemorar antes de ele completar: — Mas é que eu quero que seja especial.

Meu coração deu um solavanco.

Por um lado, havia uma certa decepção com essa declaração do fim do encontro. Por outro, havia jeito mais fofo de dispensar alguém?

Eu não estava acostumada a ver um garoto recusando sexo. Me derreti pensando no quanto ele devia gostar de mim para querer que a nossa primeira vez fosse especial. E fazia total sentido dar a devida importância a esse marco no nosso relacionamento. Eu nem me lembrava direito da minha primeira vez com o Davi, por exemplo.

Segurei as mãos dele e balancei nossos braços em um ritmo suave enquanto sorria e olhava em seus olhos.

— Tudo bem — eu disse devagar. Sem pressa alguma. — Vamos fazer ser muito especial.

Ele sorriu de volta com aquelas covinhas que me matavam. Dei um beijo rápido nele antes de falar boa noite e de me despedir, entrando em meu prédio. Eu não queria que houvesse espaço para arrependimentos dentro do desejo. Assim como ele, eu agora estava determinada a fazer com que tudo entre nós dois fosse o mais especial possível.

19

O conceito de "especial" varia de pessoa para pessoa.

Ficamos alguns dias naquela fase de "ir com calma". Romancinho a ponto de causar diabetes de tão meloso, beijos apaixonados e calorosos, mas nada além disso.

E o tempo todo eu estava pensando: o que será que Erick considera especial?

Pétalas de flores espalhadas pelo quarto? Ambiente à luz de velas? Um alinhamento perfeito dos astros? Trilha sonora de fundo, gostosinha de ouvir?

Por via das dúvidas, me preparei para tudo o que consegui imaginar e naquela noite, enquanto esperava Erick chegar, me senti quase boba diante de todo aquele esforço.

Mas bastou ele aparecer para que eu me lembrasse do quanto eu queria aquilo.

Abri a porta do apartamento antes de ele precisar tocar a campainha. Ele me olhou, confuso.

— Você ainda não está pronta pra gente ir?

Eu sorri, o coração prestes a explodir no peito de tão empolgada.

— Na verdade, eu tenho uma ideia melhor do que a gente pode fazer hoje... — soltei misteriosamente. Puxei-o pela mão e beijei seus lábios rapidamente. — Vem, entra. As meninas não estão aqui. Somos só nós dois.

Minhas novas colegas de casa haviam milagrosamente resolvido passar o fim de semana fora. Uma delas tinha ido visitar a família fora da cidade e a outra geralmente ficava na casa do namorado nos dias em que não precisava trabalhar à noite. Se aquele não fosse um sinal de que tudo estava se alinhando para a minha noite especial com Erick, não sei o que mais seria.

Parecendo apenas levemente contrariado, Erick permitiu que eu o guiasse até o sofá e se sentou.

— O que você está aprontando?

— O que você acha? — perguntei, dando alguns passos para trás sem tirar meus olhos dele.

Eu conseguia ver uma certa preocupação em seus olhos, como se estivesse um pouco atordoado por eu ter mudado abruptamente o rumo da noite, mas também havia uma curiosidade otimista e um brilho inconfundível de expectativa e desejo.

Sorri enquanto apagava as luzes da casa e, em seguida, pressionava o botão do controle remoto que ligava as luzes pisca-pisca penduradas ao redor da porta do meu quarto.

Do escuro, escutei chegar a risadinha de Erick.

E então um suspiro.

— Thalita...

— Calma! — me adiantei, antecipando o protesto. Cambaleei até onde ele estava, iluminado apenas pelo brilho intermitente das luzinhas de Natal, e o peguei pela mão novamente. Ele não resistiu, o que me pareceu um bom sinal. — O cenário realmente especial está lá no meu quarto.

Erick se deixou guiar, mas não disse palavra alguma até estarmos efetivamente dentro do quarto, onde foi recebido por mais luzinhas pisca-pisca, bem como a chama bruxuleante de velas de plástico. A decoração fazia lembrar um milhão de estrelas, vagalumes na escuridão. Observei o rosto de Erick enquanto ele absorvia todo o trabalho que eu tinha tido em nome de um momento que durasse para sempre.

— Uau — ele disse, seguindo o caminho de pétalas no chão.

Mordi os lábios e aproveitei a distração dele para ligar a música na minha caixinha de som. A melodia suave fez com que ele se virasse, e então eu abri o laço que segurava meu roupão.

Erick piscou algumas vezes, demorando para entender o que estava acontecendo. Então, antes que eu tivesse tempo de exibir por completo minha lingerie especial, ele deu três grandes passadas, atravessando o quarto, e segurou minhas mãos, me impedindo.

— Espera — ele disse, um pouco afobado.

Senti minhas bochechas queimarem e meu coração disparar de vergonha. Puxando minhas mãos das dele, fechei de volta o roupão.

— Desculpa, eu achei que estivesse especial o suficiente — murmurei, me sentindo uma idiota.

— Não! Não, não. Não é isso. — Ele se atrapalhou com as palavras. Segurou meu rosto, me fazendo olhar em seus olhos. — Isso aqui está ótimo. Perfeito. Eu só queria que... — Ele soltou o ar, pensativo. — Bom, queria que a gente conversasse um pouco, se conhecesse melhor. Antes de... — ele se interrompeu e, como eu não disse nada, acariciou minha bochecha com um dos polegares. — Vai por mim, Thalita, eu quero isso. Mais do que tudo. Eu só preciso que a gente vá um pouquinho mais devagar.

Assenti lentamente. Ele sorriu e se inclinou para me dar um beijo leve.

— Vem cá — disse na minha orelha, me fazendo arrepiar. — Por que a gente não aproveita esse clima pra sentar um pouco e conversar?

Me sentindo um pouco menos patética, eu o segui até a cama e me sentei ao lado dele.

— Vem aqui mais perto — Erick disse.

Eu ajoelhei sobre as pétalas e me aproximei dele.

— Posso mexer no seu cabelo? — ele perguntou. Devo ter feito uma cara muito estranha, porque ele sentiu a necessidade de se explicar: — Me acalma. E acho que vai te acalmar também.

Revirei os olhos, sorrindo. Ele era tão doidinho, mas sempre sabia o que fazer e dizer.

Conforme ele me instruiu, deitei-me em seu colo.

O carinho começou no topo do couro cabeludo. Seus dedos gentis massagearam minha cabeça com tanta suavidade que fechei os olhos sem nem perceber.

— Me conta sobre você — Erick começou. — Adoro quando passamos tempo juntos, mas nunca falamos sobre coisas realmente pessoais. Às vezes eu sinto como se não te conhecesse direito.

— O que você quer saber?

— Tudo.

Eu sorri.

— *Tudo* vai ser difícil. Nem eu mesma sei tudo. Mas uma coisa que eu posso dizer é que eu amo cafuné.

Os dedos dele pararam de se mexer e eu senti receio de ter dito algo errado. Mas logo em seguida eles voltaram, ainda mais carinhosos, mais intensos.

— E o que mais você ama? — ele perguntou com a voz meio rouca.

— Eu amo... — Mordi o lábio de baixo, reflexiva. — Eu amo quando chove e eu não tenho compromisso nenhum fora de casa, então posso ficar sentada perto da janela para escutar o barulho suave das gotas lá fora. Amo o cheiro da chuva na terra. Eu amo... hum... quando eu chego no ponto de ônibus e logo em seguida meu ônibus chega, como se estivesse esperando justamente por mim. Eu amo quando... quando alguém pergunta como eu estou e quer mesmo saber a resposta. Eu amo meus pais... minha irmã... Minha família é tudo pra mim.

— Eu me lembro de você falar bastante deles — Erick comentou.

Inclinei o pescoço para trás, a fim de olhar melhor para ele. Fui recebida por suas covinhas emoldurando um sorriso contido. Meu coração martelava em meu peito.

— E você? — perguntei, voltando a me deitar na posição de antes. — O que você ama?

Ele acariciou meu cabelo, passando os dedos pelos fios, e então trocando as mechas de lugar repetidamente. Demorei um tempo para perceber que ele estava fazendo uma trança com os fios do lado esquerdo do meu cabelo.

— Eu amo... a simplicidade — Erick murmurou. — Eu amo a vida que existia antes da complicação. Eu amo momentos em que eu posso voltar a sentir aquilo que me mantém vivo. Momentos como esse, com você.

Engoli em seco, sentindo meu coração apertar mais uma vez.

Será que é cedo demais para estar tão apaixonada?

— Eu também.... — murmurei. — Também amo momentos como esse.

Erick não disse nada por um longo tempo. Ele terminou a trança do lado esquerdo e se pôs a trançar o direito. Eu também fiquei quieta, apenas sentindo os dedos, o toque, a carícia. Inteiramente arrepiada.

— Thalita... — A voz dele reverberou por todo o meu corpo. Prendi a respiração, aguardando. — Sei que combinamos de ir com calma, mas... Se você estiver sentindo nem que seja um centésimo do que estou sentindo, acho que vai entender quando eu disser que não há nada que eu queira mais do que ter você como minha namorada.

Me sobressaltei, levantando para pegar fôlego e olhar diretamente nos olhos de safira de Erick. Dizer que eu não esperava aquilo não seria exatamente verdade, mas eu estava surpresa, de alguma forma.

Tão surpresa que desaprendi a falar. Por sorte, meu coração palpitando me obrigou a responder, ainda que sem palavras.

Assenti com a cabeça, esperando que Erick entendesse que era aquilo que eu queria também.

Seu olhar fixou em meus olhos, e então se moveu para as trancinhas que havia feito de cada lado da minha cabeça. Ele segurou minhas bochechas e me puxou para um beijo intenso e tão cheio de vontade que eu me senti desmoronar.

Não tinha como ter sido mais especial que isso.

20

Enquanto eu me arrumava para o trabalho no dia seguinte, pouco depois de Erick ir embora, uma das minhas colegas de casa, a Rita, chegou rindo. Havia um outro cara com ela. Eles ficaram em silêncio quando perceberam que não estavam sozinhos, então ela disse:

— Ah, oi, Thalita. Esse aqui é o meu namorado, Hugo. — Ela se virou para ele. — Hugo, essa é a Thalita, a garota que se mudou pra cá esses dias.

Já tinha quase umas duas semanas que eu estava ali, mas sorri de modo cortês e ofereci ao namorado de Rita um abraço e um beijo em cada bochecha. Hugo, no entanto, estava com os olhos espremidos, como se já me conhecesse de algum lugar, mas não soubesse exatamente de onde. Por fim, seus olhos se arregalaram e ele sorriu.

— Ah, sim! Eu sei quem ela é! — ele disse. — É a namorada do Erick!

As palavras pareceram demorar alguns segundos antes de atingirem completamente a parte racional de mim.

— Oi? — foi tudo o que consegui expressar de início. Como é que um completo desconhecido, só de me olhar, já sabia que eu estava namorando Erick? Estava assim tão na cara?

Rita e Hugo trocaram um olhar.

— Eu estudo com ele — Hugo me explicou.

Soltei uma risada involuntária, mas logo mordi meu sorriso bobo.

— Ele falou de mim pra você?

Se eu era assunto entre os amigos dele, isso queria dizer que ele gostava *mesmo* de mim, né?

— Ah, se falou! — Hugo riu. — Ele mostrou seu perfil no Instagram um dia desses, quando estávamos bebendo depois da aula. Um amigo nosso até disse que era mentira, que ele tinha criado um perfil falso, que tinha pegado as fotos de uma modelo no Google, porque não era possível que alguém como ele tivesse arrumado uma garota de verdade, ainda mais bonita assim. Mas… Não é que você existe mesmo?

"Um dia desses" Erick não era meu namorado, mas provavelmente era tudo uma questão de semântica. Já tinha umas semanas que a gente estava de rolo. Ele estar disposto a mostrar meu perfil para os amigos — ainda que eles tivessem agido como babacas — era um sinal de que ele tinha intenção de me levar a sério desde o início.

Rita deu um soco no ombro do namorado, que fez uma careta de dor e segurou o ombro como se tivesse levado um tiro de fogo amigo.

— Por que isso?

— Não fica expondo o coitado do Erick. Eu, hein.

— Mas nem é nada ruim — Hugo argumentou. — Ele só está muito apaixonado, só isso. Qual o problema?

— O problema é que… — Ela deu outro soco, sem aviso. — Você sabe muito bem qual é o problema. Já te falei pra parar de implicar com ele.

Hugo riu. Eu franzi a testa.

— Ué, por que você implica com ele? — questionei.

— Nada, não — Rita falou antes que o namorado tivesse a chance de responder. — É só que o Erick é tímido, e, bom… você sabe. Ele é meio na dele.

Olhei para Hugo, buscando mais informações, mas ele apenas encolheu os ombros. A impressão que eu tive foi de que ele não era lá muito fã de Erick. E então senti que *eu* também dificilmente seria muito fã de Hugo.

Um silêncio se seguiu.

Suspirei, decidindo sair de casa antes que o clima ficasse muito esquisito.

— Bom… Preciso ir. Beijos pra vocês. Foi bom te conhecer, Hugo!

— Pera. Ele fez o quê? — Ana perguntou, e, pelo modo como seus lábios repuxavam e a testa estava enrugada, eu soube que ela estava se segurando para não rir.

Entre um atendimento e outro no café, eu estava contando para ela sobre minha noite especial com Erick. Havia acabado de chegar na parte do cafuné. E do penteado.

Que, até então, eu não tinha parado para pensar que tinha sido meio... peculiar.

Sorri, a contragosto, e repeti:

— Ele trançou meu cabelo...

Me virei e saí de perto do balcão, para atender um cliente. Quando voltei, Ana estava rindo.

— Ele trançou seu cabelo? — ela debochou. Revirei os olhos e passei por ela, esbarrando de propósito, para ir até a vitrine de tortas. — Você chama o cara pra sexo e ele vira cabeleireiro?

— Pra sua informação, ficou bem bonitinho, tá? — retruquei. — E as tranças foram só uma consequência do cafuné. Que foi bem gostoso.

— O que foi gostoso? A trança ou a transa?

Bati nela com um pano de prato.

— Você é ridícula, sabia?

Ela riu, debochada.

Ainda assim, no final do dia, ela não só sugeriu que eu trançasse o cabelo, como também me ajudou a fazer as tranças. De início, eu estava meio incerta, mas a lembrança do olhar intenso que Erick me deu, combinada ao que senti quando olhei no espelho da sala de descanso do café, me deixou com um sorriso enorme.

— Que fofinha! — minha amiga disse, levantando meu rosto para olhar melhor. Ela fez uma careta, de repente. — Será que o bonitão gostou das suas tranças porque você fica parecendo uma menininha?

Empurrei as mãos dela para longe.

— Dá para parar de tentar sabotar meu relacionamento só porque você está com inveja?

Ana revirou os olhos, mas por fim sorriu e se sentou na poltrona ao lado da minha, suspirando.

— Pior que eu estou mesmo. Quem não estaria? Olha só pra aquele cara. — Após um tempo quieta, ela se virou para mim: — Ei, pera aí, você disse "relacionamento"? Isso quer dizer que superamos de vez o Davi?

À menção do nome do meu ex, meu coração deu um solavanco.

Tinha um bom tempo que eu não pensava nele. Estar com Erick me distraía — de um jeito extremamente positivo. E, pelo visto, Davi e sua traição já não tinham poder algum sobre minha cabeça.

Mas me lembrar dele era dolorido de certa forma. Fechei os olhos, absorvendo o impacto pouco a pouco. Sentia quase como se ele tivesse morrido, como se eu tivesse ficado para trás para sofrer o luto. Por todos os defeitos que ele tivesse, tinha sido meu companheiro por anos, meu melhor amigo. Uma parte integral da minha vida. Nada que ele tivesse feito seria capaz de anular a falta que ele fazia agora.

Mas ele tinha ido embora.

Eu o tinha mandado embora.

E, de uma forma ou de outra, era preciso aceitar.

Seguir em frente.

Sorte a minha ter alguém como Erick para me ajudar em todo esse processo.

— Vamos *não* falar do Davi? — murmurei para minha amiga, dando aquele assunto por encerrado.

Então, terminei de passar meu batom e me despedi dela, pronta para reencontrar Erick e reviver alguns momentos especiais.

21

— Você está linda — foi a primeira coisa que Erick disse ao me ver de trancinhas.

Exatamente o que o ego de qualquer garota espera ouvir do cara com quem ela está saindo.

A coisa que Ana tinha dito sobre eu estar parecendo uma menininha até passou pela minha cabeça por um segundo, mas logo sumiu. Erick não estava olhando para mim do jeito que se olha para uma menininha.

— Obrigada — falei, me aproximando para cumprimentá-lo com um beijo rápido. — Você também.

Erick me segurou mais forte, me mantendo por perto para intensificar o beijo. Eu não estava esperando por isso, então, de início, congelei, mas não foi difícil me entregar. Tudo é diferente quando você está beijando alguém que claramente te venera. Não que Davi tivesse deixado de gostar de mim, mas, por conta do tempo, aquilo provavelmente havia deixado de ser novidade para nós dois. Então, beijar Erick era... uma experiência.

Minha divagação foi interrompida quando ele mordeu meu lábio. Por reflexo, parei o beijo. Não tinha doído muito, não de verdade, mas ao passar o dedo no local ferido percebi que estava sangrando.

Ergui o olhar. Erick estava me encarando como se estivesse bêbado, embora não tivesse consumido álcool. Como se eu própria fosse a bebida com o potencial de alterar seu estado cognitivo.

— Desculpa — ele murmurou. — Acho que me empolguei.

Lambi o sangue e sorri, encolhendo os ombros.

— Não foi nada.

Entramos no carro dele. Ele me disse que iria me levar a um restaurante maravilhoso perto de onde ele morava. Um restaurante indiano.

— É minha culinária preferida! — exclamei.

— Mentira! — ele riu. — A minha também. E eu com medo de você não gostar...

— Até parece que eu não fingiria gostar de qualquer lugar a que você me levasse. — Não sei por que confessei isso em voz alta, mas, quando vi, já tinha saído.

Erick me olhou com mais preocupação do que deveria.

— Você não precisa de fingimentos comigo — ele disse, sério. — Nunca. Não sei como era com o seu ex, mas...

— Tudo bem — interrompi. A última coisa que eu queria era que a lembrança de Davi estragasse qualquer aspecto do meu novo relacionamento. — Pode deixar. Nada de fingimentos. Juro.

Ele tirou a mão direita do volante e alcançou a minha, apertando meus dedos. Eu sorri, apertando os dele de volta, mas o clima havia mudado, de alguma forma. Dirigimos o resto do caminho em silêncio.

O restaurante era absurdamente chique. Acho que nunca antes eu tinha entrado em um lugar como aquele, que me dava até o impulso de prender a respiração, com medo de que fossem cobrar pelo oxigênio. Todas as pessoas ali estavam absurdamente bem-arrumadas, a ponto de que minhas trancinhas, o vestido de R$ 59,90 da Renner e a maquiagem basiquíssima me fizessem sentir um pouco deslocada.

O moço que nos recepcionou no balcão de entrada nos guiou até a varanda do local, onde não havia ninguém. A decoração estava diferente também. Além dos adereços escolhidos a dedo para lembrar a cultura indiana, havia luzinhas pisca-pisca. E flores. Muitas flores.

Lindas rosas carolinas.

Olhei para Erick, desconfiada.

Ele sorriu.

O moço do restaurante puxou a cadeira para que eu me sentasse de um lado enquanto Erick se sentava do outro. Tentei fingir costume até que estivéssemos a sós.

Então, soltei um gritinho animado.

— Erick! Como você fez tudo isso?

Erick olhou, sério, bem nos meus olhos e disse, intensamente:

— Eu faria qualquer coisa por você.

Meu corpo inteiro arrepiou e, de imediato, eu não soube dizer se tinha sido de um jeito bom. Mas logo meu cérebro foi processando o que ele tinha dito, chegando à conclusão de que não havia nada mais lisonjeiro que aquilo. Sorri ainda mais e murmurei:

— Uau.

A comida estava deliciosa, assim como o vinho. Entre olhares profundos, sorrisos furtivos e estômagos felizes, mal tivemos tempo para qualquer conversa.

No final da noite, no entanto, eu estava mais do que um pouco alta.

E quando estou assim, minha língua geralmente se solta por conta própria.

— Isso tudo foi lindo... e delicioso, muito obrigada — eu disse, afastando um pouco o pratinho da sobremesa. — Isso aqui, especialmente. Que incrível. Eu nunca tinha comido. Como você disse que chamava mesmo?

Erick sorriu, os olhos brilhando enquanto me observava tagarelar.

— *Gulab jamun* — respondeu com facilidade, como se já tivesse dito aquelas palavras mil vezes antes. — É um doce bem comum na Índia. Você quer ir pra Índia? Eu te levo.

Eu ri, meio de nervoso, porque ele parecia estar falando cem por cento sério. Óbvio que eu adoraria ir para a Índia, mas quão rica a pessoa tem que ser para jogar um convite assim, casualmente, no meio de um jantar, no início do namoro?

— Sabe pra onde eu quero ir? — perguntei. Ele sacudiu a cabeça, negando. — Pra sua casa.

Os olhos dele se arregalaram, a pupila diminuindo minimamente em suas íris azuis. Por um segundo, pareceu que o deixei sem fala.

— Minha casa? — ele perguntou por fim, voltando a sorrir depois de se recompor do susto. — Achei que iríamos para a sua.

Ri outra vez, agora de um jeito mais aberto.

— Por que achou isso? Eu moro com duas outras meninas e você mora sozinho, não é? E, além do mais, você disse que morava aqui perto.

— Eu disse?

— Disse! — insisti. No meu estado levemente bêbado, o fato de ele parecer sem jeito era a coisa mais fofa do mundo. — Que foi? Você não quer que eu conheça o lugar onde você mora? Eu juro que não julgo!

— É só que... está meio... b-bagunçado — ele praticamente gaguejou.

Me inclinei sobre a mesa para segurar o rosto dele.

— Não foi você que disse que não precisava ter fingimentos entre nós?

Eu o beijei lentamente, percebendo apenas tarde demais que o movimento do meu corpo havia derrubado uma das taças de vinho sobre a mesa. O líquido vermelho se espalhava como sangue.

Erick abriu os olhos lentamente e conferiu a bagunça. Eu ri, me sentindo culpada, mas também com a cabeça flutuando em alegria.

— Desculpa, desculpa, desculpa — murmurei, gargalhando, enquanto levantava a taça e a abaixava perto da borda da mesa, tentando empurrar para dentro dela o vinho ainda não absorvido pela toalha de mesa. — Meu Deus, que bagunça.

Erick segurou meu braço e gentilmente tirou a taça da minha mão. Depois de colocá-la sobre a mesa, segurou minha outra mão, que agora estava toda molhada de vinho.

— Desculpa — repeti, levantando as sobrancelhas em uma expressão exasperada que talvez estivesse sendo anulada pela minha risada solta.

— Tá tudo bem — Erick disse.

Coloquei a mão sobre o peito dele, me esquecendo de que estava molhada. Uma impressão vermelha da minha palma ficou marcada sobre o tecido branco de sua camisa.

— Ops.

— Tá tudo bem — ele repetiu, embora seu rosto não parecesse concordar muito.

Respirei fundo e tentei me comportar. Erick limpou minha mão com um guardanapo e me fez sentar de volta na cadeira enquanto pedia que o garçom trouxesse uma água. Quando ele disse que não iríamos embora até eu estar me sentindo melhor, me levantei e garanti que não estava bêbada, só altinha, e que queria ir embora, conhecer a mansão dele.

Acho que enchi tanto o saco que ele acabou concordando.

Assim que entramos no carro, percebi que, se ele estivesse tão alcoolizado quanto eu, provavelmente não deveria estar dirigindo. Foi então que notei que ele não parecia nada bêbado. Estreitei meus olhos quando ele se sentou no banco do motorista.

— O que foi? — ele perguntou, já preocupado.

— Você por acaso bebeu alguma coisa do vinho?

Ele enrubesceu.

— Uma taça, talvez — disse. Os cálculos faziam sentido. Se ele tinha bebido só isso, significava que o resto do vinho todo tinha vindo para mim. Bom, quase todo. Parte estava na toalha de mesa. — Mais do que isso não seria prudente, já que estou dirigindo.

Não aguentei ficar séria por muito tempo. Segurei as duas bochechas dele, puxando o rosto para mais perto do meu.

— Ai, ai, você é tão bonzinho e certinho, é por isso que eu te amo!

Eu o beijei. O álcool se assentou um pouco no meu sangue no meio do beijo. E só então me dei conta do que tinha acabado de dizer. Separei meus lábios dos dele rapidamente, meus olhos arregalados, o coração prestes a sair pela boca.

O que saiu em vez disso foi um soluço.

Os olhos de Erick brilhavam e ele tinha um sorriso tranquilo, certeiro. Calmamente ele me explicou:

— Thalita. Você não precisa se preocupar. Nunca vou te dar razões para duvidar que eu também te amo.

Mordi meus lábios e fiquei quietinha. Apenas assenti, sem dizer mais nada, e me sentei direito no banco, colocando o cinto de segurança.

Um sentimento terrível de culpa foi o que me paralisou. Eu não tinha certeza se o amava. As palavras tinham saído no calor do momento.

Mas aquilo também me deixou determinada a fazer meu coração rever as prioridades e consertar esse pequeno problema antes que eu acabasse perdendo tudo.

22

Apesar do curto percurso, eu estava consideravelmente mais sóbria quando estacionamos na garagem do prédio de Erick.

Tudo aquilo que, minutos atrás, me parecia hilário, agora era quase vergonhoso. Mordi os lábios. Será que Erick achava que eu era doida? Será que eu tinha ficado tão fora de mim quanto eu pensava?

Eu nem tinha bebido tanto assim.

Quer dizer, ok, talvez *um pouco*. Mas não o suficiente para...

Derrubar o vinho e fazer uma bagunça no restaurante e...

Dizer "eu te amo" sem saber se realmente o amava mesmo.

Como sempre, Erick saiu rapidamente do carro e veio me ajudar a terminar de abrir a minha porta. Ele deu apoio ao meu corpo enquanto caminhávamos até o elevador e gentilmente me fez sentar em um sofá assim que entramos em seu apartamento.

A primeira palavra que veio na minha mente foi "uau". Para começar, o elevador abria direto dentro do apartamento, o que significava que aquele andar inteiro pertencia a ele. Eu não conseguia nem começar a imaginar que tipo de pessoa conseguia ser tão rica a ponto de possuir o andar inteiro de um prédio. Provavelmente o mesmo que sugeria uma viagem espontânea para um país do outro lado do mundo.

Com a cabeça ainda zumbindo um pouco pelos resquícios do vinho, observei as janelas enormes que cobriam praticamente a parede inteira, mesmo com o pé-direito imenso. A cidade brilhava em tons frios lá fora.

Quando percebi, estava em pé, na frente da janela, as mãos tocando o vidro gelado. Pisquei algumas vezes, sacudindo a cabeça. Então, olhei ao redor e Erick não estava mais por perto.

Circulei os olhos pela sala novamente, mas não o encontrei, e então comecei a me preocupar de verdade. Onde será que ele tinha ido? E como eu iria encontrá-lo naquela mansão em forma de apartamento?

Respirei fundo, tentando fazer a parte racional do meu cérebro voltar a funcionar. Ele provavelmente tinha ido ao banheiro ou... trocar a camisa manchada... Deve até ter me avisado, mas eu devia estar aérea demais para escutar.

— Erick? — chamei alto enquanto caminhava em direção às luzes do corredor.

Havia três portas no corredor. A primeira delas estava aberta. Coloquei a cabeça para dentro, apesar da luz apagada, e constatei ser um banheiro. As outras duas portas estavam fechadas.

Bati na que estava mais próxima a mim.

— Erick?

Esperei alguns segundos antes de abrir a porta.

Quase fui cegada pelas luzes intensas de vários monitores funcionando ao mesmo tempo. Pisquei algumas vezes, tentando readaptar meus olhos à claridade, já que o corredor e a sala estavam apenas parcialmente iluminados.

Havia um grande monitor de computador, bem como equipamentos dignos de filmes de *hacker*, e havia também várias pequenas tevezinhas com imagens de câmera de segurança. Fiz uma careta, confusa, e então o barulho repentino de outra porta se abrindo me impediu de continuar observado.

Erick saiu da terceira porta, a que eu ainda não tinha tido a chance de explorar. Ele estava sem roupa, com uma toalha enrolada na cintura e os cabelos molhados. E parecia apavorado. Com alguns passos rápidos na minha direção, ele me tirou de perto da porta e fechou o quarto.

— Eu falei pra você esperar na sala! — praticamente gritou, o que me deixou assustada.

Olhei para baixo, notando que ele segurava meu braço de forma quase grosseira. Ele pareceu perceber também, porque logo me soltou. Jogando o cabelo molhado para trás, ele suspirou.

— Desculpa — disse. — É que naquele quarto ficam umas coisas confidenciais do meu trabalho. Não tenho autorização para compartilhar com ninguém. — Como eu continuei olhando para ele com os olhos arregalados, sem dizer nada, ele completou: — Eles até me fizeram assinar contrato e tudo. Desculpa. Se eu pudesse, te mostrava.

— Tá bom — falei, tentando sorrir. — Tudo bem.

— Desculpa pelo susto — ele disse de novo, não parecendo convencido de que eu o havia realmente perdoado.

— Tá tudo bem — repeti.

Ele olhou para mim com olhos de cachorrinho sem dono.

— Mesmo?

Dessa vez, não precisei me esforçar para sorrir. Ele era mesmo muito fofo. E, bom, todos nós estouramos de vez em quando.

Me aproximei, ficando na ponta dos pés para segurar o rosto dele.

— Mesmo — respondi antes de beijá-lo.

Ele acariciou minhas tranças com as costas das mãos e se entregou completamente.

No dia seguinte, acordei e Erick não estava do meu lado na cama, mas logo descobri o motivo. Ele me surpreendeu com um café da manhã de novela, servido na varanda.

Eu estava uma bagunça. Meu cabelo, ainda com as tranças que Ana tinha feito, estava amassado e cheio de fios soltos. O vestido da noite anterior também não estava nas melhores condições, depois de recolhido do chão. Mas Erick ainda me olhava como se eu fosse uma princesa.

Estava tudo maravilhoso quando meu celular, que estava virado para baixo sobre a mesa, tocou.

Eu o virei apenas para desligar a chamada, mas quando me deparei com o nome na tela, congelei, sentindo o coração dar um soco.

Davi.

Hesitei com o polegar sobre a tela. Por que ele estaria me ligando agora, depois de tanto tempo depois do término? Depois de ter *me traído*?

Eu estava curiosa.

Levantei os olhos, percebendo que Erick tinha visto que era meu ex chamando. Nossos olhares ficaram grudados por alguns segundos. Ele parecia curioso para saber se eu ia atender ou não à chamada.

E eu sei que eu não deveria ter atendido.

Mas, em um impulso, deslizei o ícone de telefoninho na tela e levei o aparelho à orelha.

Erick fez um gesto para indicar que estava tudo bem e em seguida se levantou, comunicando por mímica que me daria a privacidade que eu precisasse. Ele fechou a porta da varanda atrás de si.

Enquanto isso, Davi estava falando comigo pelo telefone.

— Tita? — A voz tão familiar dele quebrou algumas das barreiras que eu tinha construído antes de atender. — Não desliga!

Engoli forte, irritada com as emoções que tinham vindo à tona sem convite algum. Já começava a me arrepender de ter atendido.

— Não vou desligar — consegui falar por fim.

— Ótimo. Oi. Hum. Como você tá?

Eu ri comigo mesma, de nervoso, olhando para o céu.

Ele tinha mesmo me ligado depois de décadas do nosso término, DO NADA, criando uma revolução de emoções dentro do meu estômago, só para perguntar como eu estava? Como se estivesse tudo bem? Como se fôssemos amigos?

— O que você quer? — Percebi que as palavras saíram mais rudes e cortantes do que eu pretendia, então adocei minha voz e expliquei, olhando para a porta por onde Erick tinha saído: — Não é um bom momento.

— O que houve? — ele perguntou quase automaticamente, como faria quando estávamos juntos.

— Nada — eu disse apenas, embora minha vontade fosse mesmo de esfregar na cara dele que eu estava com outro. — O que foi que te fez me ligar?

— É importante, Tita, eu juro. Ou eu não ligaria.

Apoiei os cotovelos sobre a mesinha da varanda e escondi o rosto com a mão.

— Davi, por favor, para de enrolar.

Eu estou assustada com o quanto ouvir sua voz ainda me afeta, quis completar. Mas mordi meus lábios para não dizer mais nada.

— Não sei se isso vai mudar alguma coisa entre nós, e eu não estou esperando nada da sua parte. Eu só achei que você devia saber que naquela noite as coisas foram...

Um bipe o interrompeu. Eu franzi a tela e conferi o visor do celular para ver qual tinha sido o problema.

A ligação tinha caído.

Ainda fazendo uma careta confusa, fiquei encarando meu celular, esperando que ele retornasse a ligação. Se fosse assim tão importante, ele ligaria de volta, né?

Pois não ligou.

Eu percebi que estava tremendo quando coloquei o celular de volta sobre a mesa e tomei um gole do meu suco de laranja.

Pouco depois, Erick deu umas batidinhas no vidro da varanda e entrou. Ele me olhou, preocupado.

— Tá tudo bem? — quis saber.

— Tá, sim — eu disse. Mas não sabia se estava mesmo.

Um pouco mais tarde, ainda pela manhã, Erick me deixou em casa, porque precisava resolver algumas coisas do trabalho.

Davi ligou de novo quando eu tinha acabado de entrar no meu quarto. Daquela vez, eu estava emocionalmente preparada.

— Oi, Tita, desculpa, meu celular tá com esse problema, e minhas mensagens não estão indo, então o jeito foi ligar pra você mesmo. — Ele estava meio ofegante, e parte de mim, a parte mais saudosa, conseguia imaginá-lo frustrado e esbaforido do outro lado da linha. Empurrei essa parte de mim para o fundo. Não era mais interessante imaginar Davi em qualquer cenário; era só deprimente. — E agora fica caindo a ligação toda hora. Enfim. Acontece que depois de muito tempo tentando investigar o que aconteceu, finalmente nós encontramos as...

Outro bipe. A ligação caiu de novo.

Bufei, revirando os olhos, e mandei uma mensagem para ele.

Me liga de um telefone decente se quiser mesmo me contar alguma coisa importante.

Ele visualizou a mensagem, mas não respondeu.

Esperei mais um pouco para ver se ele ligaria de novo, o que não aconteceu. Só que então eu estava levemente curiosa e talvez um pouco balançada, além de não querer que ele surgisse do nada outra vez, em alguma outra hora menos oportuna. Então eu mesma liguei para ele.

A moça da mensagem de voz disse que o número dele estava desconectado ou fora da área de serviço.

Eu ainda estava intrigada, mas não o suficiente para permitir que meu coração embarcasse mais uma vez naquela montanha-russa de frustrações e nostalgia da qual ele já deveria ter se afastado.

Então, larguei o celular de lado.

Se Davi quisesse mesmo, se fosse tão importante, ele sabia como me encontrar.

Eu é que não ia correr atrás dele.

23

No mesmo dia, umas sete da noite, uma batida na porta do meu quarto me acordou de uma soneca.

Estranhei, porque minhas novas colegas de casa não costumavam vir falar comigo quando a porta estava fechada. Não tínhamos essa intimidade ainda.

— Entra!

Lorena abriu a porta com delicadeza e colocou a cabeça para dentro.

— Ei, tem visita aqui pra você.

Eu, que ainda estava meio adormecida, acordei no susto.

Davi.

Agradeci Lorena, que logo foi embora, fechando a porta atrás de si. Alisei minha roupa de ficar em casa e tentei pentear os cabelos com os dedos. Não que eu estivesse preocupada em impressionar meu ex-namorado. Era só que preferia podar logo qualquer desculpa que houvesse para humilhação pessoal. Estava com medo de não conseguir ser forte agora que a raiva já não estava mais tão fresca e a saudade ardia intensa no peito, mesmo com o alento de ter Erick ao meu lado.

No entanto, quando saí do quarto, não foi Davi a pessoa com quem me deparei esperando por mim na sala, e eu não consegui decifrar se aquilo tinha me deixado decepcionada ou aliviada.

Marco, amigo de Davi, se levantou ao me ver chegar. Seus olhos estavam meio arregalados e ele parecia sem cor.

— Marco? — Tentei disfarçar a careta de confusão que insistia em se formar em meu rosto.

O que ele estava fazendo ali? Por que Davi tinha mandado o amigo em vez de aparecer pessoalmente? E como tinha conseguido meu novo endereço?

— Tita. — Marco suspirou, o rosto sombrio. — Eu tentei mandar mensagem, mas seu celular nunca recebia. Tentei ligar, mas a ligação nunca completava.

Meu peito apertou, antecipando algo que eu nem podia imaginar o que era.

— Tá tudo bem? — murmurei.

— Na verdade... — Ele suspirou. — Estou aqui porque você foi a última pessoa pra quem o Davi ligou.

Eu juro que senti meu coração parar de vez.

— Quê? — A voz mal me saía. — Como assim? Cadê o Davi? O que houve com ele?

— Tita... O Davi foi atropelado.

Minha garganta parecia estar fechando. Não consegui nem escutar o resto do que Marco estava tentando me dizer. Meu ouvido começou a zumbir, a cabeça ficando leve.

Me segurei na parede mais próxima para não cair no chão enquanto o mundo girava.

Marco sustentou meu corpo de pé e caminhou comigo até o sofá, me fazendo sentar.

As poucas palavras que conseguiam se sobressair no caos do meu cérebro me deixavam ainda mais desnorteada. *Davi foi atropelado. Davi morreu. E eu estava aqui festejando com meu novo namorado enquanto me irritava por ele ter me ligado.*

— Calma — ouvi Marco dizer enquanto uma pequena parte consciente de mim sentia seu toque reconfortante em minha mão. — Ele teve que passar por cirurgia, mas parece que agora está estável.

Pisquei algumas vezes, tentando me recuperar do susto.

Ele está vivo.

Pelo menos isso.

— Meu Deus.

— Tita — Marco se ajoelhou à minha frente, tentando me fazer olhar para ele, e então colocou uma mão em cada ombro meu. — Eu não vim aqui pra te alarmar.

Eu riria, em outras circunstâncias. Como assim não tinha vindo para me alarmar? "Oi, seu ex-namorado, o cara com quem você compartilhou a vida por três anos, foi atropelado e quase morreu. Mas nada de pânico, ok?"

O que ele esperava?

— Eu só achei que Davi gostaria de ter você por perto em um momento como esse — Marco completou.

Assenti com a cabeça baixa e, após alguns minutos até que eu me acalmasse, pegamos um Uber para o hospital onde Davi estava.

O caminho foi quase todo silencioso, carregado de ansiedade. Eu apertava uma mão na outra, mordendo os lábios, tentando manter minha mente funcionando. Marco me observava com um misto de preocupação, pena e curiosidade.

Estávamos chegando, de acordo com o GPS, quando Marco perguntou, parecendo finalmente não aguentar mais a necessidade de saber:

— O que você achou da coisa da fita?

Pisquei algumas vezes. Do que ele estava falando?

— Como assim? Que fita?

Os olhos dele se arregalaram e então ele franziu a testa.

— A fita do... — Ele pausou e intensificou a careta. — Ele não te disse quando ligou? Não foi sobre isso que vocês conversaram?

— Não conseguimos conversar muito. O celular dele estava ruim, e a ligação ficava caindo. Ele não chegou a me contar nada.

Marco mordeu os lábios, refletindo, a testa ainda toda enrugada. Aquilo estava me deixando preocupada de verdade.

— Que fita? — insisti.

O motorista estacionou na entrada do hospital e nós tivemos que descer, então Marco pareceu aproveitar esse tempo para tentar decidir como me contaria a coisa que o estava atormentando. Andamos lado a lado em direção à recepção da ala de internação e, pouco antes de chegarmos, Marco finalmente falou:

— Ele estava dividido entre te falar ou não, por conta de todo esse tempo que se passou desde que vocês terminaram, e também porque achou que você não acreditaria por estar tão apaixonada por esse seu novo namorado e...

— Calma. — Parei de caminhar, forçando-o a parar também. Desde quando o meu namoro com Erick era uma informação de domínio público? Os amigos da faculdade dele saberem, ok. Mas como é que o

Davi estava sabendo disso? Eles não estavam nos mesmos círculos sociais, e eu tinha cortado contato completamente. — Como o Davi sabe do meu namorado? Ele por acaso tá me stalkeando? — Minha voz saiu um pouco alterada e eu precisei lembrar a mim mesma de que estava ali porque Davi tinha sido atropelado, e ia pegar mal se eu já chegasse brava com ele.

— É claro que ele tá te stalkeando, você é a ex dele, e ele morre de saudade — Marco retrucou, parecendo tão revoltado quanto eu.

Aquilo me calou. Olhei para frente, suspirei, e voltei a andar na direção do balcão da recepção.

Demos nossos nomes, mostramos as identidades, ganhamos uns adesivos de visitante para colar no peito. Enquanto uma das enfermeiras nos direcionava para o saguão de espera, eu perguntei de novo:

— Que fita é essa que ele queria me mostrar?

Marco suspirou.

— O Davi passou esse tempo todo tentando entender o que aconteceu naquela noite. — Ele não precisava especificar. Pelo tom, era a noite em que ele tinha me traído. — E tinha vários pedaços do quebra-cabeça faltando. Semana passada ele finalmente conseguiu entrar em contato com o Fabrício, o porteiro que estava lá quando ele chegou da festa. Ele tinha sumido e contou pro Davi que fez isso porque tinha sido ameaçado. Pela pessoa que tinha chegado com Davi naquela noite.

— A amante? — perguntei, nada impressionada.

— Não. Era um cara. Davi estava praticamente inconsciente, segundo o Fabrício. O cara primeiro se apresentou como um amigo, levou Davi lá para cima no apartamento. Depois, voltou e ameaçou o coitado do Fabrício e a família dele.

Eu senti vontade de rir de nervoso.

— E o Davi esperava que eu fosse acreditar nessa história maluca?

— Ele ia te mostrar a gravação da fita de segurança que o Fabrício pegou por precaução. Nas imagens, dá para ver claramente que Davi não está em condição de caminhar com as próprias pernas, que está sendo arrastado por esse cara que ameaçou o Fabrício.

— E quem é esse cara, hein? De onde surgiu? E por que ele iria querer fazer parecer que o Davi me traiu?

— Bom... — Marco fez uma pausa, parecendo consciente do absurdo que proferiria a seguir. — Pela descrição que o Fabrício deu e pelas imagens... Davi acha que foi o Erick, seu novo namorado.

Arregalei os olhos, sem acreditar que ele tinha mesmo dito aquilo, que Davi estava mesmo jogando tão baixo.

Por um segundo, eu estava pouco me lixando que ele tinha sido atropelado e seriamente considerei dar as costas e ir embora. Mas, então, porque estávamos perto o suficiente do saguão de espera agora, fui avistada.

— Thalita! — exclamou a voz familiar da mãe de Davi. Antes que eu percebesse, ela já estava me abraçando. Fechei os olhos, abraçando-a de volta. Seu perfume tinha um cheiro confortante e familiar que me transportava para dias melhores. — Que bom te ver aqui, minha menina.

Ela me soltou do abraço, mas então segurou minhas mãos enquanto olhava nos meus olhos com um sorriso triste. Ela tinha chorado bastante, dava para notar pela vermelhidão ao redor dos olhos, a maquiagem um pouco borrada.

— Como ele está? — perguntei, tentando me abraçar ao sentimento verdadeiro de preocupação por Davi e ignorar as bobagens ditas pelo amigo dele.

Ela suspirou.

— Ah, ele está bem, por enquanto. Ainda não acordou, mas o médico me garantiu que deu tudo certo... Ai, Thalita... Essa pessoa que atropelou ele o deixou na rua que nem um bicho, nem pediu ajuda... Eu tive tanto medo de perder o meu filhinho...

Eu a abracei de novo, apertando bem forte e sentindo as lágrimas brotarem nos meus olhos. Atrás dela, espalhados pelas cadeiras do saguão de espera estavam mais alguns membros da família de Davi. Enquanto eu abraçava a mãe dele, eu os observei, me sentindo estranha. Era a primeira vez que os via desde que tinha terminado com Davi. Era muito bizarro que eu não fizesse mais parte daquela família.

— Thalita, eu sei que Davi errou com você, mas ele tem estado tão perdido desde que vocês terminaram... — a mãe dele disse de repente. Eu me afastei do abraço, enxugando o choro com a base das mãos. — Dá uma chance pra ele...

Foi então que eu percebi que não deveria mesmo estar ali. Por mais que me importasse com Davi, aquela já não era a minha vida. Todas aquelas pessoas esperavam de mim algo que eu não podia mais dar. Davi tinha me machucado. E não só ao me trair. Nosso relacionamento andava estranho já tinha um tempo.

Mesmo que meu coração doesse, eu nunca me sentiria melhor enquanto ainda ficasse presa naquele universo.

Eu estava me esforçando para manter um sorriso educado no rosto quando meu celular tocou. Soltei todo o ar em um suspiro aliviado. Peguei o celular, vi que era Erick me ligando e atendi rapidamente, fazendo um gesto para pedir licença e me afastar dos outros visitantes de Davi.

Eu estava prestes a dizer: "Que bom que você ligou!", mas Erick foi mais rápido com as palavras.

— Onde é que você tá?

A voz dele me pareceu tão fria e autoritária que eu congelei, estranhando. Ele nunca tinha falado assim comigo antes.

Mas talvez fosse só impressão.

— Oi — murmurei, colocando leveza em minha voz para tentar contrabalancear a estranheza. — Eu estou no hospital. O meu... hum... amigo sofreu um acidente, e eu vim visitar.

— Amigo?

Revirei os olhos, suspirando. Por que eu estava escondendo os fatos? Não era como se eu estivesse fazendo coisa errada.

— Meu ex. Mas ele tá bem, parece que fez uma cirurgia e deu tudo certo.

Erick ficou em silêncio. Eu limpei a garganta, me sentindo desconfortável. Troquei o peso de uma perna para a outra. Decidi cortar o mal pela raiz. Ia perguntar onde ele estava, ir até ele e conversar cara a cara. Sem chances para interpretações erradas.

— Olha, eu já estava indo embora, porque as coisas aqui estão meio estranhas e eu...

— Sabe, eu tinha ido na sua casa para ver como você tava e pra agradecer pela noite maravilhosa, mas a sua amiga disse que você tinha ido ver seu ex, e eu não acreditei.

Franzi a testa, me sentindo subitamente irritada.

— Ela, por acaso, te contou que eu tava vindo visitar ele no *hospital* porque ele foi *atropelado*?

Mas ele continuou falando como se não estivesse me escutando, como se eu não fosse importante naquela conversa, e ele só quisesse colocar tudo para fora.

— Eu achei que o que a gente tivesse era especial, então não consigo nem explicar o quanto fiquei decepcionado em saber que sua amiga estava certa. Não sei como você consegue me olhar tão docemente e poucas horas depois me trair dessa maneira.

— Trair?! — Eu estava em choque. — Erick, que conversa doida é essa? Você está insinuando que eu não deveria ter vindo ver meu ex--namorado no hospital? Que isso é *traição*?

— Achei que você já tivesse superado ele.

— Isso não importa. Não é porque parei de sofrer com o término que, de repente, não ligo mais pro que acontece com ele. Ele é meu amigo. — Percebi que estava gesticulando com o braço, chamando atenção para mim mesma. Fechei a cara e murmurei ao telefone: — Enfim, eu não estou gostando do seu tom ou do seu ciúme e preciso ficar um pouco sozinha agora, então vou desligar.

A voz dele pareceu mudar da água para o vinho. Ele tinha voltado a soar como o doce Erick do acampamento.

— Thalita, me desculpa, eu...

Encerrei a ligação antes de ficar com dó e ceder. Ele tentou ligar de novo, mas eu desliguei o celular.

Mesmo que, pouco antes de Erick ligar, eu mesma estivesse disposta a dar as costas para Davi de vez, era revoltante que esse cara que era meu namorado há nem uma semana quisesse controlar quem eu via ou deixava de ver. O que, por sua vez, era uma pena, porque naquele momento eu daria tudo para correr para os braços da versão fofa do Erick e afogar todas as minhas mágoas.

Mas o orgulho era mais forte.

Me virei uma última vez para onde os familiares de Davi estavam. Marco olhava diretamente para mim, uma expressão de expectativa no rosto.

Respirei fundo e saí sem olhar para trás.

24

Às seis da manhã, quando eu estava saindo para o trabalho, Erick estava esperando em frente ao meu prédio, segurando um buquê de jacintos amarelos e roxos, ornados em folhas verdes.

A noite de sono havia apagado um pouco das fortes emoções do dia anterior, então não fiquei assim tão irritada.

— Desculpa — ele pediu, estendendo o buquê para mim.

Cometi o erro de olhar em seus olhos. Olhos de animalzinho indefeso e desamparado.

Por que ele tinha que ser tão bonito?

Precisei juntar toda a concentração que eu tinha para não sorrir e aceitar as flores. O surto de ciúme dele não tinha sido normal, e eu não iria abrir precedentes perdoando tão fácil.

— Podemos conversar depois? — disse, ajeitando a bolsa e me virando para caminhar em direção ao Café. — Preciso ir trabalhar.

Ele me seguiu.

— Thalita, eu só quero que você saiba que eu estou muito, muito, muito arrependido.

— Imagino — murmurei, sem perder o passo.

— É que ontem teve aquelas coisas de emergência pra resolver no trabalho, foi tudo muito estressante, e quando eu voltei e descobri que você estava com seu ex, eu... perdi a cabeça — Erick continuou.

Ele me acompanhava sem muito esforço, caminhando quase que de costas para poder olhar para mim enquanto falava.

Permaneci quieta, o que o instigou a tagarelar mais.

— Eu não sou assim, eu juro! É só que... eu gosto demais de você, Thalita. E fiquei com medo de te perder. A minha última namorada, ela... esqueceu tudo o que nós tínhamos e me trocou por outro, então eu... Não sei, só não queria que você... — Ele deixou as palavras morrerem por alguns segundos antes de completar: — Me desculpa, por favor?

A esse ponto, estávamos quase chegando no quarteirão do Café Canela e, sendo sincera, eu estava pronta para perdoá-lo. Ou pelo menos disposta a tentar.

Era só que... eu não sabia como lidar com ciúme. Não que Davi nunca tenha feito cara feia quando achava que algum homem estava se engraçando para cima de mim, mas ele confiava em mim. Nunca tinha me encurralado daquele jeito. Então eu não estava acostumada.

Na frente da entrada do Café, eu finalmente me virei para encará-lo.

— Olha... — comecei. — Eu não gostei do jeito que você falou comigo. Como se... não confiasse em mim...

— Eu sei — ele se manifestou prontamente. — Eu fui péssimo. Nunca mais vou fazer nada parecido. Eu prometo.

Erick estava desesperado com a possibilidade de me perder, o que me assustava um pouco. Mas eu começava a me perguntar se era assim que um relacionamento normal funcionava. Afinal, Davi e eu sempre fomos tão despreocupados, confiando um no outro, e olha só no que tinha dado: ele tinha me traído e agora, aparentemente, estava inventando mentiras para acabar com meu novo relacionamento.

Sorri levemente e estendi a mão para tocar o rosto dele. Percebi que ele se arrepiou, surpreso, quando sentiu a ponta dos meus dedos em sua pele.

— Tá bom — eu murmurei. — Eu acredito.

Seu rosto se transformou de preocupação na mais brilhante e incrédula alegria.

— Mesmo?

Assenti.

— Mas agora eu preciso ir trabalhar. Depois a gente conversa melhor.

Finalmente aceitei as flores e um beijo. Então ele abriu a porta do Café para que eu entrasse e foi embora em seguida.

Ana, que já estava lá dentro fazendo os preparativos para começar o dia, me olhou desconfiada. Pelo jeito, ela tinha testemunhado pelo menos parte da cena do lado de fora.

Coloquei os jacintos sobre o balcão para poder passar por baixo.

Ela cruzou os braços, as sobrancelhas ainda erguidas.

— Vem cá, não acha que esse cara te dá flor demais, não? Isso aí tá começando a ficar suspeito.

Eu revirei os olhos e peguei o buquê de volta da mesa para guardá-lo no meu armário.

— É que tivemos nossa primeira briga — expliquei, falando mais alto para ela me ouvir mesmo afastada. — Bom, mais ou menos.

Quando voltei para a parte da frente, Ana tinha servido um café para nós duas. Ela me ofereceu uma das pequenas xícaras.

— Nem só de alegrias vive o amor — comentou, erguendo a própria xícara para brindar comigo. — O que houve? Por que vocês brigaram?

Suspirei e olhei o grande relógio atrás do balcão. Tínhamos mais de quinze minutos antes da hora de abrir. Eu não tinha certeza se aquilo era tempo o suficiente, mas eu precisava desesperadamente desabafar, e nossa chefe não estava em nenhum lugar à vista.

Contei a Ana sobre o acidente de Davi, sobre ele ter me ligado, sobre as bobeiras que Marco havia me dito a respeito da fita da câmera de segurança. À luz do dia, dizendo em voz alta, aquela teoria doida parecia ainda mais mirabolante.

— A coisa de um cara ter arrastado o Davi pro apartamento e armado toda aquela cena já é super improvável, e agora ainda que seja o Erick? — ri, sacudindo a cabeça.

Mas também expus a ela o quanto fiquei preocupada com Davi e aliviada de saber que ele estava bem. E contei sobre as coisas que a mãe dele havia me dito, sobre a sensação de estar sendo puxada de volta para aquele mundo — um mundo que me dava saudade, mas que, ao mesmo tempo, tinha me destruído.

Falei que tinha me decidido a dar as costas, sair sem visitar Davi no quarto, determinada a deixar o passado para trás de vez.

E foi quando Erick ligou.

Ana não gostou dessa parte. Ela fechou a cara imediatamente após eu tentar replicar as palavras que ele havia me dito ao telefone.

— Ah, o bonitão agora acha que é só dar flores e pronto?

A braveza dela me desnorteou um pouco.

Pelo jeito, eu tinha me expressado errado, distorcido os fatos em meu benefício. Erick não tinha sido tão ruim assim, a ponto de causar aquele tipo de reação na minha amiga. Ele teve os motivos dele para desconfiar de mim, já que a ex tinha traído ele. E ele tinha me prometido que nunca mais agiria daquela maneira. E tinha me dado flores.

Eu não queria que Ana ficasse com raiva de Erick sem necessidade, então abri a boca para defendê-lo. Mas aí chegou a hora de o Café abrir e ela se afastou para poder começar o dia, recebendo os primeiros clientes.

Como naquele dia ela só tinha o turno da manhã e todos os nossos intervalos se desencontravam, acabamos não tendo tempo para conversar mais sobre o assunto.

Porém, antes de ir embora, ela fez questão de passar por mim só para me dar a seguinte mensagem:

— Toma cuidado com esse seu bonitão aí.

25

A alta movimentação do Café me distraiu um pouco das palavras agourentas de Ana.

Eu me concentrei nos cafés, nas tortas, nos sanduíches, nos sucos naturais, nos sorrisos, nas gorjetas e, quando vi, já era hora de ir embora.

Erick tinha me mandado uma mensagem durante o intervalo perguntando se eu queria fazer alguma coisa depois do trabalho, mas eu respondi sinceramente que estava morta e que preferia ir direto para casa.

Assim, quando saí finalmente do Café, ele não estava me esperando do lado de fora.

Mas Marco estava.

Suspirei, sacudindo a cabeça enquanto usava minha cópia da chave para trancar a porta do local.

Ele se aproximou com cara de quem sabe que está errado.

— Davi não sabe que estou aqui — ele começou. — Ele me fez prometer que te deixaria em paz.

Sacudi a cabeça mais algumas vezes, mas finalmente me virei para encará-lo. Cruzei os braços, esperando que ele continuasse, enquanto fitava diretamente seus olhos castanhos.

— Mas eu realmente acho que você deveria ouvir o que ele tem a dizer — Marco falou por fim.

Fiquei encarando o amigo de Davi por um longo tempo, percebendo o quão difícil seria minha missão de esquecer meu ex de vez.

— Ele está bem, então? — perguntei.

Marco assentiu.

— Ele acordou e está lúcido. Falando e tudo. Ainda não pode se levantar, mas... Bom, uma coisa de cada vez.

Mordi meus lábios e suspirei de novo. Descruzei os braços.

— Que bom saber.

Eu me virei e comecei a caminhar na direção de casa. Marco demorou alguns segundos para perceber e, então, apertou o passo para me acompanhar.

— Tita. O Davi disse que quem o atropelou foi o seu novo namorado.

Parei de andar.

Me virei devagarzinho, o coração batucando.

— Oi?!

Marco se aproximou mais, balançando a cabeça tão enfaticamente que alguns de seus fios de cabelo castanho cobriram parte dos seus olhos.

— Sim, ele disse que o seu novo namorado estava dirigindo o carro que o atropelou. Ele foi o motorista que não prestou qualquer tipo de socorro.

Eu não conseguia entender qual era o sentimento que me dominava — apenas que era bem forte. A ponto de anestesiar os braços, fazer tremer as pernas, cortar a respiração, apertar o peito.

— Que merda você tá dizendo? — consegui, por fim, perguntar. Sacudi a cabeça, tentando espantar a tontura. — Por que Davi falaria algo assim?

Marco deu um passo para trás, parecendo um pouco assustado.

— Davi disse que viu o rosto dele. Que viu os olhos azuis, as sobrancelhas grossas. E que era inconfundível e...

— Como é que o Davi sabe qual é a cara do Erick?! — minha voz aumentou diante do meu desespero.

— E-ele v-viu... no... — Marco limpou a garganta. —... Insta.

Cobri os olhos com as mãos e respirei fundo.

— Marco, você tem alguma noção do absurdo que vocês estão fazendo? — perguntei, e de início parecia que eu tinha conseguido controlar meu tom, quase como se eu tivesse me acalmado. Mas a frustração foi subindo o volume e a intensidade do som que minhas palavras produziam. — Você acha que eu não sinto falta do Davi? Claro que eu sinto falta dele, caramba! Ele foi meu melhor amigo, minha pessoa mais especial, por ANOS, e isso não se apaga do dia para a noite. Mas a gente não tava mais dando certo, e ele também via isso, senão não teria me traído. — Marco ergueu a mão e abriu a boca para argumentar algo, mas eu o cortei antes que começasse. — Bêbado ou não! Ele me machucou e eu provavelmente também o machuquei em algum momento. Foi melhor a gente se separar. E agora a gente precisa seguir em frente. Não é fácil pra mim também... Mas eu finalmente encontrei alguém com quem eu talvez possa ser feliz e... não é justo ele vir aqui e fazer isso. Você não entende? Não é justo...

Minha respiração me quebrou, e, quando parei para puxar mais ar, notei que não daria mais conta. Esfreguei, com raiva, as lágrimas que haviam saído quase sem que eu notasse.

Marco estava em silêncio, mas me olhava como se tivesse vontade de me confortar. No final, achou mais prudente esperar que eu me recompusesse, o que demorou talvez uns cinco minutos.

— Posso só te mostrar uma coisa? — ele perguntou, então.

O que achei incrivelmente sem noção da parte dele, mas eu estava tão cansada que apenas dei de ombros. Ele pegou o celular do bolso e ficou um tempo mexendo, procurando algo em específico.

Por fim, estendeu o celular para mim.

Esfreguei os olhos com uma das mãos antes de dar play no vídeo aberto na tela. Logo reconheci que era um vídeo gravado da tela de uma televisão, de imagens de segurança.

— Marco...

— Só assiste — ele pediu.

Sacudi a cabeça, suspirei, mas acabei dando play.

A data era do dia em que Davi tinha me traído. De madrugada.

A imagem era em preto e branco e estava bem granulada, mas deu pra ver que, quando Davi chegou, ele estava sendo segurado por um outro homem, alto, com um capuz que cobria seu rosto. O porteiro os liberou e os dois subiram.

Respirei fundo de novo, soltando o ar devagar.

O vídeo gravado acelerava a fita cerca de dez minutos. E, então, podia-se ver o homem encapuzado saindo do prédio.

Engoli forte enquanto, no vídeo, a gravação rebobinava para dar o máximo de zoom que conseguia no rosto do indivíduo. Não dava para ver absolutamente nada.

Entreguei o celular de volta para Marco.

— E então? — ele perguntou.

— Ainda tá no horário de visita?

Marco não escondeu um sorriso.

— Até as oito.

Pegamos um Uber até o hospital.

A mãe de Davi, que tinha os mesmos cabelos castanhos encaracolados do filho e os mesmos olhos gentis, estava no quarto como acompanhante e saiu para nos dar privacidade. Pedi a Marco que esperasse do lado de fora com ela, pelo menos por um tempinho.

Quando entrei, Davi estava com os olhos fechados.

Me aproximei devagar, sendo tomada por uma sensação sufocante ao vê-lo daquela maneira. Tudo pareceu meio de mentira, como se fosse um pesadelo do qual eu desesperadamente queria acordar.

Dei mais alguns passos para a frente, avaliando os danos. Davi estava pálido demais, mesmo em contraste com a roupa de cama branco-pérola. Ele tinha olheiras dignas do Conde Drácula, seus cabelos estavam sem brilho, e as bochechas estavam mais profundas também, como se ele já estivesse morto há um tempo. Havia ferimentos por todo seu corpo — hematomas, arranhões e cortes profundos que precisaram de sutura. Uma de suas pernas estava engessada. Havia uma tala metálica em dois dos seus dedos da mão direita.

Me sentei ao seu lado esquerdo e minha mão segurou a dele antes que eu pensasse sobre o que estava fazendo.

Os dedos frios daquele corpo, que parecia tudo menos Davi, de repente estremeceram dentro dos meus. Davi abriu os olhos e ficou espantado.

— Tita?

Eu apertei a mão dele e inclinei meu rosto um pouco mais para perto.

— Oi.

Ele piscou algumas vezes, claramente sonolento, e apertou minha mão de volta.

— Não é um sonho, é?

Soltei uma risada curta e cansada.

— Não, Davi. Não é um sonho... — Virei a mão dele para cima e acariciei a ponta de seus dedos. — Como você tá se sentindo?

— Como se tivesse sido atropelado — ele disse. Quando ergui as sobrancelhas, ele riu preguiçosamente. — Na real, não tô sentindo muita coisa. Eles dão uns remédios bem legais aqui. Dá vontade de ser atropelado todo dia.

Dei um tapinha reprovador em sua mão.

— Não brinca com coisa assim, seu doido. Você nos assustou pra caramba.

Ele sorriu e segurou meus dedos de novo. Eu deixei.

— *Você* ficou assustada?

Dava para sentir a nota de esperança em seu tom com a perspectiva de eu ainda me importar com ele e de isso significar que ainda poderíamos voltar a ficar juntos.

Puxei meus dedos lentamente para longe, sentindo o coração apertar ao passo que o sorriso de Davi se desfazia.

— Claro que fiquei. — Apertei minhas mãos uma na outra, cruzando os dedos sobre meu joelho. E respirei fundo. — Davi... O Marco me mostrou o vídeo.

Apesar das pestanas pesadas, ele conseguiu arregalar os olhos.

— Mostrou?

Assenti.

— Pelo jeito, as coisas não eram o que pareciam ser. E acho que talvez... eu te deva desculpas... por ter tomado conclusões precipitadas.

— Você não tinha como saber — Davi disse.

— Eu não tinha mesmo, mas... ver aquele vídeo partiu meu coração. Por causa do jeito que agi com você depois de tudo. Não te dei o benefício da dúvida. Eu... te odiei tanto. E acho que isso não foi muito justo da minha parte. Então... me desculpa.

Quando vi aquele brilho de esperança voltando ao rosto dele, cortei logo.

Embora o vídeo mostrasse que ele não tinha voltado com outra garota naquela noite, não explicava tudo o que tinha acontecido. Quem podia me garantir que aquele cara não era um amigo de Davi, ajudando-o a voltar para casa depois da bebedeira, e que a calcinha e o vinho e todo o resto não eram resquícios de algum outro dia? E mesmo que não fosse nada disso, mesmo que ele não tivesse me traído, nosso relacionamento tinha chegado ao fim, e eu queria seguir em frente.

Eu não esperava chorar. Pelo menos, não tanto.

Mas meus olhos estavam inchados; o nariz, entupido; a garganta, entalada.

Davi me observou sem dizer nada durante todo o meu discurso. Sua expressão era de dor, mas seus olhos estavam secos.

— Eu gosto muito do Erick, Davi — concluí. — E eu nunca vou conseguir ser feliz no meu novo relacionamento se eu não colocar um ponto-final em nós.

— Foi Erick quem armou pra mim — ele disse então. Eu sacudi a cabeça, ainda chorando. — E foi ele quem me atropelou.

— Não foi, Davi. Isso não tem sentido nenhum.

— Foi, sim! — ele alterou a voz pela primeira vez na conversa inteira.

— Davi... Não dá para ver o rosto do cara no vídeo. Não tem nada que justifique que seja o Erick, exceto, talvez, o fato de você ter visto ele nas minhas redes sociais.

— Quem mais se beneficiaria do nosso término, Tita? — ele insistiu. — E eu vi a cara dele quando ele me atropelou.

— Você não o conhece, Davi — eu rebati, começando a ficar irritada. — Ele é uma pessoa tão doce e sensível. Ele nunca faria nada do tipo. Não sei quem era o cara que te levou para casa naquela noite, mas com toda a certeza não era o Erick. E ontem ele estava trabalhando praticamente o dia todo.

— Num domingo?

— Houve uma emergência no escritório. E como você viu tão bem o rosto do motorista de um carro em movimento, indo em sua direção? Você consegue entender que talvez você esteja projetando sua imaginação na realidade?

Ele abriu a boca, mas não conseguiu dizer nada. Estava sem argumentos.

Porque era verdade. Ele queria muito que Erick fosse culpado de tudo aquilo. Assim, eu teria motivos para terminar com Erick. E voltar com Davi.

Me inclinei para frente e peguei a mão dele de novo, dessa vez segurando com ambas as minhas.

— O carro que me atropelou era prateado — ele murmurou sua última cartada. — O carro do Erick é prateado também, não é?

Congelei por um segundo. Era, sim. Como Davi sabia?

Mas então balancei a cabeça.

— Davi... Noventa por cento dos carros hoje em dia são prateados. Isso não quer dizer nada.

Ele olhou para mim e seus olhos se encheram de água finalmente.

— Eu amo você, Davi — falei então. — Muito. E sempre vou amar. Você é uma parte da minha vida. Foi meu primeiro amor, meu melhor amigo... Mas nada dura pra sempre, e eu preciso que você... abra a mão... e me deixe voar.

Ele assentiu devagar e, quando percebi, eu estava chorando de novo.

Enxuguei minhas lágrimas e depois as dele. Então me levantei, dei um beijo em sua testa, desejei melhoras e fui embora.

26

Quando cheguei em casa, Erick estava me esperando na frente do prédio segurando gerânios vermelhos. Eu me lembrei das flores que eu tinha esquecido dentro do meu armário e me senti mal e, juntando isso à montanha-russa emocional que eu tinha acabado de viver com Davi, comecei a chorar.

Ao notar minha expressão, Erick largou as flores no chão e abriu os braços. Eu me joguei nele, me permitindo ser abraçada enquanto soluçava.

— O que houve? — ele perguntou.

Não consegui responder. Ele me abraçou mais forte e beijou o topo da minha cabeça, acariciando meus braços até que eu me acalmasse. Então, quando eu estava mais calma, ele levantou meu rosto com suas mãos para olhar nos meus olhos. Tentei me concentrar na beleza simples de seu rosto. Os olhos azuis em chamas. As sardas claras espalhadas pela pele branca, tão suaves que eram quase imperceptíveis. Os cílios longos, fazendo sombra no topo de suas bochechas. O nariz reto, elegante. O queixo forte. Os lábios tão macios...

— Você prefere que eu vá embora ou que eu...

— Fica — interrompi e o abracei de novo.

Eu não sabia se suportaria ficar sozinha com meus pensamentos naquela noite.

Erick foi a companhia perfeita. Ele não me julgou, não me forçou a falar nada, não me impediu de chorar tudo o que eu precisava botar para fora. Me ajudou a subir até meu apartamento, cumprimentou as minhas colegas de casa, abriu a porta do meu quarto, arrumou minha cama, tirou os meus sapatos, tirou minha maquiagem com uma toalha molhada e encontrou um pijama limpo para que eu vestisse.

Enquanto eu tomava banho, ele preparou um sanduíche e um chá de frutas vermelhas e abriu um espaço na minha escrivaninha para que eu pudesse comer ali no quarto mesmo, sem precisar interagir com mais ninguém.

— Melhor? — Erick perguntou por fim, pegando o prato e a caneca vazios.

Eu assenti.

— Obrigada.

Ele sorriu e, com a mão livre, acariciou minha bochecha.

— Eu sempre vou cuidar de você. — Dando outro beijo no topo da minha cabeça, ele se virou. — Já volto.

E saiu do quarto para levar as louças para a cozinha.

Escovei os dentes, deitei na cama, embaixo do edredom, e fiquei esperando que Erick voltasse. Não conseguia acreditar na sorte que eu tinha de ele ter voltado para minha vida bem nesse momento difícil. Eu estava tão, tão, tão grata.

Naquela noite, Erick ficou ao meu lado, fazendo aquele cafuné gostoso nos meus cabelos longos e castanhos, até que eu dormisse.

Quando eu acordei, ele já tinha ido embora, mas percebi que o buquê que ele tinha levado para mim — aquele que deixara cair no chão ao ver quão mal eu estava — agora tinha sido colocado em uma jarra de vidro, na minha mesinha de cabeceira. Embaixo da jarra, um bilhete:

Sempre que precisar,
sou todo seu.
Te amo.
Erick.

Na quinta-feira, Erick estava no meu quarto quando recebi uma mensagem que me empolgou profundamente. Ele olhou para mim, curioso, quando dei um gritinho.

— A Ingrid tá vindo pra São Paulo nesse final de semana! — exclamei. Ele franziu a testa, um pouco confuso. — A Ingrid, do acampamento, seu bobo! Ela tá vindo pra cá com a namorada! E quer sair um dia com a gente.

Achei que Erick fosse ficar mais animado, mas ele só pareceu feliz pela minha felicidade.

Bom, *eu* estava superfeliz, com um sentimento aquecido no peito por Ingrid ter pensado em mim, por ter cogitado me ver na viagem. Conseguia ver renascer os brotinhos da nossa amizade, sonhando com a perspectiva de que um dia voltaria a ser uma exuberante árvore.

— Ah, legal — Erick disse. — Claro, vamos marcar alguma coisa.

No sábado à noite, eu coloquei meu vestidinho mais lindo, passei uma maquiagem alegre e me diverti procurando acessórios para combinar com o look. Eu sentia como se aquela fosse a primeira oportunidade que eu tinha de ser feliz desde que tinha finalmente dado um ponto-final na bagunça com o Davi.

Erick foi me buscar, e ele estava em um carro preto.

Quando ele saiu e veio abrir a porta para mim, eu estava congelada no lugar, o queixo caído.

Ele me cumprimentou com um beijo rápido na bochecha e abriu a porta, indicando que eu entrasse.

— Cadê seu carro? — perguntei por fim.

Ele riu, olhando para o carro novo.

— Gostou desse? É alugado. Meu carro estava fazendo um barulho estranho e precisei levar na oficina. Fico com esse só até ele voltar, semana que vem.

Engoli em seco.

Eu não via o carro de Erick desde domingo, quando ele tinha me deixado em casa pela manhã. Também tinha sido domingo o dia em que Davi fora atropelado.

Era coincidência, só podia ser.

Marco e Davi tinham colocado caraminholas na minha cabeça.

— Tá tudo bem, minha linda? — Erick perguntou, e eu pulei de susto quando senti sua mão macia e quente nas minhas costas.

Respirei fundo. Soltei o ar de uma vez só e forcei um sorriso.

— Sim. Sim, tudo bem, sim.

Eu entrei no carro e afastei as paranoias.

Ingrid e sua namorada já estavam lá quando chegamos. Elas se levantaram para nos cumprimentar.

A empolgação por vê-las me fez esquecer todas as outras preocupações.

— Ingrid! — exclamei, já me atirando para um abraço. — Fiquei tão feliz que você veio!

Ela pareceu um pouco surpresa com o meu entusiasmo, mas logo aumentou o próprio nível de energia para combinar com o meu.

— Que bom que deu pra te encontrar! — ela disse, me abraçando de volta. Então se virou para meu namorado. — E você, Erick, uau! Não mudou nada! Que bom te ver!

Ele a abraçou educadamente.

— Você está ótima também — disse. — Adorei o cabelo.

Ingrid apresentou a namorada, Karine, uma mulher alta, de pele marrom-escura, que tinha um sorriso encantador e estava usando um lenço amarelo ao redor de seus cachos volumosos. Ela era bonita e parecia muito feliz ao lado de Ingrid, o que aqueceu meu coração. Nos sentamos à mesa nas cadeiras em frente às que elas estavam.

O jantar foi bem divertido. Comida gostosa, drinques e conversas leves. Era impressionante como, mesmo depois de tantos anos, Ingrid conseguia ser minha irmã de alma. Em pouco tempo, nos sincronizávamos. Parecia que éramos adolescentes de novo.

Nos esforçamos para manter a conversa aberta a maior parte do tempo, afinal nem Karine nem Erick haviam compartilhado aquela nossa primeira parte da vida. Mas foi difícil, porque um assunto sempre acabava puxando o outro, trazendo à tona diversas recordações.

Até que uma hora, quando eu teimei com a versão dela de uma lembrança compartilhada, ela alfinetou, rindo:

— Nossa, mas você, hein? Parece até quando encasquetou que eu era aquele seu admirador secreto.

Ela disse isso de maneira superdebochada — despreocupada, até. Claramente não era a intenção dela começar uma briga nem nada. De certo, deve ter achado que tempo suficiente tinha se passado para que pudéssemos rir daquilo tudo.

Mas eu senti meu coração parar.

— O quê?

Erick arregalou os olhos, os lábios levemente partidos. Tudo em seu rosto sinalizava um estado de alerta. Ele havia percebido a mudança súbita do clima mesmo antes de qualquer uma de nós.

— O que o quê? — Ingrid perguntou, franzindo a testa.

— Você *não era* meu admirador secreto?

Ela riu, mas parecia meio assustada.

— Você não sabia?

Sacudi a cabeça.

— Você nunca me contou. Aliás, se me lembro bem, você me fez acreditar que era.

Ela abriu a boca para falar algo, aí pensou melhor e só suspirou. Então disse:

— Bom, a gente era muito nova. Acho que eu estava com raiva por conta de toda aquela coisa de...

Caí em mim, percebendo que, afinal, eu era a errada da história.

— De eu te tirar do armário pra escola inteira — completei. — Desculpa por isso, aliás. De novo. Nunca vou conseguir me desculpar o suficiente.

Ingrid sorriu, tentando desanuviar o clima. Estendeu o braço e colocou a mão por cima da minha.

— Águas passadas — disse. — Como eu disse, a gente era muito nova.

Assenti, meu coração mais tranquilo.

— Ei, mas se não era você, quem era?

Interessada e curiosa, Ingrid entrou na minha, e assim passamos uns cinco minutos discutindo diversos nomes da nossa adolescência e as probabilidade de serem ou não eles.

Até que, enfim, meu olhar caiu sobre Erick e Karine e percebi o quanto estavam se sentindo deslocados. Mudei o rumo da conversa para um assunto mais universal, e o resto da noite transcorreu superbem.

No caminho de volta para casa, eu estava sorrindo, satisfeita.

— Obrigada por ter topado esse jantar — disse para Erick, pegando a mão livre dele. — Sei que em alguns momentos você ficou meio boiando, mas eu realmente tava com muita saudade de falar com a Ingrid.

— Que isso, eu adoro a Ingrid! Foi muito divertido. — Ele acariciou o topo da minha mão.

Levei a mão dele à boca e plantei vários beijos nos nós de seus dedos. E então soltei a mão dele para acariciar as ondas de seu cabelo negro, que já estava precisando de um corte.

Como quem não quer nada, ele se virou para mim e perguntou, quase provocando:

— Então você tinha um admirador secreto, é?

Revirei os olhos, rindo.

— Ah, foi uma loucura que aconteceu quando eu era adolescente. Comecei a receber presentes e bilhetes, e de início foi engraçadinho, mas daí começou a ficar cada vez mais intenso.

— Caramba — foi tudo o que ele disse.

Dei mais uma risada, enroscando os dedos nas mechas macias do cabelo dele.

— Mas quem precisa de admirador secreto quando se tem um namorado fofo igual a você?

Ele ficou vermelhinho e eu, ainda rindo, dei um beijinho em sua bochecha.

Chegando no meu prédio, Erick parou bem na entrada, mas não fez menção nenhuma de descer. Fiz uma careta.

— Não quer subir?

Ele sorriu de uma forma cansada e acariciou minha bochecha.

— Hoje não, minha linda. Tenho que resolver umas coisas.

Fiz biquinho para ver se ele ficava com dó e cedia, mas ele sacudiu a cabeça e repetiu que não dava mesmo.

Suspirei. Estava alegre demais para ficar brava.

— Tudo bem — brinquei, antes de me despedir com um beijo —, mas vai ter que me compensar depois.

Erick sorriu e retribuiu com outro beijo, esse mais intenso e apaixonado. E então ele disse:

— Pode ter certeza de que vou compensar.

27

E ele compensou.

Nos dias seguintes, Erick se tornou o namorado perfeito.

Ele sabia antecipar minhas necessidades, dizia sempre as palavras que eu queria ouvir, me alegrava quando eu estava triste, me acalmava quando eu me frustrava, me dava muito, muito, muito amor e, no geral, parecia me conhecer até melhor do que eu conhecia a mim mesma.

Ele era atencioso. Cavalheiro. Paciente. E, ah, aquelas covinhas...

Por mais algumas semanas, fomos felizes. Absurdamente felizes. Felizes de um jeito que eu achei que só acontecia nos filmes.

Até que então, um dia, algo muito estranho aconteceu.

Era a véspera da viagem que Erick e eu faríamos para celebrar nosso primeiro mês juntos. Ele não tinha me dito para onde iríamos, só que ia ser muito especial, e que era para eu levar roupas confortáveis, tênis apropriados para trilhas e biquíni. Eu estava animada e ansiosa.

Erick sempre conseguia me surpreender e superar as minhas expectativas, e eu tinha certeza de que, com aquela viagem, não seria diferente.

Já estava imaginando uma ilha paradisíaca ou um chalé aconchegante na serra. Eu não descartaria a possibilidade de ele ter alugado um castelo ou reservado um passeio de balão ou um mergulho com os golfinhos.

Eu estava voltando da área de serviço com várias roupas que tinha tirado do varal, algumas das quais pretendia colocar na mala, quando Rita, minha colega de casa, chegou com o namorado.

— Oi! — cumprimentei, sorridente.

Ela me olhou desconfiada, colocando a mão na cintura.

— Que animação toda é essa? — Ela espiou no meu quarto e viu a mala aberta sobre a cama. — Aonde você vai?

— Ah! — Eu suspirei, coloquei as roupas na cama e voltei para a sala para conversar direito com eles. — Erick vai me levar numa viagem secreta pra comemorar nosso primeiro mês de namoro.

— Primeiro mês? — perguntou Hugo, o namorado da Rita. Lembrei que ele era colega de faculdade do Erick. — Ué. Vocês já tinham namorado antes e terminaram?

Eu ri.

— Sim, mas a gente tinha treze anos, e foi só por algumas semanas... Então acho que não conta.

Hugo cruzou os braços, a testa franzida.

— Calma. Tem alguma coisa errada. Você disse que estão comemorando o primeiro mês *agora*?

Olhei para Rita, com a sobrancelha erguida, para ver se ela estava entendendo aquele papo de doido. Ela parecia tão confusa quanto eu.

— Sim.

Ele franziu os lábios finos e ergueu uma das sobrancelhas cheias.

— Tem certeza?

— Bom, na verdade, é o primeiro mês do nosso primeiro beijo. Então é a comemoração de um mês que estamos juntos. O pedido de namoro veio depois, mas nós dois não... — Eu parei de falar, porque o namorado de Rita estava me encarando como se eu fosse um alienígena. — O que foi?

Ele olhou para Rita também, mas era quase como se estivesse pedindo socorro. Rita parecia não saber como ajudar. Hugo mordeu os lábios, visivelmente tenso. Então se virou de volta para mim.

— Vocês não namoraram em algum momento entre os treze anos e agora?

— Não — repeti. — Na verdade, eu nunca mais tinha visto ele até... acho que uns três meses atrás, quando eu ainda estava com meu ex.

— Seu ex... — Hugo ecoou. — Há quanto tempo você estava com seu ex?

Eu estava começando a ficar incomodada. Cruzei os braços e me sentei em uma das poltronas da sala.

— Por que você está me fazendo essas perguntas?

— Thalita... — Ele se sentou no sofá bem na minha frente, as mãos unidas sobre os joelhos. — Você não está entendendo. Tem alguma coisa muito errada.

— Você tá me assustando... — falei, tentando rir para amenizar o clima.

Ele permaneceu muito sério e rebateu:

— Bom, é que eu estou sinceramente assustado.

Rita se sentou ao lado dele, colocando a mão sobre um de seus ombros.

— O que foi, Hugo? Pra que todo esse drama?

Ele respirou fundo e soltou o ar, mantendo o suspense por mais alguns segundos.

E então finalmente disse:

— Erick apresenta a Thalita como namorada dele desde o primeiro semestre da faculdade.

Minha ficha não caiu de imediato.

Mas daí Rita perguntou com a voz fina:

— Três anos atrás?

E eu percebi que três anos atrás eu nem tinha me mudado para a capital.

Ainda sem acreditar de verdade no que tinha ouvido, eu sacudi a cabeça, tentando encontrar explicações plausíveis para aquilo que Hugo havia acabado de dizer.

A primeira hipótese, a mais simples, era que Hugo podia estar mentindo.

Mas ele parecia estar falando a verdade. E que motivos ele teria para mentir? Ok que, pelo que eu me lembrava de alguma de nossas conversas anteriores, ele não parecia ser o fã número um do meu namorado, mas... A ponto de inventar uma história dessas?

Outra possibilidade era que Erick não tivesse dito com todas as letras que eu era namorada dele, que só tivesse mostrado meu perfil, minhas fotos, aos colegas, que tinham inferido errado. Mas três anos atrás? Três anos atrás eu tinha acabado de começar o namoro com o Davi.

O Davi...

Meu Deus.

Será que ele tinha dito a verdade?

Será que o homem misterioso nas gravações de segurança era mesmo o Erick?

E o atropelamento...

Não.

Não, nada disso fazia sentido.

Erick não era assim. Ele nunca faria nada do tipo.

— Sua mão está gelada! — Rita disse, e só então percebi que ela estava ajoelhada ao meu lado, segurando uma das minhas mãos. — Busca uma água pra ela, Hugo!

Sacudi a cabeça de novo.

— Não, eu tô bem, eu só... — Não consegui terminar a frase, porque, quanto mais eu pensava, mais percebia que não era verdade. Eu não estava nada bem.

Rita sorriu de forma triste.

— Você está pálida. Mas a água vai ajudar. Ou alguma coisa com açúcar, acho. Hugo! — ela gritou na direção da cozinha. — Traz açúcar!

— Açúcar? — ele gritou de volta. — Na água?

— Sei lá, só traz! — Rita respondeu.

Eu respirei.

— Não precisa. Eu tô melhor. — Me levantei da poltrona. — Eu acho que tenho que... hum... ir falar com o Erick. Tirar isso a limpo. Conversar cara a cara.

Rita se levantou também.

— Tem certeza? Talvez seja melhor você se acalmar um pouco mais. E, bom, talvez falar pelo telefone.

Pelo tom da voz dela, eu entendi que a sugestão tinha um toque de preocupação pela minha segurança. Como se Erick ter falado que era meu namorado mais de três anos antes realmente significasse que ele era uma ameaça à minha integridade física. Eu entendia como ela podia pensar assim, mas ainda estava tendo muita dificuldade de conciliar a imagem do meu Erick, o príncipe encantado perfeito, com alguém tão obcecado que faria tudo para ficar comigo.

Hugo chegou com o copo d'água em uma mão e o açucareiro na outra.

No meio de toda a tensão, consegui rir. Os dois, aliviados com a quebra do clima, riram junto. Aceitei a água, mas dispensei o açúcar.

Concordei em me acalmar mais um pouco antes de ir. Os dois foram incrivelmente pacientes comigo e fizeram questão de me acompanhar até o trabalho de Erick. Em certo momento, pensei em voz alta algo como: "Ele deve ter alguma explicação racional para isso tudo, porque não é possível", e percebi que eles trocaram um olhar preocupado.

Chegando no prédio em que ficava o escritório, o recepcionista tentou entrar em contato com Erick, mas avisaram que ele estava em uma reunião, e o moço me pediu para esperar no saguão.

Não tive nem tempo de me virar para Rita e Hugo com cara de desespero e o telefone da recepção tocou outra vez. O recepcionista atendeu e logo me informou que Erick, ao saber que eu estava ali, tinha dito que eu poderia subir e esperar lá em cima. Mas só eu. A autorização de entrada não valia para os meus acompanhantes.

Erick me mandou uma mensagem no celular em seguida.

Oi, minha linda. Amei a surpresa! Acabei de entrar numa reunião, mas já falei pra te deixarem subir, aqui vão te tratar bem até eu poder sair pra te ver!

— Tem certeza? — Rita me perguntou quando eu disse que subiria e que eles podiam ir embora, se quisessem. Eu estava cansada de ouvir aquela pergunta. Era óbvio que eu não tinha certeza de nada, mas o que eu poderia fazer? Rita tocou meu braço de forma maternal. — Eu acho que seria melhor você ter alguém por perto quando for confrontá-lo.

Evitei repetir que aquilo tudo provavelmente era um mal-entendido, porque sabia que ela e Hugo estavam preocupados com o meu otimismo, mas fiz questão de assentir e dizer:

— Tá tudo bem. É um prédio comercial com centenas de pessoas. Vocês podem ir embora tranquilos.

Uma parte de mim gostaria que eles ficassem, mas era uma parte pequena e quase insignificante diante da percepção de que eles eram meio que os responsáveis por terem trazido a confusão à tona. Racionalmente, óbvio que eu não os culpava, mas em momentos como aquele a emoção acaba falando mais alto e eu só queria ficar sozinha com Erick para ele me explicar tudo e tranquilizar meu coração.

Rita e Hugo relutaram em partir, mas não muito, e eventualmente eu subi até o décimo quarto andar.

Um funcionário me recebeu na frente do elevador, dizendo que tinha sido enviado por Erick. Ele me levou até um ambiente que parecia ser a sala de descanso e me ofereceu água, café, suco, biscoito e até mesmo chocolate antes de desistir e voltar para seu posto de origem, me dizendo para ficar à vontade.

A sala tinha sofás, poltronas, pufes, estantes com livros, computadores liberados para uso, máquinas de lanchinhos e de café, fones de ouvidos e até televisões com videogame. Havia algumas pessoas usufruindo das comodidades, e eu fiquei tão impressionada com a possibilidade de eles poderem estar fazendo aquilo em pleno horário de trabalho que quase me esqueci do motivo que havia me levado até lá.

— Ah, olha só quem está aqui! — uma voz exclamou enquanto eu estava distraída. Ergui os olhos e um sujeito de terno me olhava como se eu fosse um filhote de cachorro. — Você é a namorada do Erick, né?

Assenti e percebi que uma moça também havia se aproximado.

— Ah! É aquela da festa? Que gracinha! — Pela linguagem corporal, eu jurei que ela ia esticar a mão e apertar minhas bochechas. Por sorte, não fez isso.

— É ela, sim — o primeiro cara respondeu. Então, se voltando para mim, disse: — Fico feliz em saber que deu tudo certo entre vocês. Erick estava muito animado para a festa. Foi toda uma comoção.

Senti que estava por fora de alguma coisa.

— Calma, de que festa vocês estão falando?

Os dois se entreolharam e riram, como quem diz: "Que bobinha! Que esquecida!".

— A festa na área VIP da balada, há mais ou menos um mês. Foi quando ele finalmente teve coragem de seguir o coração. Vi vocês dois juntos e vibrei pelo garoto.

— Ele normalmente é meio tímido e reservado, mas muito determinado quando quer ir atrás de alguma coisa. Ele organizou a festa direitinho, chamou todo mundo do escritório para fazer você se sentir menos pressionada... — a moça disse.

— E o chefe pagou Open Bar, então claro que todo mundo foi — o homem completou. — Porque a gente não é bobo.

Eu me levantei, um sorriso nervoso no rosto, sentindo a cabeça ficar leve, os dedos formigarem.

— A festa... Ele fez a festa para... mim? — perguntei quando finalmente encontrei minha língua.

Meu cérebro estava girando. Naquele dia, eu havia encontrado Erick por acaso na balada. Ou era o que eu pensava até então. E agora esses dois estavam me dizendo que ele tinha planejado tudo?

Como ele sabia que eu estaria lá?

Foi inevitável repensar em todos os encontros que tinha tido com Erick após os dez anos de separação, o quanto tudo entre mim e ele parecia sempre uma grande coincidência. Será que...

Será que poderia ter existido algum... planejamento?

As coisas que Hugo havia dito de repente faziam mais sentido. Há pelo menos três anos ele dizia por aí que eu era sua namorada. E, aparentemente, havia passado todo esse tempo tramando para que aquilo se tornasse verdade.

Nada tinha sido real?

— Você tá bem, querida? — A moça se aproximou, tocando meu cotovelo com suas mãos macias para me estabilizar.

Mal senti a pele dela na minha. Eu estava em outro universo agora, separada do resto do mundo por uma barreira invisível e sufocante.

— Preciso ir — consegui dizer, não sei como.

Então saí correndo de lá o mais rápido que pude, os pensamentos ainda completamente embaralhados. Meus pés me guiaram para longe por puro instinto enquanto minha cabeça atordoada girava.

28

Andei sem rumo por algum tempo, tentando trazer minha alma de volta ao corpo. Não conseguia nem chorar. Só me sentia vazia, perdida, sozinha.

De alguma forma, encontrei clareza o suficiente para pegar um ônibus e depois o metrô e caminhar até meu prédio.

Congelei no lugar.

Erick me esperava ali na frente.

Segurando flores. Rosas de um vermelho tão intenso e escuro que eram quase pretas.

Meu coração deu um solavanco. Já não dava para olhar para aquele homem e ver o meu Erick. Senti meu corpo inteiro arrepiar e fui inundada por uma vontade de sair correndo.

Ele estava fazendo aquela carinha de cachorro arrependido, mas havia um ar mais desesperado em seu olhar.

— Thalita...

Quando ele deu um passo para frente, eu dei outro para trás por puro instinto. Percebi que seus olhos adquiriram um toque de dor, mas também de raiva. E então eles suavizaram outra vez e, por um instante, duvidei de mim mesma. Esqueci por que estava com medo dele, por que não deveria me aproximar.

Mas então ele disse:

— Não sei exatamente o que te disseram...

E eu lembrei.

— Erick, eu não faço ideia do que tá acontecendo, do que aconteceu, do que você *planejou* que acontecesse, mas... eu nunca estive tão assustada em toda a minha vida.

Ele se calou por um longo momento em que eu só conseguia escutar as batidas do meu coração ecoando no ouvido.

— Me desculpa — Erick murmurou finalmente. — Imagino que esteja se sentindo confusa, e eu quero muito te explicar tudo. Só preciso que a gente... — Ele olhou ao redor. — ... vá para algum lugar mais tranquilo, mais reservado, para que a conversa possa acontecer com calma.

Sacudi a cabeça e recuei mais um pouco conforme ele tentou chegar mais perto de novo.

— Não me sinto confortável indo pra qualquer lugar com você nesse momento.

Ele ergueu a cabeça e observou os arredores outra vez. Não havia muitas pessoas na rua, mas o movimento discreto parecia suficiente para deixá-lo incomodado. No entanto, ele acabou dando de ombros. O braço que segurava as flores finalmente desceu, e agora o buquê estava de cabeça para baixo.

— Justo. Mas posso pelo menos tentar me explicar?

Resolvi tomar as rédeas do interrogatório.

— A festa na balada, onde nos beijamos pela primeira vez...?

Ele não tentou negar.

— Convenci meu pai a reservar a área VIP para um happy hour porque eu sabia que você estaria lá. — E, antes que eu perguntasse, ele acrescentou: — Sua amiga, Ana, naquela semana postou nos *stories* falando que iria. Eu imaginei que você iria junto, já que estava morando com ela.

Engoli em seco e mudei para o próximo questionamento antes que ele conseguisse me convencer de que aquilo não era tão grave assim.

— Você diz na sua faculdade que eu sou sua namorada há pelo menos três anos.

Ele arregalou os olhos, surpreso. Claramente não estava esperando que eu soubesse daquilo. Mas não demorou para se recompor.

— Você precisa entender que, pra mim, as coisas estão certas já tem um tempo. Eu... Eu soube que você era a mulher da minha vida quando nós tínhamos treze anos! — Percebendo que havia alterado um pouco a voz, ele pausou, se acalmou e sorriu. — Sei que pode parecer estranho, mas...

— Estranho?! — Dei uma risada nervosa e cruzei os braços na frente do corpo, criando uma mínima barreira entre nós. — Erick, quanto do que tivemos foi real?

— *Tudo* foi real! — ele exclamou sem pestanejar. Entendi que ele acreditava mesmo naquilo e um frio subiu pela minha coluna.

— Ah, é? Porque eu tenho a impressão de que você vem mentindo para mim desde o primeiro dia que nos reencontramos. Você fingiu que mal me reconhecia. E então... nos vimos de novo em todo lugar: na rodoviária, e na balada, e... — Suspirei, frustrada. — Você armou para parecer que Davi tinha me traído?!

Ele abriu a boca e nenhuma palavra saiu.

— Ele iria acabar te traindo uma hora ou outra — foi sua resposta por fim.

Balancei a cabeça, me afastando alguns passos, incrédula. Com medo de fazer a pergunta seguinte, mas determinada a saber a verdade, finalmente indaguei:

— Erick. Foi você que atropelou o Davi?

Ele olhou nos meus olhos. Leu meu terror.

— Não — disse, sério. — Claro que não. Quem você pensa que eu sou? Thalita...

— No momento, não faço ideia de quem você é. Só sei que você é louco! — Eu não queria gritar e perder a compostura, mas era impossível me controlar.

Por incrível que pareça, ele se manteve calmo e centrado diante do meu pânico.

— Eu sei como pode parecer que sim. — Ele sorriu suavemente, as covinhas afundando. — Mas, Thalita, tenta entender o meu lado.

— Não sei se eu quero.

— Eu sempre tive a sensibilidade muito aguçada pra esse tipo de coisa. Nós somos duas almas irmãs que se perderam no meio do caminho, você não vê? Eu sonhei... sonhei com nós dois juntos, há alguns meses, então percebi que estava na hora de começar a dar o próximo passo. E eu ia te contar tudo, juro, só não queria que você acabasse descobrindo assim ou que me olhasse como se tivesse medo de mim...

Eu já tinha ouvido o suficiente daquela maluquice.

— Erick. Não dá mais pra mim. Eu preciso que você vá embora. E eu não quero mais te ver. Nunca mais.

Pela primeira vez desde o começo da conversa, Erick pareceu verdadeiramente desnorteado. Ele arregalou os olhos como se tivesse levado um tapa na cara, seu rosto estava tão cheio de mágoa e confusão que, se eu não estivesse tão apavorada, poderia até mesmo ter ficado com pena. Sua boca se abriu e fechou, mas ele estava claramente sem palavras.

— Você precisa de um tempo, eu entendo. Mas podemos voltar a conversar quando você se acalmar — declarou, os lábios se comprimindo no final da frase, as bochechas se tencionando de forma a exibir as covinhas.

— Eu não quero voltar a conversar com você. — Fui clara. — Por favor, não me procura mais.

Erick respirou fundo e ergueu novamente o buquê. De alguma forma, as flores pareciam meio murchas agora, como se tivessem absorvido nossa tensão.

— Você vai acabar mudando de ideia — Erick disse, baixinho. Dessa vez, quando ele se aproximou, firmei meu pé no chão, decidida a não me deixar intimidar. — Um dia vai entender o quanto somos perfeitos um para o outro. Mas, se você precisa desse espaço agora, serei paciente. — Ele estendeu as flores, colocando-as contra o meu corpo e soltando-as de uma vez; antes que pudesse perceber, eu já as havia agarrado por instinto, com medo de que caíssem. — Fica bem.

Ele foi embora sem mais cerimônia. Encarei as flores nas minhas mãos, percebendo que os espinhos haviam me machucado.

Quando entrei no prédio e peguei o elevador para meu apartamento, notei que meu coração estava disparado e esquisito. Eu não estava conseguindo compreender completamente a dimensão de tudo o que tinha acontecido naquelas últimas horas, mas tinha a impressão de que, assim que a adrenalina baixasse, meu mundo desmoronaria completamente.

29

Nenhuma das minhas colegas de casa estava ali quando cheguei. Não acendi as luzes e encontrei na escuridão o caminho para o meu quarto. Entrando, fechei a porta, tranquei, e então me sentei na frente dela, como se para barrar a entrada de qualquer outra pessoa.

Me forcei a respirar direito, fazendo o ar sair e entrar um milhão de vezes, até que meu corpo inteiro ficasse mais calmo.

A próxima coisa que me lembro foi de alguém batendo na porta.

Meu coração deu um salto, quase saindo pela boca.

— Thalita?

Era Rita.

Pisquei algumas vezes, me situando. Eu ainda estava no mesmo lugar, na mesma posição, só que havia anoitecido. Várias horas haviam se passado sem que eu percebesse.

Minha colega de casa bateu outra vez.

— Você tá aí?

Senti o corpo inteiro tremer quando a maçaneta girou, mas aí lembrei que havia trancado a porta. Me levantei, apressada, e a abri.

Rita estudou meu rosto, franzindo a sobrancelha de leve. Havia uma clara preocupação estampada em sua expressão.

— Te acordei? — Quando balancei a cabeça, ela perguntou: — Por que você está no escuro?

— Não sei — respondi, sincera. Minha voz saiu rouca, falhada.

Ela me encarou, parecendo não saber muito bem o que fazer.

— Você conseguiu falar com o Erick?

Eu não sabia nem como começar a explicar a conversa que tinha tido com o meu agora ex-namorado. Estava me sentindo vulnerável, como uma ferida aberta.

— Nós terminamos — expliquei simplesmente.

Rita assentiu.

— Você tá bem? Quer conversar sobre isso?

Eu não queria. Se pudesse, não queria nunca mais falar no assunto, fingir que nada tinha acontecido. Dei uma resposta vaga para Rita, que por fim acabou me deixando em paz.

Mas, quando deitei na minha cama, me senti absurdamente sozinha e fiquei arrependida de ter dispensado a oferta de minha colega.

Pensei em ligar para Ana, mas não queria ter que admitir que ela tinha tido razão ao desconfiar de Erick, pelo menos não ainda. Então me veio a ideia de ligar para Davi — que rapidamente foi embora, diante da minha covardia; seria muito difícil ouvir sua voz sabendo que eu não havia acreditado nele e que, pior ainda, possivelmente tinha feito com que ele fosse atropelado.

Era tudo minha culpa.

Quis ligar para meus pais, chorar um pouco, voltar a ser criança e me deixar ser embalada. O esforço de pegar o telefone, fazer a ligação e explicar para eles tudo o que estava acontecendo me impediu de seguir em frente.

Eu não era próxima de nenhum dos meus colegas da faculdade e havia me distanciado bastante dos amigos de Retiro desde que me mudara para a capital.

Senti como se não tivesse ninguém no mundo com quem eu pudesse contar. E aquilo era extremamente solitário.

Me enrolei no cobertor como se fosse um abraço e fechei os olhos, implorando para que o sono me tomasse.

No dia seguinte, acordei melhor, como se uma névoa tivesse ido embora. À luz da manhã, tudo parecia menor — não tão grave, não tão dolorido.

Depois que tomei um banho quente, fiquei quase cem por cento.

Como eu tinha tirado uns dias de folga para viajar com Erick, não estava escalada para trabalhar, mas também não queria continuar sozinha em casa, sem fazer nada o dia todo, dando brecha para reflexões indesejadas. Então apareci no Café e ofereci meus serviços.

Monique não reclamou.

— O movimento está inesperadamente alto hoje. Ajuda nunca é demais.

Não estava tão movimentado assim. Acho que ela viu minha cara derrotada e ficou com dó de me mandar embora.

Eu agradeci, passei uma maquiagem leve na sala de descanso e encarnei a minha personagem de barista simpática. Depois de mergulhar no aroma inebriante do café, foi quase fácil agir como se tudo estivesse bem. Afinal, não era aquela personagem quem tinha sido trouxa. Não era ela a burra iludida por um rostinho bonito. Não foi para ela que Erick mentiu não sei nem quantas vezes. Então é claro que para ela um sorriso vinha naturalmente.

Estava tudo indo tão bem que Ana, quando chegou para o turno da tarde, nem percebeu que havia algo errado comigo.

E então Erick apareceu.

Senti minha calma estremecer, mas respirei fundo e resolvi cortar o mal pela raiz. Marchei até a mesa dele.

— O que você tá fazendo aqui?

Ele teve a cara de pau de levantar a cabeça e agir como se estivesse surpreso de me ver.

— Thalita! — exclamou.

Não dei brecha para gentilezas. Cruzei os braços.

— Eu disse que não queria mais te ver. Você falou que me daria um espaço. É isso o que você chama de espaço?

Ele levantou as duas mãos num gesto de rendimento.

— Eu estava por perto e resolvi tomar um café — Erick disse. — Não sabia que você estaria aqui.

— Não sabia que eu estaria aqui?! — Meu tom saiu agudo e alto, e chamou a atenção de alguns outros clientes. Abaixei um pouco a voz. — Erick, eu *trabalho* aqui.

— Eu achei que você não estaria aqui hoje. Não era pra você estar de folga?

Dei um passo para trás, momentaneamente desnorteada. Realmente, pelo que Erick sabia, eu não estaria no Café naquele dia. O que significava que minha reação havia sido desproporcional.

Mordi os lábios e suspirei.

— Vou chamar minha colega para te atender — murmurei, baixinho, dando as costas.

— Thalita, espera... — Erick disse. Em um passo rápido, ele havia se levantado e agora segurava meu pulso. — Já que você está aqui, eu queria mesmo falar com você...

Me virei de volta para ele, devagar.

— Não tenho nada a dizer.

— Eu só queria... pedir desculpas... e explicar que tudo o que fiz foi por *você*...

Puxei meu braço com força para longe da mão dele.

— Ah, dessa vez não vai me dar flores? — O sarcasmo apareceu sem que eu precisasse evocá-lo. Devia ser um sintoma da raiva misturada à confusão.

Erick piscou.

— Eu não pensei em... Mas, se é o que quer, claro que posso trazer...

— Erick, isso não é sobre as malditas flores! — gritei, exasperada.

Quando percebi, Monique estava do meu lado; Ana, do outro. Minha chefe disse calmamente:

— Vocês podem, por favor, resolver isso em um lugar mais reservado?

Vi que todos no Café nos encaravam. Senti meu rosto esquentar, de vergonha, mas também de raiva.

— Não temos nada que resolver. Erick já está indo embora.

Erick abriu a boca, surpreso e magoado.

— Thalita...

Um olhar sério foi suficiente para calá-lo. Ele abaixou a cabeça, assentindo.

— Nossa história ainda não acabou — disse.

E então foi embora sem reclamar.

Quando ele saiu de vista, soltei o ar que estava prendendo e percebi que estava toda arrepiada.

Ana caminhou comigo até a sala de descanso.

— O que foi isso? — ela perguntou, me fazendo sentar em uma das poltronas.

Meu cérebro esboçou várias palavras que poderiam ilustrar minha situação para Ana.

Erick é um doido. Ele planejou cada segundo do nosso relacionamento. Está obcecado por mim. Talvez ele tenha atropelado o Davi. Eu não sei o que fazer.

Mas tudo o que saiu de mim foi um fraco:

— Nós terminamos.

Ana não comprou.

— Só isso? — Ela se ajoelhou na minha frente, as sobrancelhas arqueadas em desconfiança. — Tha, você não me pareceu tão alterada nem quando terminou com o Davi, e vocês estavam juntos há anos.

— Alterada?

Eu pensei que estava disfarçando bem. Pelo jeito, a aparição inesperada de Erick tirou tudo do meu autocontrole e fez vir à tona sentimentos sobre os quais eu não gostaria de refletir.

Isso se confirmou quando Ana disse:

— Você parece assustada, de alguma forma. Apavorada, na verdade. O bonitão fez alguma coisa pra você?

O jeito como ela falava me fez perceber que ela estava dando uma dimensão absurda a esse negócio. Sim, Erick era esquisito. Sim, ele tinha feito pequenas coisas aterrorizantes. Mas isso não significava que ele me machucaria. Ele não era um abusador violento. Eu não estava em perigo. Só precisava superar um término estranho.

Balancei a cabeça e repeti:

— Nós só terminamos.

Ana não pareceu totalmente convencida, mas não insistiu no assunto.

Após alguns minutos a mais para que eu me acalmasse, nós duas voltamos para os clientes e terminamos o turno. Depois, minha amiga caminhou comigo até meu prédio e se despediu de mim com um abraço, falando que eu podia contar com ela para tudo.

Eu agradeci.

Chegando em casa, tomei um banho e me deitei para dormir, me sentindo bem melhor. Eu estava pronta para descansar e começar um novo dia renovada, cada vez mais distante daquela loucura.

E, então, pouco antes de eu pegar no sono, meu celular vibrou anunciando uma mensagem.

Era Erick.

Não precisa ter medo. Eu te amo.

30

Como ele sabia que eu estava com medo? Será que tinha escutado Ana falando?

Nem eu mesma sabia se estava, de fato, com medo...

Bem, *agora* eu estava.

Bloqueei o contato dele. Se ele não entendia por conta própria o que significava me deixar em paz, o *block* daria o recado.

Ou... não.

Pouco depois, ele enviou uma mensagem no meu Instagram.

> Você está reagindo desproporcionalmente.

Quando bloqueei ele lá também, ele mandou uma pelo Facebook.

> Thalita, você não vai conseguir me tirar da sua vida assim tão fácil. Eu te amo demais pra isso. E em breve você vai entender que somos destinados um ao outro, e vai querer voltar pra mim. Eu só queria poder me explicar melhor.

Senti um arrepio ao ler aquelas palavras.

Dessa vez, depois de bloqueá-lo, procurei no Google "como denunciar um *stalker*". Eu não queria envolver a polícia, mas talvez fosse necessário. Se Erick tinha sido mesmo a pessoa a armar para cima de Davi e depois atropelá-lo...

Antes que eu pudesse ler o resultado da pesquisa, recebi um SMS de um número desconhecido.

Thalita, não faz isso :(

Meu coração começou a bater tão forte no peito que eu conseguia senti-lo pulsar pelo corpo inteiro.

Toquei a tela com a ponta dos dedos para garantir que aquilo estava mesmo acontecendo. Era Erick, só podia ser ele. Será que de alguma forma ele tinha descoberto que eu estava planejando ir à polícia? Não era possível... ou era? Sacudi a cabeça, e o ar que soltei saiu tremido do meu peito.

Coloquei o celular de lado e fechei os olhos, respirando fundo. Eu precisava ser racional. Não podia me permitir ser consumida pelo medo.

Desbloqueei o contato de Erick e enviei:

O que você quer de mim?

A resposta dele foi quase imediata:

Só não quero que você faça algo de que possa se arrepender depois. Algo contra o que nós temos.

Digitei sem nem precisar pensar.

Nós não temos mais nada.

Erick demorou alguns segundos para responder daquela vez.

É aí que você se engana. Mas não tem problema, com o tempo você vai perceber.

Eu engoli forte, o gosto amargo do terror na minha boca. Não fui capaz de falar mais nada.

Por favor, não envolva a polícia. Eles não vão ficar do seu lado. E eu só quero o seu bem.

No que eu havia me metido?

Não fui capaz de dormir naquela noite e, quando amanheceu, fiquei em casa em vez de tentar trabalhar de novo.

Passei o dia na cama, sabendo que uma hora ou outra precisaria me levantar e encarar o mundo, mas adiando ao máximo esse momento.

Também fiquei bem longe do meu celular, o que pode parecer um remédio de curto prazo para um problema maior, mas eu precisava esfriar a cabeça e racionalizar tudo o que estava acontecendo.

Considerei falar com a polícia apesar das ameaças veladas de Erick, mas por fim percebi que, só de pensar em todo esse processo, eu já ficava mentalmente esgotada.

Então decidi que iria abaixar a cabeça e viver a vida um dia de cada vez. Uma hora ou outra Erick desencanaria de mim. Eu só precisava ser paciente.

Esse poderia até ter sido um bom plano, mas logo na primeira semana ficou claro que eu havia sido otimista demais com relação à minha própria resiliência.

Erick voltou ao Café.

Todos os dias.

Às vezes mais de uma vez por dia.

— Olha ele de novo — Ana comentou, os olhos cerrados em desconfiança. — E na minha área, *de novo*.

Essa era outra questão. Ele sempre se sentava na seção atendida por Ana — cada dia em uma mesa diferente, mas nunca ultrapassando a linha imaginária que fazia a fronteira entre a seção dela e a minha. Quase como se ele soubesse muito bem sobre aquela linha imaginária, como se tivesse acesso à divisão de seções do Café.

E, se esse fosse o caso, aquele era o jeito dele de dizer: "Eu poderia me sentar na sua seção. Poderia fazer você me atender e sorrir para mim e me servir. Mas não vou fazer isso. Olha como sou bonzinho".

E aquilo estava me deixando louca.

— Eu estou cansada desse cara vindo aqui — Monique resmungou, aparecendo atrás de nós duas.

Dei um pulo, e meu coração acelerou. Estava pronta para levar uma bronca. Mas o que Monique fez foi colocar a mão sobre o meu ombro de um jeito carinhoso.

— Esse cara, nunca confiei nele — minha chefe me contou. — Desde que você terminou com ele, fica vindo aqui. Só aparece quando você está. Às vezes ele fica rondando o lado de fora do Café; já vi ele várias vezes espreitando pelas sombras. Isso é um absurdo. Deve até ser ilegal.

Então, bem assim, ela simplesmente caminhou até Erick e disse que ele não era mais bem-vindo.

E eu deveria ter ficado aliviada, não? Quer dizer, eu até fiquei. Por um tempo. Antes de descobrir que aquela barreira imposta pela minha chefe só pioraria tudo.

Erick começou a aparecer na minha faculdade.

Não nas minhas salas de aula — nunca perto o suficiente para que eu pudesse dizer com certeza que ele estava ali por mim. Mas sempre em algum lugar em que eu o pudesse ver.

Encostado em um dos pilares da biblioteca. Ao lado do banheiro, no bebedouro. Na barraquinha de cachorro-quente. Conversando com um dos meus professores.

Ele olhava para mim sem dizer nada, me desafiando. E eu, covarde demais para encará-lo, dava as costas e fingia que nada tinha acontecido.

Um dia, Ronaldo, um cara alto, magro, de pele clara e olhos escuros, que estava na minha turma de Filosofia e com quem eu conversava às vezes, virou para trás na carteira e disse:

— O que houve? Você está mais quietinha que o normal. Não tá muito bem?

Aquela pergunta me fez querer chorar. Forcei um sorriso e suspirei, sacudindo a cabeça.

— Vou ficar — garanti, uma promessa vazia.

Ele sorriu de volta, erguendo as sobrancelhas em comoção. E aí pegou uma minibarra de chocolate que havia comprado em uma das vendinhas e me entregou.

— Pra você melhorar mais rápido — ele disse, amigável.

O pequeno gesto aqueceu meu coração. Quando sorri de novo, era de verdade.

Logo depois da aula, recebi uma mensagem de um número desconhecido.

> Não tolero essas pessoas que se aproveitam da sua vulnerabilidade.

Franzi a testa, irritada, mas achei que o ciúme imbecil dele se limitaria às palavras. Até que, na aula seguinte, meu colega apareceu com o braço engessado e o pescoço envolvido por uma tipoia. Sequer ousei falar diretamente com ele. Depois, me disseram que ele tinha sido empurrado da escada do prédio em que morava; o agressor não fora capturado.

Essa foi a gota-d'água.

Decidi que iria à polícia. Dessa vez, não cometi a burrice de pesquisar no Google ou anunciar meus planos ao mundo de qualquer maneira. Deixei tudo nos meus pensamentos. Pelo menos lá eu ainda estava segura — ou esperava que sim.

No dia seguinte, antes de ir ao trabalho, fiz uma curta viagem de ônibus até a delegacia mais próxima.

Durante todo o caminho fui ensaiando na minha cabeça tudo o que diria, enquanto olhava ao redor para garantir que não estava sendo seguida. Talvez eu estivesse ficando um pouco paranoica.

Chegando lá, não havia fila de espera. Um policial jovem que parecia impaciente fez um sinal para que eu me aproximasse da mesa em que atendia.

— Se for pra fazer B.O., dá pra fazer on-line — foi a primeira coisa que ele me disse, antes mesmo de um bom-dia.

Meio desnorteada, me sentei na cadeira à sua frente.

— E-eu... preferia falar com alguém de carne e osso.

Ele suspirou e endireitou a postura. Depois de olhar nos meus olhos e talvez perceber o meu pânico, ele se esforçou para ser mais simpático.

— Como posso ajudar?

— Eu estou sendo perseguida pelo meu ex, e ele está passando dos limites.

Contei a história toda pra ele: Erick e eu nos conhecemos anos atrás, nos reencontramos há pouco, começamos a namorar... e então eu descobri tudo. Falei das mensagens, das "coincidências", de como ele insistia em ir em todo lugar que eu ia... Mencionei a suspeita de que ele tivesse atropelado Davi e, então, contei também sobre o meu colega da faculdade, que tinha sido jogado escada abaixo só por ter ousado dirigir a palavra a mim.

Quando terminei de falar, segurei uma mão na outra, apreensiva. Queria que ele conseguisse pegar aquele fardo de cima de mim e me falar o que fazer com ele. Queria que tivesse uma solução mágica, que apertasse um botão e, puf, Erick pararia de me incomodar.

Mas o que o policial fez foi coçar o queixo e suspirar de novo.

— Você acha que isso entraria em "crimes contra a mulher" ou está mais para o departamento digital?

Pisquei, confusa.

— Oi?

Ele reformulou a pergunta, mas em um tom que sugeria que eu deveria ser um pouco burra por não ter entendido na primeira vez.

— Para quem eu devo encaminhar a ocorrência?

Não era você quem deveria saber?, eu quis responder. Mas mordi os lábios em um sorriso e sacudi a cabeça, encolhendo os ombros.

— Não tenho certeza.

Ele suspirou.

— Já volto.

O policial se levantou e saiu em direção a uma parte fechada da delegacia. Fechei os olhos, me perguntando se aquilo era uma completa perda de tempo. Considerei simplesmente me levantar e ir embora. Talvez Erick não tivesse tido nada a ver com o acidente do meu colega. Talvez eu estivesse ficando louca. Talvez eu devesse tentar conviver com isso um pouco mais, dar mais tempo para que ele se acostumasse ao nosso término.

Inspirei fundo e soltei o ar devagar.

Então abri os olhos e peguei o celular para conferir as horas.

Havia uma mensagem nova. Número desconhecido.

> Eu pedi pra você não envolver a polícia, não pedi? :(

A porta por onde o policial tinha saído se abriu de repente, e eu pulei tão forte que quase caí da cadeira. O policial que me atendeu voltou ao seu posto de origem, mas uma moça atrás dele manteve a porta aberta e fez um sinal para que eu a seguisse.

Ela era um pouco mais alta que eu, usava uma maquiagem leve e o cabelo preso em um coque. Ela usava a mesma camiseta preta com o emblema da polícia, mas, ao contrário do outro policial, estava vestindo calça jeans e parecia mais amigável. Ela passou o braço ao redor dos meus ombros e me guiou até um escritório na parte dos fundos, me fazendo sentar em uma cadeira ao lado do que devia ser sua mesa.

— Você está tremendo — disse, acariciando meu braço. Ela pediu que outra pessoa lhe trouxesse um copo de água e me entregou. — Pode ficar tranquila. Você está segura aqui.

Bebi em silêncio, tentando me acalmar. E então contei a história toda de novo.

A policial, que se chamava Carmem, ouviu com atenção, o rosto franzindo em preocupação genuína. Quando concluí a narrativa, peguei meu celular para mostrar a ela todas as mensagens que Erick havia me mandado; não importando quantos números eu bloqueasse, ele sempre aparecia com um novo.

Mas, quando fui atrás da mensagem que ele havia acabado de enviar — a que havia me feito surtar poucos minutos antes —, não encontrei nada. A mensagem havia sumido.

— Espera... — murmurei, meu coração socando no peito, deixando minha cabeça tonta.

Voltei à caixa de mensagens e vi que todas as outras de números desconhecidos tinham desaparecido. Como se nunca houvessem sido enviadas.

Até mesmo algumas que Erick tinha mandado com o próprio contato oficial já não estavam mais no meu aparelho.

Eu nunca tinha deletado nenhuma delas.

Então para onde elas haviam ido?

Será que eu estava ficando louca?

Seria possível que eu tivesse alucinado tudo aquilo?

Quase gritei quando senti a mão de Carmem sobre meu ombro, tamanho o susto. Ela sorriu para mim como uma mãe sorri a uma criança que está com medo do bicho-papão embaixo da cama.

— Não estou achando as mensagens... — tentei explicar.

— Está tudo bem, querida.

— Mas... como...? E-eu juro que... Eu não... entendo... — Minha voz foi morrendo na garganta conforme eu fuçava o celular inteiro e continuava sem encontrar nada. Levantei o rosto, percebendo que meus olhos estavam presos em uma barreira de lágrimas. Eu conseguia ver a silhueta de Carmem embaçada por trás delas. — Eu juro que ele mandou essas mensagens. Não tô ficando louca!

— Sim, sim, eu sei — disse ela em um tom tranquilo. — Fica calma. Você está segura.

Quando ficou claro que eu não iria conseguir me acalmar tão cedo, ela perguntou se eu tinha alguém que pudesse ir me buscar e me ajudar a chegar em casa.

Embora as mensagens de Erick houvessem sumido, todo o resto do conteúdo do meu celular permanecia intocado. Então, encontrei o contato de Ana e o entreguei à polícia, que ligou para a minha amiga.

31

Quando Ana chegou — vestindo o uniforme do trabalho, claramente assustada por me ver ali naquele estado —, o boletim de ocorrência já tinha terminado de ser registrado. Mas, sem nenhuma prova além da minha palavra, eu não tinha tantas esperanças.

Carmem disse que eu poderia entrar com um pedido de medida protetiva de distância mínima, ou algo assim, mas eu só queria ir embora logo e, além do mais, duvidava de que algo assim fosse capaz de impedir Erick de fazer qualquer coisa.

Ana se manteve calma, embora seus olhos gritassem desespero. Ela esperou pacientemente para que minha conversa com Carmem acabasse, então contornou meus ombros com o braço e me guiou para fora da delegacia.

Depois que entramos em seu carro econômico e fechamos as portas, ela finalmente não aguentou mais:

— O que aconteceu? Você tá bem? O Erick fez alguma coisa? — perguntou tudo muito rápido, enquanto suas mãos tocavam meu rosto, como se pudessem, assim, ler algum resquício de sofrimento.

Respirei fundo. Eu não estava mais aguentando contar aquela história. Cada vez que eu proferia as palavras, parecia ainda mais doida, como se eu tivesse alucinado tudo.

Contei a Ana como pude — não com os melhores dos detalhes nem com a gravidade devida.

No fim, ela disse:

— Por que não me disse nada antes?

E eu precisei explicar que estava com medo de me sentir boba, que era justamente como estava me sentindo agora.

Ela me abraçou por uns bons cinco minutos.

— E as mensagens sumiram — eu disse, me afastando. Peguei o celular de dentro da bolsa e abri a pasta de SMS. — Ele mandou várias, eu juro. Inclusive uma dizendo que sabia que eu estava na delegacia. Mas quando fui mostrar para a policial elas tinham sumido...

Ana tocou minha mão de leve, pegando o celular. Olhei em seus olhos e percebi que, ao contrário de me julgar, minha amiga estava apavorada comigo. Por mim.

Ela abaixou o olhar e ficou encarando a tela do meu celular por um tempo.

— Você tem notado coisas estranhas no seu celular?

— Coisas estranhas?

— Tipo... Aplicativos abrindo e fechando sozinhos. Ou quando você destrava, a tela não está mais onde você tinha deixado antes de travar o celular... ou... ou quando você liga pra alguém, você escuta um pequeno clique antes da chamada ser enviada?

Senti uma corrente fria subir pelo meu corpo. Eram coisas pequenas, coisas que você não notaria se não estivesse procurando por isso, coisas que você poderia atribuir a *bugs* da tecnologia. Mas, agora que Ana as estava listando, eu percebia que estavam acontecendo comigo, no meu aparelho celular.

— O que isso significa? — perguntei.

— Ele pode ter clonado seu celular, Tita. — Ana suspirou, encolhendo os ombros. — Eu vi isso uma vez. Quer dizer. Minha mãe fez uma reportagem sobre isso. Um cara teve o celular dele clonado pelo sequestrador da filha dele, que usou o acesso completo ao aparelho como vantagem para planejar o sequestro, impedir o envolvimento da polícia e garantir o dinheiro do resgate. — Ela percebeu meus olhos arregalados em pânico e tocou meu rosto com a ponta dos dedos. — Desculpa. Bom, talvez não seja isso. É só uma... uma possibilidade. Que explicaria muita coisa.

— Mas... como assim clonou meu celular? — Eu comecei a rir de nervoso. — Clonar o celular não é tipo usar meus créditos, ou fazer a conta ficar alta no fim do mês?

— Não, não, isso era clonar antigamente. Clonar um celular agora significa que ele tem acesso a tudo o que você tem. Se você abre um aplicativo, ele vê no outro aparelho em tempo real. Se você começa a digitar uma mensagem, mas se arrepende e apaga, ele vê as letras se formando na tela enquanto você está dividida entre deletar ou enviar. Ele pode mexer em tudo o que você mexe, sem você ver. Ele pode acessar sua conta bancária, suas fotos, seus documentos, tudo — ela abaixou a voz. — E isso nem é o pior. Acho que o pior é que ele também tem acesso à sua câmera e ao microfone.

— Ele escuta e vê tudo o que eu faço — murmurei.

Eu quis pegar aquele celular da mão dela e jogar pela janela com força para que ele se espatifasse no asfalto. Quis bater um martelo em cima dele, passar com um caminhão até que ele estivesse completamente estilhaçado, tacar fogo, jogar uma bomba nuclear. Como algo tão pequeno podia ter permitido que Erick me dominasse daquela forma?

— A solução é simples — Ana me garantiu. — A gente compra outro celular pra você. Outro chip. Outro tudo. — Ela me abraçou mais forte quando comecei a soluçar. — Calma, amiga. Tá tudo bem agora. Se for isso mesmo, encontramos a grande raiz do problema, né?

Na viagem de carro, eu já desliguei meu celular, tirei o chip e o quebrei. Àquela hora, o shopping já estava aberto, então fomos para lá. Comprei um aparelho simples com chip pré-pago, parcelando em algumas vezes e dando o meu antigo como entrada. Voltei para o carro me sentindo mais leve.

Ana me deixou em casa. Ela havia avisado nossa chefe sobre a emergência, e eu havia ganhado um dia de folga.

Parte de mim queria ir até o Café e enterrar meus problemas em uma montanha de responsabilidades, mas eu realmente estava precisando descansar depois de toda aquela emoção.

Ana se despediu de mim dizendo que voltaria no fim do dia para ver como eu estava.

Eu finalmente consegui me acalmar.

Tomei um banho quentinho, me deitei e estava quase dormindo quando me lembrei de um trabalho da faculdade que eu tinha que enviar antes do horário da aula.

Logo poderia voltar para minha soneca, porque seria rápido, ou foi o que pensei quando me levantei e liguei meu computador.

Então eu vi um e-mail que tinha acabado de chegar. Nem um minuto completo desde que eu havia iniciado o equipamento.

O remetente era um endereço cheio de números e letras que para mim não tinham sentido algum, mas no meu coração eu já sabia de quem se tratava mesmo antes de ler a primeira linha da mensagem.

Minha querida Thalita,

Embora meu coração seja inquestionavelmente seu, às vezes me vejo em posição extremamente fragilizada quando você não se esforça o mínimo para retribuir.

Estou te dando o tempo que pediu, e você sabe que eu não precisava fazer isso. Te conheço melhor do que você conhece a si mesma. Sei o que é bom pra você. Sou sua alma gêmea. Estou me esforçando para ser paciente, porque tenho esperanças de que logo, logo você entenderá tudo por conta própria.

Ainda assim, meus sinais são claros. Não são?

Cada vez que alguém se intromete em nosso amor, sou obrigado a punir essa pessoa. Você percebeu. Não diga que não. Lembre-se de que sei tudo o que você sabe. Não dá para mentir para mim. Não dá para fingir comigo.

Então por que você insiste em permitir que eles enfrentem o risco? Parece, para mim, que você não aprecia essas amizades. O que considero uma pena... Tinha me afeiçoado bastante à sua colega de trabalho...

Quanto à polícia, meu amor, você já sabe bem o que eu penso. Eles não são capazes nem de ajudar quem realmente precisa. O que poderiam fazer por você? Você está longe de perigo. Eu nunca deixaria que ninguém te machucasse. Pode ter certeza disso.

No mais, saiba que estarei aqui esperando quando estiver pronta.

Para sempre seu,

E.

Por uns momentos, não pareceu possível processar aquelas palavras. O texto era tão diferente da voz do Erick que eu conhecia, mas ao mesmo tempo tão ele, que eu senti como se finalmente pudesse enxergá-lo por completo.

Aquele era ele. O verdadeiro. Meu Erick.

Ele era o cara que ameaçava meus amigos. Era a pessoa que estava determinada a não me deixar escapar.

De repente, eu estava completamente desperta.

Enquanto eu ainda encarava a tela, petrificada, um e-mail novo chegou.

PS: Você fica linda com o cabelo preso assim.

Meu coração parou. Todo o sangue desceu da cabeça. Meu corpo ficou gelado.

Respirei fundo e olhei ao redor, certa de que iria encontrá-lo espreitando nas sombras. Ele não estava ali, o que me aliviou ao mesmo tempo que me preocupou. Como ele podia me ver?

Pensando rápido, voltei os olhos para a câmera do meu laptop. Certa vez, tinha ouvido falar que hackers podiam acessar nossas webcams mesmo quando não autorizávamos. Sempre achei que fosse lenda urbana. Mas pelo jeito...

Fechei o computador com um baque. Minha vontade inicial foi jogá-lo pela janela, mas, por fim, me contentei em desligá-lo e escondê-lo dentro de uma caixa embaixo da minha cama.

E, então, me veio a memória de um quarto misterioso no apartamento de Erick — um quarto que ele não queria que eu visse. Não pude olhar muito, mas me lembro de ter me deparado com imagens de câmeras de segurança. Ele havia dito que era relacionado ao trabalho... Como eu havia sido tão burra de acreditar nisso? E se ele tivesse câmeras escondidas pelo meu quarto? Microfones escondidos, escutas... Rastreadores?

Saltei para longe da cadeira do computador e quis gritar, mas eu não podia dar aquela satisfação a ele. Eu quase podia imaginá-lo assistindo ao meu desespero em uma das telinhas de seu quarto secreto, deliciando-se com o efeito que tinha em mim, com o poder que exercia sobre mim.

Tentando me fazer de valente, eu tateei todas as paredes do meu quarto, os quadros, os porta-retratos, os cantinhos escondidos, até mesmo as roupas que estavam penduradas em uma cadeira velha ao lado da cama.

Nada.

Não encontrei nada.

Me ajoelhei no chão e percorri todo o piso com os dedos desesperados, praticamente implorando a Deus que me revelasse onde é que o garoto poderia ter escondido alguma câmera secreta, mas mesmo assim fui forçada a me levantar de mãos vazias.

Cheguei a um ponto em que eu realmente comecei a questionar se aquilo tinha sido outra conclusão precipitada da minha parte, porque, nossa, quem é que se daria ao trabalho de vir na minha casa e instalar apetrechos de espionagem no meu quarto? Tipo assim, pelo amor de Deus, Thalita, você acha o quê? Que a sua vida é interessante o suficiente para virar o *Big Brother* particular de alguém?

Tudo aquilo certamente era uma alucinação minha, uma mania de grandeza. Não?

Eu cheguei a pensar que sim, de verdade. Estava até começando a ficar mais calma.

Mas aí me lembrei da ameaça.

Ana!

Peguei meu celular novo e disquei o número da minha amiga. Ela devia estar em pleno turno no Canela, mas atendeu no segundo toque mesmo assim.

— Amiga? Tá tudo bem?

A voz preocupada dela fez um bolo crescer na minha garganta. Meus olhos se encheram de lágrimas. Inspirei forte. Eu precisava ser firme.

— Não quero que você venha me ver.

— *Oi?!* — Escutei umas vozes falando com ela do outro lado, e ela murmurou algo antes de claramente se retirar para um lugar mais reservado. — O que aconteceu? É claro que eu vou te ver, falta pouquinho pra eu sair, e se eu pedir a Monique deixa até eu...

— Não — falei. — Por favor, não venha.

— Thalita, você tá me assustando. O que houve? Você tá chorando?

— Não, Ana, que droga! Só não quero que você venha me ver!

Ela fez uma pequena pausa. Escutei um suspiro discreto. Devia estar sendo bem difícil para ela, lidar com alguém na minha situação.

— Tudo bem. Se você prefere ficar sozinha hoje, posso ir amanhã...

— Não quero que você venha — repeti, dessa vez me forçando a ser mais incisiva. — Nunca.

Ela riu, meio sem jeito, do outro lado.

— Amiga, do que você tá falando? Não sei o que tá rolando, mas eu não vou simplesmente te abandonar, ainda mais agora que...

Meu Deus, por que ela precisava ser tão boa?

Eu teria que partir para medidas mais drásticas.

— Eu não quero você por perto! Eu não gosto de você! Nunca gostei de você! Me deixa em paz!

Terminei a ligação antes que ela pudesse responder. Ela tentou ligar mais duas vezes. Segurei o celular enquanto chorava.

Pronto, pensei. *Ela está a salvo.*

Mas aquilo era só parte da equação. Se eu não tinha como lutar contra Erick, se não tinha como conseguir ajuda da polícia, eu não poderia permitir que ninguém mais se machucasse.

E como era possível garantir aquilo?

Comecei a rir e a chorar, tudo junto e misturado. Me deitei na minha cama e, depois que todas as lágrimas tinham se esgotado, entendi que precisava me render.

A submissão era meu único caminho. Erick era bem mais esperto do que eu, ele tinha todas as armas.

Eu nunca iria vencer aquela guerra com tamanha desvantagem.

32

Não foi difícil me acostumar ao medo.

Talvez, se você pensar pelo lado de que nós, seres humanos, fomos feitos para lidar com isso, a minha declaração não seja uma surpresa. Não é o que dizem os cientistas? Nossos instintos diante do perigo são de luta ou fuga. Como lutar não era uma opção, só me restava fugir.

E fugir significava me esconder. Significava adaptar toda minha rotina para chamar o mínimo possível de atenção, mudando tudo o que eu estava acostumada a fazer para me colocar no foco de qualquer coisa apenas quando estritamente necessário. Significava fechar minha cortina sempre que eu entrava no quarto — ou parar de sequer abri-la. Significava trancar a faculdade e não sair de casa a não ser para ir ao trabalho, e significava cumprir cada um dos meus turnos da forma mais básica e impessoal possível, não conversando com nenhum dos meus colegas, nem me conectando com nenhum cliente, não sendo simpática, mal sorrindo. Significava não pedir ajuda, de ninguém, nunca, porque qualquer pessoa que acabasse sendo atingida por todo aquele terror viraria minha responsabilidade, assim como Davi, e eu não poderia viver com isso.

Significava abrir mão da Antiga Thalita e me tornar praticamente um bicho.

Mas, como eu disse, não foi difícil.

Foi um processo quase natural.

Questão de sobrevivência.

Erick não tinha como stalkear a minha vida se eu não tivesse vida nenhuma, não é mesmo?

Meu plano estava indo relativamente bem. Eu estava conseguindo me esquivar de potenciais preocupações da minha família, havia me tornado especialista em contornar as perguntas das minhas colegas de casa sobre o meu novo comportamento, e, até mesmo, estava aprendendo a conviver com a solidão esmagadora de guardar todo aquele problema terrível só para mim.

Minha rotina me mantinha ancorada. Eu acordava, trabalhava, voltava a dormir. Assistia à televisão e lia livros para escapar, porque ficar na minha pele o tempo todo era insuportável, e também porque Erick não tinha como me seguir quando eu mergulhava em outros universos; só na ficção eu estava segura.

Eu quase nem tinha ataques de pânico. De verdade. Eu só começava a me desesperar bem de vez em quando, quando inventava de refletir sobre o futuro — ou seja, sobre a possibilidade de minha vida ser aquele pesadelo *para sempre*. Mas eu me acalmava rapidinho com uma boa soneca abençoada por antialérgicos que me apagavam por quase vinte e quatro horas completas. Geralmente, eu acordava bem melhor, tendo completamente me esquecido dos frutos do meu desespero.

Abstrair era a chave.

Não pensar no futuro. Não pensar no presente. Não pensar no medo. Não pensar em Erick.

Só que aí, um belo dia, coisas estranhas começaram a acontecer dentro do meu próprio quarto.

Antes que você pergunte: não, eu não tenho provas. Erick sempre foi esperto demais para deixar qualquer evidência importante para trás. Ele apenas interferia o suficiente em meu quarto para que eu soubesse que ele tinha estado ali.

Não eram coisas estranhas *demais*, claro, ou eu poderia simplesmente ligar para a polícia e avisar que tinha um maluco invadindo meu quarto à noite. Eram estranhas apenas naquela medida que faz você achar que seu cérebro deu uma pequena falha, deletando uma memória menos importante enquanto você estava distraído.

Por exemplo, uma noite eu tinha certeza de ter deixado meus sapatos perto da porta, mas quando acordei eles estavam perto da janela.

Outra noite, acordei com a porta do meu guarda-roupa aberta, mesmo eu tendo certeza absoluta de que não tinha deixado ela assim ao dormir, afinal desde criança eu tinha medo do monstro do armário, então óbvio que eu NUNCA deixaria uma porta aberta. Em outra ocasião, o livro que eu estava lendo antes de dormir estava com o marcador na página errada quando acordei.

Não sei exatamente *quando* eu percebi que o culpado por aquelas pegadinhas estilo *poltergeist* só podia ser Erick, mas quando isso aconteceu é claro que eu não consegui dormir em paz mais. Meus olhos arregalados perscrutavam a noite, pavorosos de que o garoto invadisse minha privacidade assim que eu baixasse a guarda.

Foi assim que ele tirou a última coisa que ele precisava para que eu parasse de funcionar completamente. Sem meu descanso, meu cérebro se recusava a trabalhar, e por isso eu precisei pedir demissão.

Monique pareceu preocupada quando dei a notícia, e talvez um pouco decepcionada também pela falta de aviso-prévio. Mas eu estava cansada demais e simplesmente cortei as amarras. Saí um dia e nunca mais voltei.

Não sei dizer quantos dias eu vivi assim, completamente isolada, no escuro, descansando de dia quando sabia que minhas colegas de casa estavam ali para impedir invasões, vigiando a noite inteira sem pregar os olhos, sem conseguir ler ou assistir à televisão, sem sair de casa para ir ao trabalho ou para as aulas, sem conseguir comer direito ou tomar banho todo dia ou fazer qualquer coisa. Não sei dizer quantos dias foram, mas pareceram dias *demais*. Incontáveis. Pareceram como se fossem minha vida inteira, e com o tempo eu parei de me lembrar de como tudo era *antes*. Parei de lembrar se algum dia eu sequer havia existido fora daquele casulo solitário que eu havia criado para mim mesma.

Quando Davi surgiu à minha porta, foi como se eu estivesse ainda meio dormindo, meio sonhando. Eu olhei para ele com meus olhos espremidos por conta da luz forte que vinha lá de fora do meu quarto e não soube o que dizer.

Então, ele precisou dizer tudo.

— A Ana me ligou — Davi começou. — Estamos preocupados com você, Tita.

Não deixei Davi entrar, mas ele entrou mesmo assim, porque eu não estava em condições de impedi-lo.

Ele acendeu a luz do meu quarto e eu pisquei algumas vezes até me acostumar. Então, olhando para o rosto dele, tive uma breve noção da passagem do tempo — coisa que há muito tempo havia se tornado água escapando por entre meus dedos.

Mas o estado de Davi me obrigava a perceber que eu havia passado *tempo demais* escondida. Ele já estava praticamente cem por cento recuperado do atropelamento. Já não havia cortes em seu rosto ou marcas roxas. A única possível evidência de que o acidente sequer tinha acontecido era uma bota ortopédica em uma das pernas e a bengala que ele estava usando para auxiliar a locomoção. De resto, ele parecia quase novo em folha.

Eu, por outro lado...

— Tita... — Davi suspirou, tentando esconder o horror enquanto me analisava. — O que houve com você?

Eu me sentei de volta na cama, apertando os joelhos contra a minha barriga, e desviei os olhos.

— Você não deveria estar aqui — murmurei.

Ele ficou em silêncio por um bom tempo, mas pelo jeito decidiu não dar a meia-volta e sair da minha vida para sempre. Em vez disso, fechou a porta e caminhou até a cama, sentando-se perto do meu corpo. Eu tive vontade de gritar sentindo o colchão afundar com sua proximidade. Eu o queria mais perto de mim, muito muito muito perto, grudado em mim. Mas eu sabia que não podia ter aquilo. *Nunca mais.* A tentação do calor de sua pele era mais do que eu conseguia aguentar.

— Eu sei que você não... Bom, você deixou bem claro que não me queria mais por perto. Mas como você pode esperar que todo mudo simplesmente suma da sua vida? Que ninguém se importe com o que está acontecendo com você?

Eu conseguia sentir meu coração sangrando dentro do peito. Antes que eu percebesse, comecei a convulsionar uma risada misturada com choro.

— Ele vai te *matar* — murmurei por fim.

A expressão no rosto de Davi era confusa, não apavorada, o que me fez perceber que ele não tinha entendido a gravidade da situação. Ele estendeu os braços e segurou minhas mãos.

— Tita... — Ele apertou meus dedos, aproximou seu rosto do meu. — Tá tudo bem. Eu estou aqui porque eu quero. Ninguém vai me machucar. — Eu continuei sacudindo a cabeça freneticamente, então Davi segurou meu rosto e, em uma demonstração antiga de carinho entre nós, encostou a testa na minha. — Vai ficar tudo bem. Você não está sozinha, Tita.

— Shhhhhhhhhhh!!!!!!!!! — Eu afastei meu rosto do dele, sacudindo a cabeça e chorando copiosamente. — Não fala essas coisas! Ele tá ouvindo! Ele tá SEMPRE ouvindo.

— De quem você tá falando? Não tem ninguém aqui — Davi insistiu. — Não tem ninguém aqui, Tita, só eu e você.

Eu acho que foi mais ou menos nessa hora que eu parei de fazer qualquer sentido e comecei a balbuciar repetições paranoicas e encriptadas, e Davi se deitou ao meu lado na cama, me puxando para si, me apertando forte, me deixando chorar pelo pavor, pela mágoa, pela solidão, por *tudo*.

Eu despejei minha alma ferida em cima dele, e ele me abraçou até o final, sem cobrar nada em troca, sem segunda intenção, sem sequer se remexer para arranjar alguma posição que lhe fosse mais confortável. Quando eu enfim parei de chorar, ele puxou a camiseta dele, já molhada por minhas lágrimas, para terminar de enxugar meu rosto, então beijou minha testa e repetiu que tudo iria ficar bem.

Ele não fazia ideia de onde estava se metendo.

— Obrigada por vir — eu murmurei, porque, apesar de tudo, eu estava mesmo muito, muito grata.

Davi sorriu e afastou meus cabelos grudados no rosto ainda um pouco molhado.

— Estou feliz de ter vindo. Você realmente precisava chorar nos ombros de alguém. — Ele suspirou, beijando minha testa outra vez, e bufou uma risada. — Que engraçado, né? Eu que era o chorão. Quando foi que invertemos os papéis, Tita?

Ele esperou que eu risse, que fizesse alguma piadinha para alfinetar de volta, que voltasse a ser a boa e velha Thalita de sempre. Mas aquela Thalita não estava mais disponível. Aliás, eu nem sabia se ela ainda existia.

— Você deveria ir embora agora — eu disse, baixinho, e uma parte egoísta de mim queria desesperadamente que ele se recusasse.

Essa parte de mim suspirou aliviada com a resposta dele:

— Não vou a lugar nenhum.

Enfiei meu rosto no espaço entre o ombro e o pescoço dele, inalando o cheiro tão familiar e confortável de Davi, e voltei a chorar, e abracei o pescoço dele, e chorei mais um pouco, e quis morrer por estar colocando-o em perigo, mas covardemente me agarrei com ainda mais força a ele e chorei mais, abracei mais, suspirei mais, apertei mais.

Eu sabia que Davi estava louco para me perguntar de novo sobre o que tinha acontecido comigo, mas ele me conhecia o suficiente para entender que eu precisava escapar. Pensar naquilo não me faria bem. Eu só precisava de uma noite tranquila, de volta à minha antiga normalidade.

Então foi isso o que ele me deu.

Quando ele começou a me contar histórias aleatórias sobre seus amigos do trabalho, eu apenas apertei meus olhos, encostando a cabeça em seu peito, e ouvi sem prestar muita atenção. Mas, antes que eu percebesse, eu estava envolvida nas reviravoltas, nas fofocas, nas pausas para o suspense.

Desse jeito, eu esqueci o resto do mundo, aproveitando aquele raro momento Direto do Túnel do Tempo, tão delicioso que comecei até a rir.

— Ah, e eu nem te contei da reunião na semana passada! — Davi continuou enquanto eu me acomodava em seu peito. A risada dele vibrou contra minha orelha e eu senti uma alegria genuína pela primeira vez em dias. — Foi tipo... Sério. Eu queria ter filmado. Então, né, tava eu e o Marco e os outros caras, e daí o chefe chamou todo mundo pra conversar com um consultor que tinha vindo da Austrália, e a gente tava lá superdistraído, super de boa, e o cara meio que fazendo uma palestra. Daí DO NADA, sério, Tita, DO NA-DA, esse cara soltou um pum, tipo, não foi nem um pum normal, rápido, não, não, foi um daqueles que duram um tempão, que têm um barulho meio... meio molhado...

— Eca! — Eu já estava rindo também.

— Então, né, ele soltou esse pum e daí continuou falando como se nada tivesse acontecido! E eu tava lá "MANO, mentira que esse cara vai fingir que tá tudo bem", e eu, burro, olhei pro Marco, né, porque pensei "Sei lá, às vezes eu que alucinei esse peido, não é possível", e o Marco tava com aquela cara dele que ele fica quando tá tentando não rir, e eu olhei ao redor e tava todo mundo muito sem saber o que fazer, e o australiano lá tagarelando, e todo mundo nem tava mais prestando atenção. — A esse ponto nós dois estávamos gargalhando com a história, havia lágrimas nos meus olhos e minha barriga estava dura de tanto rir só de imaginar a cena. — E daí, NÃO, CALMA, essa nem é a melhor parte. A melhor parte foi quando o CHEIRO começou a se espalhar. Tita, JURO. O cara tinha morrido e se esqueceram de avisar, não é possível, ele tava PODRE por dentro.

Daí meu chefe falou que tava meio calor, apesar do ar-condicionado ligado, e foi abrir a janela, mas, sério, foi maior cena, você tinha que estar lá!

— Eu não, credo! — suspirei, rindo ainda.

— Foi uma cena de filme — Davi argumentou. — Ninguém sabia muito o que fazer, e até o cara começou a ficar sem graça depois, mas já tinha passado tempo demais para pedir desculpa pelo pum, né?

— Tem um tempo limitado pra pedir desculpa?

— É, ué, acho que tem! — Ele riu, seu peito tremendo com sua respiração e mexendo minha cabeça junto. — Se você demora demais, a desculpa acaba piorando a situação, acho.

— Ah, então foi por isso que você não quis pedir desculpa aquela vez! — acusei, cutucando a barriga dele. — Acabou perdendo a janela da desculpa!

— Aquela vez não fui eu, meu Deus, Thalita! — ele protestou, mas ainda estava rindo. — Quantas vezes vou ter que dizer?

— Não adianta dizer nada, meus ouvidos não vão dar bola. Meu nariz sabe muito bem o que ele sentiu.

— Não sabe nada, porque não fui eu.

— Tinha cheiro de pum seu.

— Tinha cheiro de pum meu nada. Quem é você pra saber uma coisa dessas? Sommelier de puns?

Gargalhei.

— Você é muito nojento, credo. — Eu me apoiei nos cotovelos para poder olhar nos olhos dele enquanto o acusava. Ah, como eu tinha sentido falta daquele rosto... Davi estava tão lindo que eu não aguentei segurar um sorriso. Ele sorriu de volta. — Senti sua falta — admiti.

— Ahhh, agora vem toda fofinha. — Ele revirou os olhos piscando os cílios exageradamente. — Quem vê pensa.

— Cala a boca — resmunguei, e voltei a me deitar, mas ainda estava sorrindo.

Ele riu, me deu um beijo na cabeça e suspirou.

— Senti sua falta também — disse, baixinho.

A noite continuou com conversas jogadas ao acaso, risadas, piadas internas, e de repente eu estava flutuando num mar de conforto e normalidade.

Não sei dizer quando foi que eu entendi que não iria aguentar não o beijar. Só sei que, em certo momento, eu subi nele e encostei meus lábios nos lábios macios dele, e me perdi na familiaridade da sua boca, nos toques de sua mão no meu corpo, nos seus suspiros tão conhecidos, no seu cheiro.

Não fizemos nada além de nos beijarmos, porque eu estava esgotada. Deitei no ombro dele no fim e percebi que estava verdadeiramente feliz. Com um sorriso no rosto, eu adormeci.

Horas depois, acordei meio desnorteada, porque fazia um bom tempo desde que eu conseguia dormir daquele jeito, tranquila. Davi estava apagado ao meu lado. Eu sabia que seu braço devia estar dormente pelo peso da minha cabeça, mas ele não havia retirado o apoio ao meu corpo, e eu sorri e beijei sua bochecha em agradecimento mesmo que ele não estivesse acordado para saber.

Me ergui num dos cotovelos e passei o braço por cima de Davi para alcançar meu celular na mesinha de cabeceira e conferir as horas. Quando a luz da tela se acendeu, vi que havia uma nova mensagem de um número desconhecido.

Meu coração apertou.

O que mais preciso fazer para você entender meus sinais? :(

Fui arrancada à força do meu conto de fadas com Davi, sabendo que era questão de tempo até que Erick fizesse alguma coisa para retaliar meu breve descuido.

Davi acordou quando eu comecei a hiperventilar.

Então, ele se recusou a ir embora, mesmo quando eu implorei, mesmo quando insisti que não queria que ele morresse, mesmo quando comecei a chorar descontroladamente.

Ele me abraçou, depois segurou minhas mãos, sussurrando palavras de conforto, me lembrando de como respirar — *inspira... expira... inspira... expira...* — até que eu estivesse mais calma. Então, me fez contar para ele qual era o problema.

Ele me fez dizer tudo, desde o começo. E eu contei a ele. Contei tudo. Do acampamento, da paixão infantil e inocente, até o namoro e o término e a perseguição. Das memórias doces até a loucura.

Davi me ouviu pacientemente, sem dizer que eu estava exagerando ou inventando ou ficando completamente maluca.

Por fim, segurando minhas mãos, olhando nos meus olhos, ele apenas me garantiu:

— Erick não tem tanto poder assim, Tita. Ele não PODE machucar ninguém.

— Ele machucou *você*. — Solucei.

Ele sacudiu a cabeça.

— Talvez não tenha sido ele. Nós não sabemos. O que importa é que ele não VAI machucar ninguém, Tita. Eu não vou deixar. Eu estou aqui com você. — Ele sorriu, e eu quis berrar que não era simples assim, que se fosse eu não teria mergulhado naquele isolamento completo tentando me proteger, mas Davi sentiu minha tensão e apertou meus dedos. — Eu tô aqui, Tita. Eu não vou embora. Erick é só um cara doido achando que te ama. Ele não pode te machucar.

— Pode, sim — insisti, chorosa.

Davi enxugou minhas lágrimas e me fez tomar banho, comer, colocar roupas novas e... e basicamente começar a agir como um ser humano outra vez, depois de tantos dias encolhida como um animal ferido.

Ele repetiu tantas vezes que tudo ia ficar bem e que Erick não tinha como me machucar, que eu quase comecei a acreditar.

O choque de realidade veio perto da hora do almoço em forma de uma ligação da minha irmã.

— Tita, meu Deus, você tem que voltar pro WhatsApp, é um saco isso de ter que ficar te ligando como se fossem os anos noventa — ela começou, antes mesmo de dizer: "Oi, irmã querida, quanto tempo! Como está você?". Bem típico da Laís mesmo.

Eu suspirei. Davi estava fazendo miojo para mim e para as minhas colegas de casa (eu tinha feito tanta propaganda, que elas imploraram para experimentar), mas ele olhou curioso por trás do ombro, querendo saber o que minha irmã queria. Era o que eu estava querendo saber também...

— Já te disse que dei uma pausa no WhatsApp — falei, sem querer explicar meus motivos e preocupá-la à toa. Já bastava ter despejado toda aquela informação em Davi. — Desencana. O que você quer, Lalá?

— É, só que se você ainda estivesse no WhatsApp já teria ouvido falar da confusão. Mamãe tá aterrorizando todo mundo no grupo da família.

— *Laís* — insisti, meio emburrada. — Desembucha.

— Aff, Tita, eu não taria ligando se não fosse importante, sua chata. — Eu pude imaginá-la fazendo biquinho. — A mamãe que pediu pra eu ligar e perguntar se você tinha alguma coisa importante escondida no seu quarto.

— Hã? — Eu ri, e Davi estava tão curioso que eu precisei apontar para frente, murmurando: "Você vai queimar o miojo!" para que ele finalmente tirasse os olhos de mim. — Como assim alguma coisa importante?

— Sei lá. Joias. Dinheiro. — Ela fez uma pausa significativa e acusatória. — *Drogas*.

— Do que você tá falando, Laís?

— Alguém invadiu a casa — minha irmã declarou, sem saber que aquelas palavras fizeram meu sangue gelar completamente e me puxaram com toda a força da gravidade até o chão. *Erick*. — Eles deixaram tudo intacto, só o seu quarto foi remexido. A gente acha que não sumiu nada, mas realmente não temos como saber o que você escondia ali...

Eu parei de escutar. Meu ouvido zumbia e tudo ao meu redor parecia de mentira. Acho que, em algum momento, deixei o celular cair da minha mão.

— Tha, tá tudo bem? — Rita perguntou, tocando meu ombro.

Davi largou o miojo e foi correndo pegar o celular que eu tinha derrubado. Ele colocou o aparelho na orelha, falou com a minha irmã e então veio correndo se ajoelhar na frente da minha cadeira quando acabou a ligação.

— Respira — me lembrou. — Tá tudo bem, Tita. Tá tudo bem com eles. Foi só uma invasão, só isso. Ninguém ficou ferido.

— Foi *ele* — eu disse, e era tudo o que importava.

Davi suspirou e sacudiu a cabeça, sabendo que não tinha por que argumentar comigo. Colocando a mão nas minhas costas, ele olhou para minhas colegas e deu instruções a cada uma delas. Uma ficaria de arrumar minhas coisas para a viagem e a outra tomaria conta de mim enquanto ele fazia algumas ligações e resolvia os últimos detalhes.

No final, ele me levou para o carro dele e disse que estávamos indo para Retiro, que tudo ficaria bem, que eu não precisava me preocupar.

Eu estava tão anestesiada que só segui o fluxo.

— Como você tá? — Davi perguntou depois de uns trinta minutos de silêncio no carro. Meus olhos estavam perdidos na paisagem lá fora, mas desfocados, porque minha cabeça estava em um lugar completamente diferente.

Virei o rosto para meu ex-namorado e tentei me manter presente.

— Horrorizada — disse por fim.

— Imagino. — Ele tirou uma das mãos do volante e segurou a minha. — Eu também tô. Esse cara é louco. — Davi bufou. — Mas o importante é que ninguém foi ferido, Tita.

— Mas poderia ter sido — eu falei, séria. — Você não vê o que ele tá fazendo, Davi? Ele não quer machucar ninguém, não por enquanto. Mas quer que eu saiba que, quando ele mudar de ideia, ele pode muito bem atingir qualquer pessoa que eu ame.

Davi ficou muito quieto por um tempo, sem argumentos. Silenciosamente, ele entrelaçou os dedos nos meus e apertou minha mão.

— Mas ele não vai machucar ninguém, Tita. Eu não vou deixar.

Eu ri alto, amargurada, apavorada.

— Davi, você acha que ele tá ligando pro que você deixa ou não deixa? Ele não liga pra ninguém, Davi! Ele é *maluco*!

Davi apenas suspirou, se remexendo. Devia ser meio desconfortável dirigir por uma distância tão grande com a perna ainda imóvel. Pelo menos era a perna esquerda, e o carro novo dele tinha câmbio automático, então ele não precisava dela para guiar. Mas, ainda assim, ele não deveria estar pegando estrada naquele estado.

— Ele está me punindo — eu disse, desviando o olhar, sentindo minhas bochechas queimarem de culpa e vergonha. — Por ter passado a noite com você.

— Não distorce isso, Tita — Davi disse, firme. — Não deixa ele entrar na sua cabeça assim.

Eu ri de novo, e a gargalhada se retorceu na minha barriga, se transformando em soluços.

— O que mais eu posso fazer, Davi? — quase gritei. — Eu estou fazendo tudo o que eu posso! Ele tirou tudo de mim, *tudo!* E não tem uma ALMA nesse mundo que possa me ajudar no momento, porque Erick está em TODO LUGAR. Ele está na polícia, no meu celular, no meu trabalho, na minha casa! — Minha voz falhou, e eu abaixei a cabeça, sem forças para sequer chorar. — Eu não tenho para onde fugir.

Davi apertou meus dedos e sacudiu minha mão até que eu olhasse para ele.

— Ei — sussurrou, sorrindo de forma carinhosa enquanto alternava o olhar entre mim e a estrada. — Você não tá mais sozinha, tá bom? — Ele só se contentou quando assenti. Então eu vi as lágrimas e o medo em seus olhos, e percebi que ele estava tão amedrontado quanto eu. Talvez não pelas mesmas razões. Deve ser muito difícil ver alguém que você ama perdendo a cabeça. — Eu tô aqui, Tita. Eu tô aqui, ouviu? Você não tá sozinha. Você não precisa passar por isso sozinha.

Não consegui dizer nada, porque minha gratidão estava me sufocando.

Assim como o meu egoísmo.

O quanto eu estava arriscando, deixando Davi me ajudar daquele jeito?

Por que eu estava deixando meu carinho por ele e meu desejo por sua sobrevivência serem ofuscados pelo meu pavor?

Depois de mais um tempo de viagem, quando chegamos na casa da minha família, eu me surpreendi com o quanto as coisas pareciam normais e pacatas.

Não sei exatamente o que eu estava esperando encontrar. Talvez um bando de carro de polícia reunido perto da calçada, aquelas fitas de "não ultrapasse" contornando todo o perímetro, helicópteros sobrevoando...

Mas nada disso estava ali, obviamente.

O que vimos foi apenas a minha casa, do mesmo jeito que sempre esteve: o carro dos meus pais parado, solitário, atrás do portão, a parede descascando ao redor da porta de entrada, as luzes acesas do quarto da Laís mesmo ainda estando claro do lado de fora (quando é que minha irmã iria aprender a economizar energia?!?), a cerca viva quase morta porque meu pai sempre se esquecia de regar.

Tudo parecia tão igual ao que sempre esteve que eu cheguei a pensar que aquilo era mais um dos truques de Erick para me fazer pensar que eu estava ficando louca.

Mas Davi ainda parecia transtornado e preocupado comigo, o que me deu a certeza de que eu não tinha imaginado aquela coisa toda com a invasão. Ele estacionou, desceu correndo e abriu a porta para mim, me ajudando a sair do carro, colocando as mãos na base das minhas costas enquanto me guiava para o portão — não me importei, porque eu estava mesmo precisando de alguém para agir como meu cérebro.

Quando o carro de Davi apitou ao ser trancado, minha irmã enfiou a cara para fora da janela, já esperando por nós. Ela sorriu, acenou e então sumiu de repente — e eu pude imaginá-la correndo escada abaixo para nos cumprimentar. Ela abriu a porta, e meus pais vieram logo atrás. Os três abriram caminho para mim e para Davi, parecendo ao mesmo tempo felizes e preocupados com a nossa presença.

Foi nesse momento que eu agradeci aos Céus pela existência de Davi e por ele estar ali comigo. Ele tomou as rédeas da situação. Cumprimentou minha família, respondeu às perguntas e completou algumas lacunas. Como eu tinha implorado que a gente não falasse de todos os detalhes, ele foi meio vago, se esquivou de algumas respostas e tentou tranquilizar minha família o máximo que pôde.

Eu só não queria colocá-los ainda mais em perigo. Não queria que me sugerissem ir para a polícia ou que eu tomasse qualquer outra providência que eu sabia que não daria certo.

Mas o pouco que eles ouviram foi suficiente para me acolherem. Minha mãe, meu pai e minha irmã prometeram que eu não estava mais sozinha, que eles iriam me ajudar, que iriam impedir qualquer coisa ruim de voltar a acontecer. Não aguentei mais segurar o choro entalado dentro de mim e me encolhi como um bebezinho no colo da minha mãe, soluçando e me acabando em lágrimas.

Por tanto tempo tinha sido apenas eu contra o resto do mundo, que, de repente, ter tanto apoio jogado em mim era desnorteante, avassalador, extraordinário e quase sufocante.

— Esse louco não vai encostar sequer uma unha do dedo mindinho do pé em você, meu amor — mamãe garantiu, acariciando meus cabelos.

E de repente minha casa virou um quartel-general do exército, com câmeras de segurança por toda parte, guarda-costas para cada um dos membros da minha família e até mesmo um pastor-alemão treinado chamado Pompom para proteger nossos portões. A família de Davi bancou os custos de quase tudo, e ele não quis ouvir um piu de reclamação da minha parte. Não que eu fosse reclamar. Eu estava grata demais. Com minha casa transformada em um lugar mais seguro que a sede da CIA, Erick pensaria duas vezes antes de tentar invadir meu quarto enquanto eu dormia.

Assim, eu voltei a dormir e comer. Voltei a me sentir amada e preciosa. Essencialmente, aos poucos eu voltei a ser um ser humano novamente. Pompom era o único bicho da casa agora.

Davi não ficou muitos dias com a gente. Ele precisou voltar para o trabalho, para a vida dele na capital. Na verdade, ele não queria muito, porque estava com receio de me deixar ali. Então precisei insistir, precisei garantir que estava melhor e que não me perdoaria nunca se o fizesse perder o emprego além de tudo. Então, ele foi. Por pedido meu, também aumentou a segurança em seu apartamento e contratou um guarda-costas para protegê-lo de atropelamentos, imprevistos e outras ameaças. Ele me ligava todo dia para perguntar como estavam as coisas e, apesar de não termos engatado de volta nosso namoro, ele voltou a ser meu melhor amigo.

Tendo conseguido uma licença médica, eu pude retomar minhas aulas da faculdade à distância. Ingrid me indicou para uma vaga que abriu na loja de festas, então eu logo voltei a trabalhar, o que me encheu de propósito e me ajudou a tentar reconquistar uma espécie de independência financeira. Em casa, eu estava rodeada de amor e cuidado, e Davi vinha de vez em quando visitar.

Estava tudo indo muito suavemente.

Suavemente *demais*.

É claro que eu deveria ter desconfiado. Era de se esperar que, depois de tudo, eu teria parado de ser tão ingênua e esperançosa.

Eu caí do meu unicórnio cor-de-rosa voador numa tarde de domingo, quando recebi a seguinte mensagem:

> Tentei ficar longe. Juro que tentei. Você parecia mais feliz sem mim, longe de mim, e não pense que simplesmente ignorei o ditado "Se você ama alguém, deixe-o ir". Eu tentei fazer isso, Thalita, tentei de verdade. Talvez, se fosse o destino, você voltaria para mim... Eu só precisava ser paciente. Bem... Não sou paciente. Você sabe disso. Parece que meu coração não é tão forte quanto o seu.

Enquanto eu ainda estava ali parada, tentando absorver que, semanas depois, Erick estava invadindo minha vida outra vez, recebi a notificação do e-mail que mudou tudo.

De: O Garoto do Sonho de Valsa
Para: Thalita G. Vargas

Assunto: Que seja eterno

Querida,

Quero lhe contar uma história de amor verdadeiro.
Ela começa como o universo: um nada que gera um tudo, o

caos que surge do vazio, a aleatoriedade que segue regras, o fim que dá à luz o início. São assim todas as coisas da natureza, e o amor não poderia ser diferente.

O Amor é a grande estrela do show. Todo o resto gira em torno dele, e é impossível escapar de seu roteiro. Somos todos figurantes com lugares marcados no palco e falas programadas. Somos incapazes de interferir na grande peça.

Nossa história não é apenas sobre o Amor como também sobre dois de seus figurantes preferidos e sobre o modo como, através dele, algo puro foi transformado em imortal.

Seus nomes não são relevantes. É importante apenas saber que eram almas gêmeas.

Caso desconheça o conceito primordial de almas gêmeas, abro aqui um parêntese para relembrar a lenda.

O ser humano originalmente tinha quatro braços, quatro pernas e uma única cabeça com dois rostos. Esses seres eram fortes e, portanto, ameaçavam conquistar os deuses. Como prevenção, Zeus partiu os humanos ao meio para reduzir seu poder e impedir que se rebelassem.

A partir de então, cada humano em sua nova forma passaria a vida procurando por sua outra metade, a parte perdida de sua alma.

Nossos heróis eram essas duas metades, finalmente juntas novamente, e o amor deles movia montanhas.

Ela era uma princesa. Ele, seu vassalo fiel, feliz em servi-la e adorá-la, observando-a dia e noite, sem nunca se cansar de seu belo rosto.

O poeta não sabia de nada quando disse que o amor era fogo que ardia sem se ver: é impossível não enxergar as chamas que queimam com a força de um sol dentro do peito de um apaixonado. Elas escapam pelos olhos, em forma de brilho; pelos sorrisos, como faíscas; pela ponta dos dedos, puro arrepio.

Para os nossos heróis, não era diferente. Ninguém tinha dúvidas quanto aos seus sentimentos — tão singelos, tão preciosos sentimentos — e, por onde quer que passassem, deixavam um rastro vivo de verdadeira alegria.

Mas, assim como nós, eles não estavam imunes às perversidades do mundo.

Sabe, minha linda, as pessoas nessa vida são intrinsecamente invejosas. Sempre que veem a felicidade alheia, desejam seu fim com tanta força que, às vezes, acabam tendo suas vontades atendidas.

Foi assim que as circunstâncias do destino separaram nossos protagonistas.

Não fique triste, minha querida Thalita, pois eles não sofreram por muito tempo. Uma das grandes certezas dessa nossa vida é que os infortúnios são finitos. Quando damos nosso último suspiro, a morte arranca de nós todas as coisas ruins que nos arrasavam enquanto ainda respirávamos, e assim ficamos em plena paz, para sempre.

Para a sorte deles, havia alguém que se preocupava imensamente em manter viva a chama daquela paixão. Com muito cuidado, essa pessoa – chamemos-na de Anjo Misterioso – observou os dois sofredores em suas jornadas separadas, sabendo que, no fundo, o que os dois mais desejavam era estar novamente unidos. Assim, quando os corpos de nossos heróis vieram a perecer, o Anjo Misterioso recolheu seus corações e, com o fio de luz e piedade, costurou-os, unificando-os para sempre.

Essa obra de arte ficou exposta ao mundo para que todos soubessem quão precioso é esse sentimento humano. O formato da costura final era impressionante: a tão conhecida e adorada representação de um coração em ideograma.

Talvez lhe pareça um pouco estranho, mas, ao mesmo tempo, não é incrivelmente fascinante? Unindo dois corações anatômicos, temos o símbolo do romantismo popular. Que prova mais viva você quer para o verdadeiro amor?

Uma vez costurados, os corações permaneceram em perpétua harmonia.

Algumas vezes, olho para a nossa história, minha Thalita, e tenho medo de que não tenhamos um final tão doce.

Não se admire quando revelo que minha verdadeira vontade é tomar seu coração para mim, ceifá-lo do seu tão belo peito, porque só desta maneira nós poderíamos nos tornar infinitos.

Apenas com o seu coração, o cerne de sua linda alma, unido ao meu, o nosso amor seria verdadeiramente eterno.

33

Eu nem percebi o quanto estava tremendo até que o celular escorregou das minhas mãos e caiu com um estrondo aos meus pés.

As palavras ainda giravam na minha cabeça, sem fazer sentido algum, mas pelo que eu tinha conseguido entender... Erick queria me matar, arrancar meu coração e fazer uma espécie de obra de arte macabra com o órgão. A imagem que acompanhava o e-mail foi o que realmente tornou tudo ainda mais vívido e bizarro: uma foto em preto e branco de dois corações (o órgão, de verdade) costurados com linha preta, formando o símbolo popular de um coração.

Eu comecei a chorar.

Não de tristeza nem de raiva. Minhas lágrimas caíam por causa da minha impotência.

Se Erick me queria morta, o que eu poderia fazer?

Mesmo se ele me deixasse viver por mais algum tempo, mesmo que eu conseguisse fugir e me esquivar e distraí-lo... Eu seria para sempre perseguida pela sombra daquela ameaça.

Porque tinha sido uma ameaça, não tinha?

E, depois de toda a experiência que eu já havia tido com o Erick, eu sabia que tentar combater aquela ameaça era o mesmo que colocar todo mundo que eu amava em risco.

E eu estava cansada.

MEU DEUS, eu estava *tão* cansada.

Completamente esgotada.

Cambaleei até a minha cama e, encolhida em posição fetal, chorei silenciosamente. Eu nem precisei fazer esforço algum — as lágrimas simplesmente caíam, tão desesperadas para deixar meu corpo quanto minha própria alma também parecia estar.

Quando o choro secou, eu entendi o que eu deveria fazer para acabar com tudo, de uma vez por todas.

Pela manhã, liguei para o número da última mensagem.

Se eu for completamente honesta, confesso que, até o momento que ouvi a voz de Erick atender com um "Alô?", ainda existia aquela sementinha de dúvida no fundo da minha mente. *Será que está tudo na minha cabeça? Será que estou delirando? Será que imaginei a coisa toda?*

Mas o som do timbre dele era familiar demais, e muito concreto.

Respirei fundo.

— Erick. — Foi tudo o que saiu de início. Uma palavra. Um nome. Uma súplica. Uma acusação.

Ele esperou alguns segundos antes de responder.

— Que alívio escutar sua voz — disse por fim. — Depois de todo esse tempo... Eu fiquei tão preocupado, minha linda.

Fechei os olhos, sentindo cada pelo do meu corpo se arrepiar. Como ele conseguia agir assim, como se nada tivesse mudado entre nós? Como se não tivesse me aterrorizado por tanto tempo?

— O que você quer? — perguntei.

— Nada! — ele exclamou, como se fosse absurdo eu cogitar um interesse oculto da parte dele. — Só conversar com você. Me explicar. Você nunca me deu a chance...

— Ok — eu o interrompi. — Pode falar.

— Não, não assim... — Dava para escutar um sorriso suave em sua voz, e eu me senti suja por conseguir visualizar aquilo com tanta clareza. — Quero olhar nos seus olhos e... Te fazer entender...

— Eu não estou na capital.

— Eu sei — ele disse. *Claro que sabe*, pensei. — Eu estou aqui em Retiro.

Não sei como ainda fiquei surpresa.

— Ok — murmurei, o coração vazio.

— Posso passar na sua casa em alguns minutos.

— Ok — repeti.

Ele falou mais alguma coisa, mas eu apenas avisei que estaria esperando na frente de casa e desliguei o telefone, sem prestar atenção.

Minha família não estava em casa. Meus pais estavam trabalhando e Laís estava na escola. Pompom choramingou quando eu fiz menção de sair, mas eu o ignorei.

Eu sabia que precisava ser forte e acabar logo com aquilo.

Erick não demorou para chegar. Tentei não refletir muito sobre isso. Tentei não pensar no tempo todo em que ele estivera tão perto de mim e da minha família sem que soubéssemos.

Ele estava bonito, como sempre, mas meus olhos agora enxergavam o lobo por trás da pele de cordeiro. Os olhos azuis traiçoeiros. As malditas covinhas. Eu quase não conseguia me lembrar da sensação de olhar para aquela pessoa e sentir qualquer coisa diferente de pavor.

Quando ele pediu que eu entrasse no carro, hesitei só um pouquinho.

— Preciso te mostrar uma coisa — ele insistiu com a voz doce. — Tenho certeza de que vai mudar sua perspectiva.

Acabei entrando no carro — não porque estava segura de que ele realmente não me machucaria, mas porque não conseguia enxergar uma alternativa melhor. Se ele não me matasse agora, passaria sabe-se lá quanto tempo brincando comigo até decidir de novo me matar. Eu não aguentava nem mais um segundo daquela tortura.

Olhei pelo vidro fumê da janela do carro, parte de mim esperando que alguém estivesse presenciando aquela cena para alertar as autoridades, se fosse o caso. Mas talvez fosse melhor que ninguém visse. Que eu simplesmente desaparecesse. Que Erick me levasse embora e deixasse o resto do mundo em paz.

Ele arrancou com o carro antes de me cumprimentar. Só foi voltar a falar quando já estávamos bem longe da minha casa.

— Você não tem ideia do quanto é bom ter você finalmente perto de novo.

Mordi os lábios. Ele tentou segurar minha mão, mas eu me retraí, por reflexo. Fechei os olhos e tentei me manter quieta, e então escutei um longo suspiro:

— Sei que você está assustada — disse Erick —, mas não tem mais razão para ter medo. Eu estou aqui agora. Eu sempre vou te proteger.

Dessa vez, quando senti a ponta dos seus dedos no meu rosto, não recuei. Abri os olhos devagar e me deparei com um sorriso quase gentil. Então, percebi que estávamos saindo da cidade.

— Pra onde estamos indo? — perguntei, olhando ao redor, tentando reconhecer a saída para a estrada.

Erick acariciou o osso da minha bochecha tão suavemente que era quase como se não estivesse encostando de fato em mim.

— Surpresa — respondeu de um jeito brincalhão e misterioso.

Então percebi que não estava pronta para morrer. Sem pensar muito, testei a maçaneta. Estávamos a sessenta quilômetros por hora, e eu sinceramente decidi que seria melhor pular do carro do que continuar ali. A trava estava ativada. O carro deu dois estalos altos, indicando que alguém havia tentado abrir a porta. Erick se assustou.

— Cuidado! — disse, esticando o braço direito para segurar minhas mãos. — Você pode se machucar assim!

Engoli em seco.

— Quero descer — murmurei, baixinho.

— Sim, eu sei que quer... — O tom tão doce de sua voz me fazia querer morrer. — A viagem não vai demorar muito, eu prometo. Mas você precisa se comportar. — Ele tirou os olhos da estrada para me encarar. — Tá bom?

Assenti. O que mais eu podia fazer?

Em certo momento, ele perguntou onde estava meu celular. Quando mostrei, ele tomou o objeto da minha mão, abriu a janela e o jogou para longe. O aparelho deve ter se espatifado no asfalto, mas estávamos indo tão rápido que nem consegui ver. Entendi que estávamos irrastreáveis depois que já era tarde demais para impedir.

— Por que não descansa um pouco? — Erick sugeriu, agradando meu cabelo. — Eu te acordo quando chegarmos.

Meu instinto de sobrevivência, que foi observando todas as placas para tentar saber onde estava, se cansou depois de alguns minutos. Embora fosse difícil relaxar naquele carro com Erick, chegou um ponto em que eu acabei dissociando.

E então entramos em uma estrada de terra. O chacoalhar do carro me despertou, e eu olhei ao redor, confusa. De alguma forma, aquele caminho me era familiar.

— Estamos quase lá — Erick sussurrou em tom alegre ao me ver curiosa. Ele parou o carro de repente. — Ah. Quase me esqueci. — Em tempo recorde, ele desceu do carro, abriu a porta de trás, pegou alguma coisa, fechou a porta e então estava parado ao lado da minha janela. Ele abriu minha porta também e me entregou uma sacola. — Um presente — disse, sorrindo, os olhos brilhando.

Eu não queria presente algum, mas me vi obrigada a aceitar a sacola.

— Você pode se trocar. — Ele abriu mais a porta e indicou que eu saísse. — Não tem ninguém por perto. Pode ficar tranquila.

Antes de descer do carro, abri a sacola e dei uma espiada lá dentro. Roupas.

— Vou ficar esperando aqui do outro lado, pra você ter um pouco de privacidade. — Eu quase ri diante dessa fala. — Me chama quando acabar. Ah, e por favor... — Ele se inclinou para mais perto, segurou meus ombros. — Não tenta fugir, tá? Você não conhece a região... Pode acabar se machucando. — Antes que eu respondesse, ele deu um beijo na minha testa e se afastou.

Considerei fugir. Considerei me esconder. Considerei simplesmente me recusar a trocar de roupa.

Mas eu estava tão cansada...

As roupas dentro da sacola me surpreenderam. Não sei exatamente o que eu estava esperando — um vestido chique, algum figurino sensual... —, mas não era aquilo. Um macacão jeans. Uma camiseta amarelo-pastel. All Star branco.

No meio de toda a estranheza, encontrei espaço para sorrir, sentindo certa nostalgia, ao me lembrar de que tinha um macacão muito parecido quando era mais nova. Pausei. Olhei a camiseta. O All Star. Eles também me eram familiares. Esse era um visual que eu escolheria facilmente quando tinha treze anos de idade.

Não podia ser por acaso.

Tentando não pensar muito no assunto, troquei as roupas do meu corpo pelas da sacola. Erick apareceu de volta antes que eu o chamasse. Ele colocou uma faixa vendando meus olhos e me ajudou a voltar para o carro.

— Você está linda — sussurrou, e eu senti o ar saindo de sua boca, tocando minha orelha.

Dirigimos por mais um tempo antes de estacionar de novo. Eu conseguia escutar o barulho de um riacho, os passarinhos cantando, as cigarras zumbindo. Havia um vento gelado entrando pelo vidro aberto do carro.

Fiz menção de remover a venda, mas Erick segurou minhas mãos.

— Ainda não. Falta o toque final.

Fechei os olhos enquanto sentia as mãos dele na minha cabeça, os dedos se entrelaçando pelos meus fios de cabelo. Me lembrei de quando ainda namorávamos e ele costumava brincar com minhas mechas daquele jeito, numa espécie de cafuné. Meus olhos arderam e uma lágrima escapou pela venda.

O polegar de Erick a capturou antes que terminasse de descer pelo meu rosto.

— Não chora, meu amor — ele sussurrou. — Está quase acabando. E aí você vai ficar *tão* feliz com a surpresa... que vai me perdoar por tudo.

Quando ele finalmente tirou minha venda e eu desci do carro, congelei no lugar.

Estávamos no acampamento.

O lugar onde havíamos nos conhecido.

Eu estava vestida como o fazia aos treze anos. Erick também tinha trocado de roupa, usando uma bermuda caqui, chinelo, boné e uma camiseta roxa. Como ele costumava se vestir naquela época.

Ele tinha penteado meu cabelo em duas trancinhas, uma de cada lado da cabeça. Como eu usava quando nos conhecemos. Como ele replicou enquanto namorávamos.

Ele estava recriando o passado.

Senti minhas pernas fraquejarem. Erick me segurou em pé, o braço ao redor dos meus ombros.

— Gostou? — perguntou em um tom genuinamente feliz. — Eu comprei esse lugar tem um tempo. Era especial demais para mim. — Ele fez uma pausa e me encarou até que eu cedesse e olhasse de volta para ele. — Para *nós*.

Ele me encaminhou até o píer e me fez sentar no chão de madeira.

— Você não parece muito feliz — comentou por fim, sentando-se à minha frente e tirando do meu rosto uma mecha que havia escapado da trança. — Não consegue sentir o quanto isso é especial? É quase como... uma viagem no tempo. Pra um lugar onde tudo era mais simples. Mais doce. Mais verdadeiro.

As palavras dele tocaram bem no lugar que doía. Senti meu peito desabando, o ar sumindo aos poucos. E, antes que eu percebesse, desmoronei.

Comecei a chorar, soluçando tão forte que Erick ficou sem saber o que fazer.

— Eu não aguento mais — choraminguei. — Erick, eu não aguento *mais*.

Ele tentou argumentar, eu sei que tentou, mas eu não podia escutá-lo. Meus ouvidos zumbiam, e todo e qualquer barulho chegava a mim completamente abafado.

— Por favor, eu te imploro. Me mata. Me mata agora mesmo. Arranca meu coração, não era isso o que você queria? Arranca ele de mim agora mesmo.

Eu não sabia exatamente como as palavras estavam saindo. Mas elas estavam. Escapavam da minha garganta sem meu comando direto, me deixando com uma sensação de quase alívio. Aquilo tudo estava fazendo muito mal dentro de mim. Eu precisava botar para fora.

— Me mata, Erick. Me mata, se é isso mesmo o que você quer afinal. Só... Só para de me torturar. Para de... de ameaçar todo mundo que eu amo. Para de se infiltrar em cada cantinho seguro da minha vida. Eu não aguento mais. Eu não aguento mais.

A esse ponto, ele estava com as mãos nos meus ombros, me puxando para um abraço forçado, enquanto murmurava alguma coisa desesperadamente.

— Acaba logo com isso — pedi. — *Por favor*.

Ele me apertou forte, sustentando o chacoalhar do meu corpo, e esperou até que eu me acalmasse um pouquinho — o que demorou um tempo considerável. Quando parei de soluçar, ele me soltou e enxugou meu rosto com as costas dos dedos.

— Minha querida Thalita — disse então, me forçando a focar nele. Apurei minha audição, tentei me concentrar. Eu ainda estava respirando com dificuldade, mas o mundo havia parado de girar agora. — Você acha mesmo que eu faria qualquer coisa para machucar você?

Ele esperou minha resposta.

Ele realmente esperou minha resposta.

Não tinha sido uma pergunta retórica. Não tinha sido uma forma de começar seu discurso de vilão megalomaníaco. Ele genuinamente não fazia ideia do que eu achava ou deixava de achar a respeito dele.

Eu quase ri.

— Por que eu deveria pensar que você *não* me machucaria? — consegui perguntar. Apesar do meu tom trêmulo, eu parecia muito mais no controle de mim mesma do que cinco minutos antes. — Nós dois sabemos que machucar pessoas não é algo absurdo para você.

Ele franziu a testa.

— Ah, Thalita... — Suspirou. — Por que você fica agindo como se eu fosse o vilão da história? Eu te amo. Eu só te amo. Te amar é meu único pecado.

Eu engoli em seco. MEU DEUS. Ele acreditava sinceramente que estava sendo romântico, que era meu príncipe encantado. Como argumentar com uma pessoa assim, tão distante da razão, tão desconectado da realidade?

— Por que *eu*? — Era tudo o que eu precisava saber. Minha voz pequena, falhada, expunha completamente minha rendição. Eu já tinha aceitado o meu destino. Só precisava *entender*, antes de me jogar no abismo. — Por que justo *eu*, Erick? Faz anos que nos conhecemos. Foi coisa de criança. Faz tanto tempo... Não existe sentido em você me perseguir desse jeito. Justo *eu*. — Respirei fundo. — Não vê que nenhum de nós está feliz?

Em uma das reviravoltas mais bizarras da cena, Erick sorriu.

— Mas eu só quero que nós dois fiquemos felizes, Thalita. Foi tudo o que eu sempre quis. Você foi a coisa mais doce que eu já tive, e eu sei que você também sente o mesmo. — Ainda com o sorriso no rosto, ele moveu os joelhos para se colocar ainda mais perto de mim. — Eu te amo. Qual é o problema disso?

— Se você me ama mesmo — eu falei —, se quer me ver feliz... Por que não me deixa em paz?

— Porque *eu sei* o que vai te deixar feliz de verdade. Você ainda não conseguiu entender, mas eu sei o que é melhor pra você. Eu sei que ninguém nesse mundo te ama tanto quanto eu. Eu sei que eu sou a melhor coisa pra você, porque meu amor é infinito e eterno. — Nesse momento, ele segurou meu rosto em suas mãos quentes. Meu corpo já estava tão anestesiado do cansaço que mal senti sua pele na minha. — Por favor, me escuta. Nós podemos ser muito felizes.

— Erick. — Mesmo já rendida, eu não conseguia não apelar para a lógica. — Eu nunca vou conseguir ser feliz com você. Nunca vou conseguir ser feliz assim, entende? Você não me conhece. Você não me ama. Você conhece uma versão antiga de mim, e é essa memória que você ama; não eu.

O sorriso dele, tão bizarramente calmo, se alargou.

— Eu conheço você, sim, e conheço melhor do que ninguém. Eu te acompanhei por todos esses anos. Eu vi a mulher maravilhosa que você se tornou. — O polegar dele passeou pela minha bochecha de forma terna. — E eu amo essa mulher. Eu amo *você*. — Ele soltou um pequeno suspiro. — E você não tem como negar que me ama, mesmo tantos anos depois. Nós fomos verdadeiramente felizes por vários dias, não lembra? E só nos separamos por um detalhe do acaso... Eu tentei ficar longe, tentei te deixar ser feliz sozinha, mas... O mundo não te merece, Thalita. Você é boa demais para eles.

Minha cabeça pendeu nas mãos dele. Eu nem mesmo tinha forças para mantê-la erguida.

Exausta em todos os sentidos.

Esgotada de todas as minhas opções.

Eu sabia no que estava me metendo quando decidi ir conversar com Erick, mas não fazia ideia do quão fácil seria me entregar tão absolutamente. Acho que eu não esperava que tanto meu corpo quanto minha mente ansiassem tão intensamente que aquilo terminasse.

— Erick. Por favor. — Eu implorei, porque não parecia certo nem mesmo tentar. Minha voz era um frágil gatinho arranhando a prisão da minha garganta. O som se quebrou e se esparramou pelo meu corpo como minúsculos caquinhos de vidro cortando minha pele. — Por favor. Eu não sei mais o que fazer.

Eu não sabia mais o que fazer.

Mas Erick sabia exatamente o que precisava ser feito.

— Me aceita — ele disse. — Deixa eu te mostrar do que meu amor é capaz. Eu prometo que tudo vai ficar bem de novo. — Fechei os olhos quando ele continuou acariciando meu rosto e me entreguei. — Você não precisa lutar contra isso, Thalita. Só vai ficar cada vez mais cansada.

Então, eu parei de lutar por completo.

34

Para aceitar um destino tão absurdo, é preciso descolar seu corpo da sua alma.

Foi o que eu fiz.

Por fora, eu já não resistia. Por dentro, eu estava em outro universo, em um sonho psicodélico, longe do mundo real, flutuando em nuvens de algodão-doce.

Quando Erick me tocava, eu já não sentia mais nada.

Quando ele encostou os lábios nos meus em um beijo suave, meu corpo não reagiu. Não me debati, recuando em nojo. Não teve reciprocidade de minha parte. Apenas fiquei ali parada, sem me mover. E ele fez o que tinha que fazer.

Eu não conseguia sequer ter asco de mim mesma. Porque eu já não estava ali.

Era desse jeito que eu conseguiria sobreviver — isto é, até que o garoto resolvesse realmente arrancar meu coração e colocar um ponto-final na minha vida.

Ainda assim, havia uma pequena raiz de preocupação em mim, uma vozinha no fundo da minha cabeça me alertando de, se eu fosse mesmo desistir de tudo, que pelo menos não fizesse aquilo em vão. Meu sacrifício deveria valer a pena.

— Me promete — eu pedi a Erick quando nos levantamos no píer. — Me promete que não vai mais machucar ninguém. — Suspirei. — Me promete que vai deixar todo mundo em paz. Me promete, Erick.

Mesmo por trás da névoa da minha desconexão, pude ver o sorriso tranquilo dele.

— Meu amor. Eu não tenho por que fazer nada a ninguém. Agora que tenho você aqui comigo, sou o homem mais feliz do mundo.

Eu tentei sorrir de volta, mas, agora que todas as pendências estavam resolvidas, eu não tinha mais controle algum sobre meu corpo físico.

— Você está com fome? — Erick me perguntou. — Eu comprei todas as suas coisas preferidas, e nós podemos...

Ele continuou falando e falando, mas eu não o ouvia. Meus ouvidos zuniam. Minha mente era um quarto fechado, sem janelas, sem abertura alguma para o mundo aqui fora. Eu só conseguia respirar e piscar e me manter erguida.

Erick tagarelava enquanto andávamos de mãos dadas pelo acampamento. Ele levou meus dedos aos lábios e depositou milhares de beijos eufóricos, declarando juras de amor que há tantos anos vinha decorando só para me dizer.

Seu sonho estava completo.

Eu não podia ser quem ele queria, então me tornei um grande nada. Um corpo vazio, só a casca, só o objeto de sua afeição, nada mais.

Por algumas horas, ele tentou me fazer aproveitar o acampamento: me levou para andar de pedalinho no lago tranquilo, me carregou até o topo do morro de onde se podia apreciar a vista mais bonita, me levou para fazer um piquenique no centro de um campo onde cresciam dentes-de-leão, pequenas flores brancas e outras ervas daninhas.

Mas, eventualmente, ele pareceu se aborrecer com a minha indiferença.

Me levou para uma das cabines, me fez sentar na cama e me entregou uma xícara de chá.

— Bebe isso — falou. — É melhor você descansar. Amanhã temos um compromisso bem importante...

Assenti e engoli todo o chá. Alguns minutos depois, eu estava tão sonolenta que nem me senti apagar.

A luz do sol atravessou as cortinas e atingiu minhas pálpebras, me acordando. Pisquei algumas vezes, olhando para o teto de madeira, por uns segundos sem me lembrar do pesadelo em que eu me encontrava. Inclinei levemente o rosto e vi que Erick estava deitado ao meu lado, a cabeça apoiada pela mão, erguida pelo cotovelo dobrado. Ele estava sorrindo tão docemente enquanto me encarava que, de início, não me assustei.

Então tudo voltou de uma vez só, e eu afastei meu corpo o máximo possível, quase caindo da cama no processo.

Com uma tranquilidade absurda, Erick estendeu o braço e me segurou pela cintura, me ajudando a voltar a uma posição estável.

— Você dormiu o dia inteiro e a noite toda — ele sussurrou, tocando meu rosto de leve. — Devia estar mesmo muito cansada. Está se sentindo melhor?

Eu estava tremendo, mas percebi que todos os meus movimentos musculares voluntários estavam incrivelmente lentos. Eu havia dormido até o dia seguinte?

— Você me drogou? — perguntei, minha voz tão rouca que quase não dava para ouvir.

Erick pareceu magoado.

— Drogar é uma palavra forte — disse ele, fazendo um biquinho. — Eu só te dei um negocinho para se acalmar, só isso. — Ele tirou uns fios de cabelo da frente do meu rosto, ajeitando-os atrás da minha orelha. — Você estava precisando de um pouco de paz, não estava? — Não respondi nada, então ele sorriu de forma carinhosa e acariciou minha bochecha com o polegar enquanto o resto de sua mão segurava meu rosto. — Mas pode acordar com calma agora. Toma um banho, se quiser. — Ele se levantou, fazendo um gesto em direção ao lugar onde tinha colocado uma toalha. — Eu já volto. Vou só buscar algo para você comer. Temos um dia importante pela frente!

Quando ele saiu da cabine, eu me forcei a sentar na cama e a tentar racionalizar o que estava acontecendo.

Era uma cabine muito parecida com a que usávamos na infância. A única diferença era que as camas de solteiro e os beliches haviam sido substituídos por uma única cama de casal, bem centralizada. O resto permanecia. Mesma decoração. Mesma *vibe* rústica. Mesma sensação de estar em contato com a natureza.

Se a lógica se mantivesse, eu sabia que havia um banheiro coletivo logo atrás de uma das portas. E, do outro lado, um armário com divisórias suficientes para todos os integrantes do quarto.

Percebi algumas sacolas espalhadas na frente do armário e caminhei até lá. Minhas pernas pareciam fracas, mas se eu me segurasse nas paredes, conseguia andar sem cair. As sacolas continham novas roupas femininas. Provavelmente ele as tinha comprado para mim. Quanto tempo ele esperava passar comigo? Eram roupas demais...

Olhando para o armário, vi algumas peças masculinas penduradas em cabides. Um terno. Jaquetas. Calças jeans. E então um moletom mais descontraído, o que ele usava na viagem de carro estava jogado sobre a prateleira. Dava para ver a chave do carro saindo de um dos bolsos e, no outro, uma protuberância. Coloquei a mão sobre ela, suspirando de alívio quando confirmei que era um celular.

Minha alegria durou o tempo suficiente de eu pegar o aparelho na mão e descobrir que ele, obviamente, era bloqueado por senha.

Eu precisava ser esperta. Erick voltaria a qualquer momento.

Testei o dia do meu aniversário. Em seguida, o ano do acampamento em que nos conhecemos. Fechei os olhos, tentando trazer à memória qualquer outro número relevante, mas eu estava tremendo, minhas palmas suavam e meu coração batia forte com a perspectiva de Erick me pegar no flagra tentando acessar seu celular.

Era necessário pensar com calma.

Coloquei o celular no silencioso e o escondi embaixo do travesseiro onde eu tinha dormido. Então atravessei a cabine, peguei a toalha e entrei no banheiro, fechando a porta atrás de mim.

Em vez dos quatro chuveiros individuais, havia um único, grande, com uma banheira de luxo embaixo. Em uma penteadeira, uma fila de shampoos, condicionadores, hidratantes corporais, sabonetes de rosto e de corpo, desodorantes, perfumes, máscaras faciais e vários outros pequenos luxos. Ao lado deles, um bilhete:

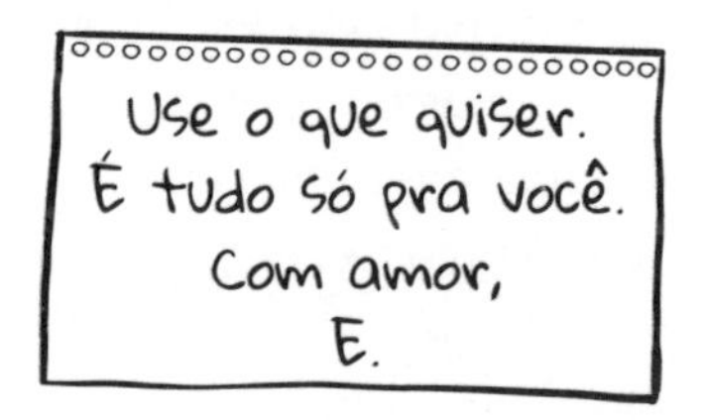

Pendurado em um gancho ao lado da banheira, estava um roupão de seda cor-de-rosa com uma etiqueta escrito: “Vista isso quando acabar”. Em um banquinho, na frente do roupão, lingerie de renda.

Por quanto tempo ele tinha planejado aquilo? Quanto esforço tinha colocado em cada detalhe?

Tirei a roupa, entrei embaixo do chuveiro e deixei que a água — felizmente, quente — me ensopasse enquanto meu cérebro girava à procura de números que pudessem ser significativos para Erick.

O aniversário dele. O dia em que nos conhecemos. O dia em que nos reencontramos. O começo do nosso novo namoro.

Tive a impressão de ter escutado um barulho do lado de fora do banheiro e me apressei para terminar o banho.

Erick estava no quarto quando voltei. Ele tinha disposto, ao redor da cama, variadas comidas em mesinhas, como se fosse o serviço de quarto em um hotel cinco estrelas.

Tentando agir naturalmente, marchei até a cama e me posicionei acima do travesseiro onde tinha escondido o celular. Erick não pareceu reparar que algo estava estranho, porque, com um sorriso, ele cobriu um morango com chantili e o aproximou dos meus lábios.

— Hoje é seu dia de princesa — disse, só abaixando a mão após eu aceitar a fruta. — Sabe por quê?

Sacudi a cabeça, mastigando devagar.

— Oito anos atrás, nesse mesmo dia, minha mãe faleceu. — A voz dele apertou no final da frase, um sinal de emoção. Eu não estava esperando que ele dissesse nada do tipo, então fiquei intrigada de verdade. Engoli o morango e prendi a respiração, aguardando por mais. — Eu tinha acabado de fazer treze anos. Era apenas uma criança.

Como eu não sabia disso? Eu não sabia nem que a mãe dele já não era viva.

— Ela estava com câncer. Estágio avançado. Tudo acabou rápido demais. E eu... — Ele finalmente voltou a olhar para mim, os olhos mareados. — Eu não estava pronto para me despedir.

Os sentimentos dele me desnortearam. Parte de mim quase conseguiu esquecer que ele tinha me sequestrado e estava me mantendo ali contra a minha vontade. Quando ele se aproximou e se jogou nos meus braços, eu o abracei por reflexo.

Ele ficou um tempo respirando fundo, tentando se acalmar. E então ergueu o rosto.

— Meu pai não sabia o que fazer comigo. No verão, me mandou para cá. Pra esse acampamento. — Ele segurou meu rosto com as duas mãos e sorriu. — E foi aí que eu te conheci. E você me salvou.

De repente, me ocorreu: no dia em que terminei com Davi, quando Erick me encontrou na rodoviária, ele disse que estava lá levando a mãe para viajar de ônibus. Ele havia propositalmente escondido de mim que a mãe dele estava morta. Ele havia mentido desde o início.

E agora eu entendia o porquê: ao que tudo indicava, aquela era sua maior vulnerabilidade.

— E hoje estamos nós dois aqui — ele sussurrou, olhando nos meus olhos. — E eu sei que minha mãe estaria feliz por mim. Estaria tão feliz por você estar aqui comigo. Ela adoraria te conhecer, Thalita. Eu tenho certeza.

Ele deu um beijo na minha testa e se levantou da cama, desviando das mesas com comida em direção à porta.

— Hoje é nosso grande dia! — declarou. — O dia em que selaremos nosso amor para sempre. — Ele abriu a porta, saiu, mas logo voltou, trazendo um imenso vestido branco. Um vestido de casamento. Ele deu uma risadinha ao ver minha expressão surpresa. — Eu sabia que você iria adorar!

Enquanto eu o observava, o queixo caído, ele pendurou o cabide do vestido no puxador de uma das altas portas do armário e continuou discursando:

— O píer está todo decorado. Coisa de conto de fadas. E eu consegui até um padre para vir oficia... — Ele pausou, franziu a testa. — Eu sei o que você está pensando: nós somos jovens demais. Mas a vida é curta, Thalita, e por que esperar quando já sabemos o que é certo?

— Erick... — consegui murmurar.

— Não, não, não. — Ele cruzou o quarto em alguns passos e segurou minhas mãos, ajoelhando-se ao lado da cama. — Guarda sua energia para nosso momento especial. Por enquanto, você pode se concentrar em terminar de comer... E depois já pode colocar o vestido e terminar de se aprontar. Deixei tudo do que você pode precisar no balcão do banheiro, você viu? E enquanto isso... eu vou buscar nosso padre. E já volto!

Ele roubou um beijo rápido, sorriu com as covinhas e se levantou. Dando alguns passos para trás, pegou o moletom de dentro do armário e saiu. Escutei a porta da cabine sendo trancada, acabando com qualquer esperança de escapar enquanto ele estivesse fora.

Mas meu outro plano ainda estava vivíssimo. E, se minhas suspeitas estivessem certas, agora eu tinha a senha para o celular dele.

Peguei o aparelho de baixo do travesseiro. Tentei o meu novo palpite: a data do dia. Era aniversário da morte da mãe dele, então com certeza era especial.

Precisei segurar um grito quando funcionou. Com a respiração entrecortada, fui no aplicativo do Facebook. Eu não sabia nenhum número de cor, a não ser o da polícia, mas algo que havia me ocorrido durante o banho era que Erick tinha Ingrid adicionada como amiga naquela rede social. Encontrei o perfil de Ingrid e mandei uma mensagem apressada para ela.

> Por favor não responda. Aqui é a Thalita. Erick me trouxe para o acampamento. Avisa a polícia. Não responda, ele pode ver.

Mal consegui respirar enquanto esperava que aparecesse o sinal de que ela tinha ficado on-line e lido a conversa. Então, deletei a mensagem, deletei a conversa, desfiz a amizade de Erick com Ingrid e bloqueei o perfil dela.

Em seguida, abri o aplicativo do telefone e tentei discar o número da polícia.

Antes que eu conseguisse, no entanto, a porta da cabine se abriu de supetão.

Erick, com a expressão irritada, correu até mim e arrancou o celular da minha mão, jogando-o com força no chão em seguida.

— O que você fez? — ele murmurou, chateado e cheio de raiva.

— N-nada — jurei.

— Pra quem você tava ligando?

Ele pegou o celular do chão. A tela estava rachada, mas pelo jeito ainda estava funcionando. Ele deve ter visto o 19 na tela e suposto que eu estava prestes a completar com um 0.

Suspirando, parecendo quase aliviado, ele se virou de novo para mim. Agora, seu rosto era o puro retrato da decepção.

— Eu sei que devo ser paciente e entender que você ainda não alcançou a plena claridade mental, mas você também precisa se lembrar de que há várias pessoas contando com você. Ou se esqueceu das consequências que todos que você ama podem acabar sofrendo diante dos seus descuidos?

Senti meu estômago apertar. Se ele ficasse sabendo que eu havia mandado aquela mensagem para a Ingrid...

Por favor, por favor, Deus. Que ele não tenha como ver isso.

Meus olhos se encheram de lágrimas e eu me vi ajoelhando, implorando.

— Erick, me desculpa. Por favor, não machuca ninguém. Foi um erro. Eu não vou fazer mais.

Ele deu alguns passos até estar ao meu lado e acariciou o meu cabelo.

— Sei que não vai. Você é uma menina muito esperta. Agora, vá se arrumar. Volto antes que você perceba.

35

O sol da manhã estava quente o suficiente para queimar meus ossos sob o vestido branco e pesado, mas eu ainda me sentia gelada.

É um teatro, precisei repetir para mim mesma, secando as palmas suadas no tecido de renda. *É só um teatro. Vai ficar tudo bem.*

Erick estava lindo em um terno azul-escuro feito sob medida. A cor da roupa realçava seus olhos, que espelhavam o céu. Ele tinha um sorriso tão genuíno no rosto que, olhando de fora, parecia mesmo uma cena bonita.

O padre, no entanto, estava nervoso. As mãos dele tremiam enquanto ele segurava a bíblia em cima de um púlpito improvisado. Seus olhos passeavam de mim para Erick.

— Vão ser só vocês dois? Acho que seria bom ter alguma testemunha...

— Deus vai ser nossa testemunha — Erick disse sem parar de sorrir.

O padre engoliu em seco e assentiu.

Então, ele começou a falar o que quer que se fala durante casamentos. Não consegui me concentrar ou prestar atenção em nada. Eu apenas mordia os lábios, tentando não chorar. Erick, por outro lado, estava tão envolvido na própria emoção que nem ligava para como eu estava me sentindo.

Até que o padre se interrompeu:

— Desculpa, mas algo me parece estranho... Eu não posso celebrar um casamento se as duas partes não estiverem de pleno acordo.

— As duas partes *estão* de pleno acordo — Erick rebateu, erguendo a voz. A irritação ficou visível em sua expressão por apenas um microssegundo antes de ele se voltar para mim e sorrir de novo. — Não é mesmo, meu amor?

Troquei um olhar nervoso com o padre. Será que ele conseguiria me salvar? Se ele pudesse apenas perceber que eu estava lá contra a minha vontade e pedir ajuda...

Ele fechou a bíblia e bateu uma mão na outra.

— Me desculpa, mas infelizmente não vou poder celebrar...

— Ah, você vai poder, sim — Erick interrompeu e, de repente, tirou uma arma do bolso, apontando-a para o padre sem parar de olhar para mim. — E rápido, de preferência.

Passado o susto inicial, toquei no ombro de Erick.

— Erick — sussurrei, tentando conter o pavor. — Você não precisa disso.

— Ô, minha princesa. Você é tão boazinha. Não se preocupa, eu não vou fazer nada. — Ele usou a mão livre para acariciar minha bochecha. — Contanto que ele faça o trabalho pra que foi contratado.

O terror absoluto no rosto do padre me fez querer vomitar. Assenti para ele. *Vai em frente,* eu queria dizer. *Vai ficar tudo bem.*

O coitado respirou fundo e, com a voz falhada e tremida, continuou o casamento. Eu não estava cem por cento familiarizada com o discurso do casamento, mas era evidente que ele estava acelerando, cortando alguns pedaços.

Senti uma lágrima escapar pelos meus cílios. O sorriso de Erick aumentou, os olhos brilhando também. Era quase como se ele achasse que eu estava *emocionada*.

— Você, Thalita Vargas, aceita Erick Alcântara como seu legítimo esposo?

Mordi o lábio inferior e respirei fundo.

— Aceito.

O padre limpou a garganta.

— E, você, Erick Alcântara, aceita Thalita Vargas como sua...

— Aceito — ele respondeu, empolgado demais para deixar o padre terminar a frase.

— Então, pelo poder investido em mim por Deus, eu os declaro marido e mulher.

A risada repentina de Erick fez o padre e eu pularmos.

— Não foi tão difícil assim, foi? — o garoto disse.

O padre sorriu, nervoso. Erick suspirou. E, então, sem nenhum aviso, atirou bem na cabeça do padre.

O grito que saiu de mim me rasgou inteira. Fiz menção de ir até onde o corpo do padre estava, para tentar fazer alguma coisa, para tentar salvá-lo, mas Erick segurou o meu braço. Havia respingos de sangue em seu rosto.

— Calma... Tá tudo bem. Eu precisei fazer isso, você não entende? Ele iria nos denunciar, e alguém viria atrás de nós. Assim, não teríamos nosso final feliz...

Quando continuei gritando, ele me abraçou, apertando firme.

— Thalita... Me desculpa. Você me desculpa?

Eu não conseguia fazer nada a não ser chorar, gritar, soluçar. E isso começou a deixá-lo desesperado. Ele se ajoelhou no píer, me levando consigo para o chão. Colocou a arma de lado para poder me abraçar com os dois braços.

Com frieza, percebi que a arma estava ao alcance dos meus dedos. Inspirei forte e abracei Erick de volta, surpreendendo-o. Então, estiquei o braço e peguei a arma, me levantando e apontando-a para Erick.

Eu mal conseguia enxergá-lo por trás do véu das minhas lágrimas. Minhas mãos tremiam. Eu nunca tinha segurado uma arma antes. Não imaginava que fosse tão pesada.

Erick parecia absolutamente chocado, mas se levantou com toda a calma do mundo, as mãos erguidas.

— Você não quer fazer isso.

Eu não queria mesmo. Mas algo me dizia que eu precisava. Se eu quisesse ser livre algum dia, eu *precisava*.

Então por que meus dedos não me obedeciam?

Erick se aproximou devagar, e nem assim consegui atirar. Ele encostou a barriga no cano da arma. Colocou as mãos por cima das minhas.

Eu ainda tinha o poder. Podia acabar com tudo.

Pisquei várias vezes, libertando as lágrimas.

Foi então que ouvi o som da esperança: ao longe, uma sirene se aproximava. Ergui o pescoço, procurando a origem do barulho.

Erick se aproveitou da minha distração para me tomar a arma.

Caí para trás, o vestido amortecendo minha queda. Erick apontou a arma para mim apenas por um instante. Levantei minhas mãos. Ele sorriu, as sobrancelhas curvadas em dor.

— Ainda vamos nos reencontrar um dia, meu amor — ele disse, por trás de um choro tão sincero que quase me comoveu.

Antes que eu pudesse me preparar, ele virou a arma para si próprio. E atirou.

A polícia me encontrou no píer. Alguém me abraçou, outra pessoa colocou um cobertor ao redor dos meus ombros, e então me colocaram em um carro e me levaram até a cidade mais próxima.

Eu não conseguia parar de chorar por tempo o suficiente para entender o que estava acontecendo.

Minha família estava esperando quando chegamos. Davi também estava lá. E Ana. E Monique. E Rita, Hugo e Lorena. E Ingrid.

Depois que me acalmei, depois que me examinaram para garantir que eu não estava machucada, me explicaram o que tinha acontecido nos bastidores.

Quando meus pais descobriram que eu tinha sumido, entraram em contato com Davi, que entrou em contato com Ana e com as minhas colegas de casa na capital. Todos se juntaram, cada um compartilhando um pedacinho de informação que eu tinha dado.

E então Ingrid, graças à minha mensagem, havia aparecido naquela manhã com a notícia do local onde Erick estava me mantendo refém.

Eles haviam conseguido nos encontrar. Infelizmente, não a tempo de salvar o padre. Ou de evitar que Erick causasse a própria ruína.

Mas, de forma geral, todos estavam aliviados por eu estar viva. E eu deveria estar também.

Mesmo que ainda fosse levar um bom tempo para me recuperar de tudo. Agora, eu finalmente estava segura, nos braços de pessoas que me amavam de verdade.

Eu estava livre.

Epílogo

Quando você cresce, descobre que o amor não é estranho.

Ele é conhecido, familiar, habitual.

É o conforto após a confusão.

Um abraço quente no fim de um dia frio e solitário.

O amor mora na pessoa em quem você confia.

Ele é construído dia a dia, com esforço e paciência, e enfrenta tanto as coisas boas quanto as ruins. Cada evento é apenas mais um nó no tecido, dando forma e cor à história, estreitando laços, costurando a vida.

O amor é o conjunto dos hábitos, das manias, dos costumes. O amor é aquilo que te faz rir, mas também é aquilo que te irrita. É o que mexe com seus ânimos, é o que te tira do marasmo.

O amor é a conversa. O diálogo. A comunicação.

É perguntar como foi o dia de alguém e realmente se importar com a resposta. É se lembrar de uma pessoa especial quando algo incrível acontece em sua vida. É ir dormir com os lábios repuxados em um sorriso tranquilo.

Amar é saber ser transparente.

O amor não é um filme da Disney. Não é feito de princesas e contos de fadas.

O amor é real.

Ele é o bem-querer acima de tudo. É a admiração, mas também o entendimento de que ninguém é perfeito.

O amor é feliz, mas também triste, confuso, angustiante, intenso, sereno.

É o problema e a solução. É o que fere e também o que cura. Um grande paradoxo, pulsando constante, arrastando todos em direção ao seu magnetismo.

O amor é a família. Ele não pode ser construído sozinho.

O amor é não desistir nas horas difíceis, mas também é saber respeitar.

O amor é dar espaço.

O amor é compreensão e paciência. É saber lidar não só com os seus próprios problemas como também com os dos outros. É entender que não estamos sozinhos nesse mundo, que ninguém é uma ilha.

Amar é aceitar o ritmo das outras pessoas. É apoiar as decisões corajosas, e é questionar as escolhas impensadas. É saber lutar, sempre, todo dia.

O amor é a mão que aperta a sua depois de um trauma. É a voz que fala que tudo vai ficar bem. É o calor humano, o abraço, o apoio, o carinho.

É a ajuda que vem de fora. É abrir o coração para receber essa ajuda.

O amor é aceitar a própria vulnerabilidade. É se despir de todas as barreiras e se colocar aberta, frágil, na frente do outro. É compartilhar suas inseguranças e aprender a tratá-las com mais delicadeza.

Talvez o amor até venha mesmo a ser eterno. Quem é que vai dizer que não? Afinal, a eternidade é mais uma sensação do que uma medida de tempo.

E, enquanto amamos, somos infinitos.

Agradecimentos

Queria agradecer primeiramente ao Vitor por ter conseguido espremer a paginação só pra deixar esse espacinho para os agradecimentos. Sem isso, não ia conseguir agradecer mais ninguém.

Aliás, obrigada, Vitor, por todo o resto. Obrigada a todos os outros que trabalharam no livro: Lu, Gabi, Emily, Ju, todos os colaboradores externos e toda a equipe da Naci. É um orgulho estar estreando esse selo maravilhoso!

Obrigada, Sávio, por essa capa indescritível! A mais linda do universo!

Obrigada, Ric e Alba, pela avaliação do livro e pelas sugestões de melhora, e obrigada, Mari, por ter me guiado nessa reescrita.

Queria agradecer também a Bruna Fontes e Verena Belfort por terem sido as primeiras a ouvir a ideia dessa história e por terem me incentivado até o fim. Sou grata também, é claro, a todos os meus leitores do Wattpad, que passaram por essa montanha-russa de emoções, acompanhando o livro mês a mês.

Como o espaço é curto, queria deixar um obrigada geral a todos os de sempre (Mel, Asas, Clara, Ags, Tamis, Cele, Mima, Carla, Re, os Braga, os Tourinho e mais um milhão de pessoas que não tenho como listar nessa paginazinha) pelo apoio constante.

Agradeço, entre aspas, a meus stalkers, por terem inspirado o livro (e agradeço mais ainda por não terem sido nem de longe tão intensos quanto o Erick).

E muito obrigada a você que está lendo, por ter dado uma chance para *Eterno*. Espero que tenha gostado!

Este livro foi publicado em agosto de 2022 pela Editora Nacional.
Impressão e acabamento pela Gráfica Exklusiva.